LUTZ KREUTZER (Hrsg.)

Schaurige Orte am Niederrhein

SCHAUER UND GRUSEL AM NIEDERRHEIN Zwölf schaurige Geschichten von zwölf Autoren über zwölf reale Orte am Niederrhein, angelehnt an Legenden und Ereignisse von der Römerzeit bis in die Gegenwart: Warum ein paar ausgefuchste Unternehmer in Xanten einen ausgefallenen Tod fanden. Als ein verfallenes Rittergut zu einer düsteren Bedrohung wurde. Auf welche Weise ein Kirchturm einen Jungen das Gruseln lehrte. Wie die grausigen Ereignisse in einer mittelalterlichen Erdhügelanlage zum Zeugnis für außergewöhnliches Handeln wurden. Weshalb ein ehemaliger Aussätzigenwald auch heute noch seine seltsamen Nachwirkungen hat. Warum ein Grab eine Familie in die Vergangenheit abtauchen lässt. Als der Fund eines Tagebuches eine Frau in die dunkelste Zeit zurückführte. Was Sherlock Holmes mit dem Niederrhein zu tun hat. Über eine Städterin, die aufs Land zog und dort merkwürdigen Ereignissen ausgesetzt war. Wie eine Fremdenführerin auf den höchsten Punkt stieg und dort in größte Gefahr geriet, und was ein monumentales Kunstwerk mit Fußball und dem Tod zu tun hat.

© Jutta Benzenberg

Lutz Kreutzer wurde 1959 in Stolberg im Rheinland geboren. Er schreibt Thriller, Kriminalromane sowie Sachbücher und ist Herausgeber von Kurzgeschichtenbänden. Er coacht Autoren auf Buchmessen und Kongressen und richtet den Self-Publishing-Day aus. Der promovierte Naturwissenschaftler gründete am Forschungsministerium in Wien ein Büro für Öffentlichkeitsarbeit und arbeitete lange als Manager in der Hightech-Industrie. Seine Reisen und alpinen Abenteuer nimmt er zum Anlass, komplexe Sachverhalte in spannende Literatur zu verwandeln. Den Niederrhein kennt er gut, weil er als Geologe dort oft unterwegs war. Sein erster Roman schaffte es auf Platz 1 im Kindle-Shop. Seine Arbeit wurde mit mehreren Stipendien gefördert.
Mehr unter: lutzkreutzer.de

LUTZ KREUTZER (Hrsg.)

Schaurige Orte am Niederrhein

Unheimliche Geschichten

GMEINER

Personen und Handlung sind frei erfunden.
Ähnlichkeiten mit lebenden oder toten Personen
sind rein zufällig und nicht beabsichtigt.

Immer informiert

Spannung pur – mit unserem Newsletter informieren wir Sie
regelmäßig über Wissenswertes aus unserer Bücherwelt.

Gefällt mir!

Facebook: @Gmeiner.Verlag
Instagram: @gmeinerverlag
Twitter: @GmeinerVerlag

MIX
Papier aus verantwortungsvollen Quellen
FSC® C083411
FSC www.fsc.org

Besuchen Sie uns im Internet:
www.gmeiner-verlag.de

Im Ehnried 5, 88605 Meßkirch
Telefon 07575/2095-0
info@gmeiner-verlag.de

1. Auflage 2022

Lektorat: Susanne Tachlinski
Herstellung: Mirjam Hecht
Umschlaggestaltung: U.O.R.G. Lutz Eberle, Stuttgart
unter Verwendung eines Fotos von: © Frank Kimpfel / shutterstock
Druck: CPI books GmbH, Leck
Printed in Germany
ISBN 978-3-8392-0300-2

INHALT

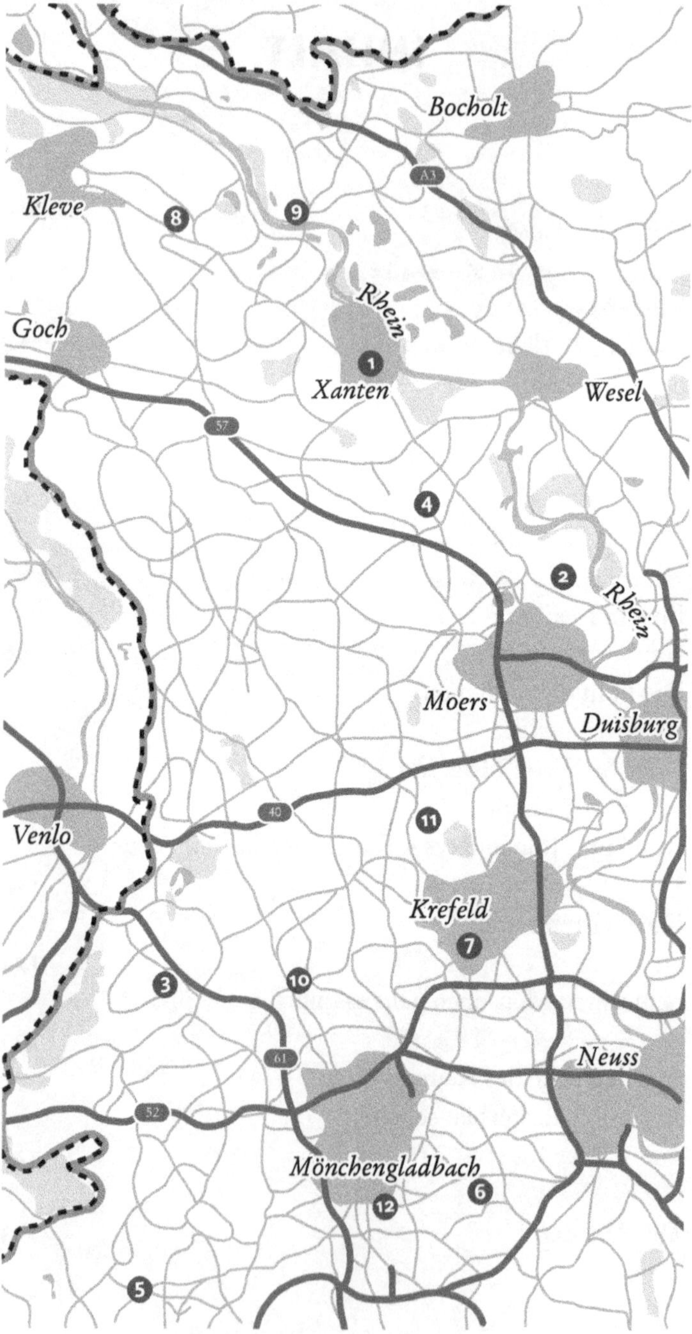

Bocholt
A3
Kleve
8
9
Rhein
Goch
1
Xanten
Wesel
57
4
2
Rhein
Moers
Duisburg
40
11
Venlo
Krefeld
7
3
10
61
Neuss
52
Mönchengladbach
6
12
5

12 SCHAUERGESCHICHTEN UND IHRE ORTE

1. Der beste Kaiser
2. Kinderfest
3. Die kalte Zeit
4. Braune Nächte
5. Mystery World Reloaded
6. Lost in Liedberg
7. Die Frau ohne Namen
8. Der Hund von Moyland
9. Ruud und Jule in Rees
10. Die Geisterstraße
11. Schlechten Menschen geht es gut
12. Aus der Tiefe des Raumes

Eine interaktive Karte finden Sie hier:
http://schauer-niederrhein.lutzkreutzer.de/

DER BESTE KAISER

VON LUTZ KREUTZER

Ich, der Imperator

Was habe ich, Imperator Caesar Nerva Traianus Augustus, mir damals nur dabei gedacht, als ich aus dem Castra Vetera in Untergermanien eine große Stadt machte? In den Niederungen des *Rhenus*, eine völlig ebene und trostlose Gegend! Es war der Ort weit im Norden, wo die großen Aufmärsche erfolgten, wenn es den Germanen im Osten an den Kragen gehen sollte, also eine stolze Befestigung meiner Legionen. Aber es war auch ein von Mücken durchseuchtes Heerlager.

Ich habe dieses Heerlager in Colonia Ulpia Traiana umgetauft und es zu einer Stadt geformt, die, unserem schillernden Rom ähnlich, Größe und Pracht ausstrahlen sollte. So, wie sie heute den Kalender lesen, muss das ungefähr 100 Jahre, nachdem dieser seltsam friedliebende Jesus von Nazareth in die Welt kam, gewesen sein.

Der beste Kaiser, so nennen die Menschen mich. Ich, Imperator Caesar Nerva Traianus Augustus, schenkte meinen Untertanen eine überaus glückliche Zeit, sagt man von mir. Sie, liebe Leser, können mich Trajan nennen, das reicht völlig aus. Dort oben aber, in diesen Sümpfen des Rheins, dort wollte ich mir ein Denkmal errichten, das muss man sich einmal vorstellen! Größer als die Hauptstadt der südlicher gelegenen Provinz Obergermanien, Mogontiacum, heute Mainz, mein Mainz, denn dort habe ich zwei Jahre als Statthalter residiert, bevor ich Kaiser wurde.

Heute heißt diese Kolonie dort in den Rheinniederungen Xanten, weil man es lange nach seiner Gründung Xantum nannte. Das hat irgendwas mit diesen christlichen Heiligen zu tun. Aber davon verstehe ich nichts, denn zu meiner Zeit wurden die Christen noch verfolgt und bestraft, wenn sie mich, den Kaiser, nicht ehrten. Dieses Xanten aber wurde zum zweitgrößten Handelszentrum von Untergermanien, nach Colonia Agrippina, dem heutigen Köln.

Wie es auch gewesen sei, eines steht fest: Ich habe dieses Xanten erschaffen, nach dem Vorbild Roms. Erschaffen mit allem, was eine römische Stadt brauchte, mit Häusern, Kolonnaden, Amphitheater, Tempel, Forum, Thermen und Bordellen. Die Bürger von Xanten erhielten sogar das römische Bürgerrecht. Ich bin eben großzügig! Ich, Trajan, Optimus Princeps, der beste »Erste unter Gleichen« – diesen Ehrentitel haben mir damals der Senat und das Volk von Rom verliehen, Senatus Populusque Romanus.

Doch irgendwann, nur ungefähr 170 Jahre später, ist meine Stadt vernichtet worden. Von einer Horde marodierender Barbaren. Stadt mit X, war wohl nix! Und dann, aus Schutt und Asche neu erstanden, Hunderte Jahre später, kam angeblich dieser Siegfried und stahl mir meinen ehrenvollen Platz.

Aufruhr

»Fremdenverkehrsinitiative spaltet Xantens Bürger«, so prangte die Überschrift in der Online-Ausgabe des »Niederrhein Blatt«. »In der Stadt Xanten gibt es eine neue Bewegung. Führende Hoteliers, Wirtschafts- und Tourismusfachleute starten ein Projekt, das einen neuen Siegfried aus der Taufe heben will. ›Wir möchten, dass unser Siegfried eine Art Hüter wird, der als ewiger Held über Xanten wachen soll. Der Hype um den verstaubten Trajan und um seine Römer hier bei uns ist out. Es lebe der neue Siegfried!‹«, wurde der Sprecher der Gruppe zitiert. Dazu ein Bild von fünf Initiatoren, die siegesgewiss ihre Daumen in die Höhe reckten. Darunter die Bildunterschrift mit den Namen. Doch, so die Zeitung, es habe sich bereits starker Widerstand gegen die Gruppe formiert. »Das, was die Wortführer dieser Initiative vorhaben, würde das Geschichtsbild unserer einzigartigen Stadt derart verzerren«, wurde die Stadtkämmerin Hermine Elsen zitiert, »dass man hier nicht mehr von Geschichtsklitterung, sondern von arglistiger Geschichtsfälschung sprechen muss.« Laut Umfragen des »Niederrhein Blatt« gab es in Xanten große Sympathie für das Vorhaben, denn die Initiatoren versprachen hohe Einnahmen für den Tourismus und die Wirtschaft der Stadt. Von einem Umstand, der die Stadtbevölkerung spalten würde, war die Rede. »Eine ganze Stadt in Aufruhr! Bleibt abzuwarten«, so schloss der Verfasser den Bericht ab, »ob sich die Geschichte der Stadt Xanten tatsächlich neu interpretieren lässt.«

Die Quelle

Siggi Hendricks fröstelte, als er gegen 18.30 Uhr sein Büro verließ. Nebel hing über dem Niederrhein, die Blätter fielen von den Bäumen. Als er in seinen Maserati steigen wollte, fiel ihm ein Zettel unter dem Scheibenwischer auf. Der Zettel war bedruckt, billiger Tintenstrahldrucker, die Tinte von der Feuchtigkeit ein wenig zerlaufen. »Lieber Siggi, komm zur Drususquelle, du weißt schon, beim Röschenparkplatz, gleich jetzt und nur kurz. Ich bin in Schwierigkeiten, und du vielleicht auch. Bitte hilf mir, Karin. Ich warte auf dich.«

Nanu, seine geschiedene Frau? Sie hatte schon mehr als zehn Jahre nichts von sich hören lassen. Merkwürdig. Nicht einmal eine aktuelle Telefonnummer hatte er von ihr. Und nun ein Zettel. Er spürte, wie sich ein sanfter und zugleich brutaler Stoß in seiner Magengrube breitmachte.

Karin in Schwierigkeiten? Diese abgezockte Frau, die ihm das Leben in den letzten beiden Ehejahren so schwer gemacht hatte? Und warum an der Drususquelle? Sie war nie gern in der Natur unterwegs gewesen.

Bis zur Sitzung hatte er noch eine Stunde, also fuhr er zum südlichen Stadtrand bis zum Parkplatz Röschen, unmittelbar neben einem weit über die Grenzen Xantens bekannten Etablissement. Hoffentlich würde niemandem sein Auto hier auffallen. Langsam wanderte er den Weg entlang, der am Südostrand des Mischwaldes in ein paar Minuten Fußmarsch zur Drususquelle führte. Ihm war ein wenig mulmig zumute. Wie würde Karin aussehen? Wie gefasst würde er ihr gegenübertreten? Er atmete tief und regelmäßig ein, und mit jedem Schritt wurde er allmählich ruhiger.

Nach etwa 300 Metern Fußweg sah er den aus Naturstein gemauerten Quelltrog und hörte, wie das Wasser hineinplätscherte. Die Uhr des entfernten Xantener Doms schlug sieben. Ein paar Vögel flatterten auf.

Hendricks ging zum Trog, sah sich um. Hier war niemand. Keine Karin, sonst auch nichts. Er wartete. Etwa drei Minuten. Er spürte, wie das Warten ihn nervöser werden ließ. Er schwitzte. Fahrig zog er seinen Mantel aus und warf ihn neben den Trog auf den mit Moos überzogenen Fels. Dann schöpfte er frisches Wasser mit den Händen und kühlte sein Gesicht. Einmal, zweimal, und als er zum dritten Mal ansetzen wollte, hörte er hinter sich raschelnde, schnelle Schritte. Kurz schreckte er auf, doch bevor er sich umdrehen konnte, war es bereits zu spät. Er spürte etwas zwischen seinen Schulterblättern, dass sich durch sein Hemd bohrte, heiß und drängend. Wie von einem Hammer getroffen fiel er leicht zur Seite auf sein Gesicht. Blut lief aus seinem Mund. Sein wässriger Blick verlor sich im herbstlich bunten Laub, und er röchelte seinen letzten Halbsatz: »Wie … wie einst …« Weiter kam er nicht.

Siegfried 2.0

»Hermine Elsen«, feixte Günter van Straten, wobei er ihren Namen fast ausspie, »die kriegen wir schon klein, keine Sorge«, fügte er hinzu und rieb sich die Hände. »Unser neuer Siegfried wird uns so viel Geld in die Taschen spülen, wie Xanten noch nie gesehen hat. Und wir fünf, wir werden es abschöpfen. Der Stadtrat ist selbst schuld.«

Rüdiger Scholten nickte. »Tja, hätten sie mal auf dich gehört, Günter«, sagte er zustimmend.

»Ich glaube, sie wollten dich loswerden«, warf Gisbert Giesen, größter Hotelier vor Ort, mit einem süffisanten Unterton ein.

Van Straten brummte. »Ja, das hat auch die blöde Elsen eingefädelt.«

»Die dicke Minni«, rief Scholten lachend. »Hermine Elsen, das roteste Tuch aller roten Tücher.«

»Also ich möchte sie nicht als Feindin haben«, bemerkte Gudrun Tervooren und schlug ihre schlanken Beine übereinander. »Bist selbst schuld, Günter«, mahnte sie an van Straten gerichtet, »du hättest ja nicht in ihre Kasse langen müssen.«

Van Straten bäumte sich auf. »Ich habe nicht in ihre Kasse gelangt, sondern mir 2.000 Euro ausgeliehen. Auf die Schnelle. Das ist was anderes«, bellte er.

»Aus der Sicht einer Stadtkämmerin ist das wohl dasselbe«, entgegnete Giesen unbeeindruckt. »Sie hat dich ganz einfach beim Klauen erwischt.«

Van Straten warf ihm einen wütenden Blick zu.

»Du hättest dir das Geld auch bei Siggi leihen können. Er hat doch immer Möglichkeiten bei seiner Bank. Dann wäre auch nie rausgekommen, dass du es zum Auslösen deiner Schulden für deinen letzten Puffbesuch in Nijmegen gebraucht hast.« Gisbert Giesen grinste über das ganze Gesicht.

»Tja, Holland ist teuer«, fügte Gudrun Tervooren spöttisch hinzu.

»Langsam, langsam, das spielt doch jetzt keine Rolle«, ging Rüdiger Scholten dazwischen. »So was machen Männer eben. Wie hat Podolski einst gesagt? ›80 Prozent von euch und ich kraulen sich auch mal an den Eiern.‹ Also, vergessen wir nicht, warum wir hier sind. Wir wollen einen Siegfried. Einen strahlenden Helden neu erschaffen. Unsere Hotels mit Gästen füllen und die Menschen davon überzeugen, dass unsere Idee gut ist für Xanten.«

Gudrun Tervooren nickte verhalten. »Hast ja recht, Rüdiger. Ich sag's auch nicht wieder«, grinste sie und setzte ihr charmantestes Lächeln auf. »Nichts für ungut, Günter«, setzte sie hinzu und warf ihm einen flüchtigen Handkuss zu.

»Geschenkt!«, antwortete Günter van Straten und hob lässig den Arm. Er sah auf die Uhr. »Apropos Siggi. Wo bleibt er denn?«, fragte er mürrisch.

»Wird schon noch kommen«, sagte Scholten beschwichtigend.

»Also, was genau wollen wir?«, fragte Gisbert Giesen.

»Ich fasse zusammen«, antwortete van Straten. »Wir werden einen Siegfried Zwei Punkt Null erschaffen, der eine Residenz direkt neben dem Archäologischen Park bekommt. Nicht eine Wohnung, nicht ein Haus, nein«, rief er laut, »eine Residenz!« Er machte eine Pause und sah den drei anderen nacheinander in die Augen. »Der neue Siegfried wird die Sage um den alles überstrahlenden Helden und König Xantens derart neu anfachen, dass der Tourismus ungeahnte Höhenflüge erlebt. Gudrun, du machst die PR und die Werbung«, befahl er. Gudrun Tervooren nickte ohne Widerspruch. »Die Buchungen unserer Hotels werden überlaufen.« Van Straten war aufgestanden, fuchtelte begeistert mit den Armen, redete sich in Rage und sah Giesen eindringlich an. »Wir werden Nibelungen-Menüs zu gehobenen Konditionen anbieten, Hunnen-Gebäck zu Apothekerpreisen verkaufen.

Brunhild-Mieder und Kriemhild-Bustiers, Hagen-von-Tronje-Mäntel und Siegfried-Hemden. Die Römer haben ausgedient in Xanten. Und auch das überholte Siegfried-Museum!«, rief er. »Mit 3D-Wallkürenritt und Drachenkampf, mit Schwertweihe und Hologrammpark, ja, mit Hightech-Wagneropern im Amphitheater, mit all dem werden wir ein Vermögen machen. Aus aller Welt werden die Menschen kommen.« Er machte eine längere Atempause. »Andere Städte leisten sich einen lächerlichen Stadtschreiber, wir aber werden einen großartigen Siegfried aus der Taufe heben«, fügte er hinzu, reckte die Hände in die Höhe und ließ ihnen einen verklärten Blick folgen. »Disney hat nur eine kleine schwarze Maus, wir aber haben einen blonden strahlenden Hünen!«

Erstaunt über diesen Temperamentsausbruch sahen Rüdiger Scholten, Gisbert Giesen und Gudrun Tervooren sich gegenseitig an.

»Niemand, niemand auf der ganzen Welt wird etwas Ähnliches haben. Nur wir hier in Xanten, nur wir werden endlich dieses seit Jahrhunderten verstaubte Nibelungenlied nutzen, wie es sein Dichter gewollt hat. Wer auch immer dieses … dieses unleserliche, mittelalterliche Geplänkel aufgeschrieben hat – ich bin sicher, der wollte nur eines.« Seine glühenden Augen waren so überzeugend, dass Gudrun Tervooren ihm ein leises »Ja?« entgegenhauchte und wie hypnotisiert auf seinen nächsten Satz wartete. »Nämlich dass wir, ja wir, meine Freunde, den Schatz, unseren Schatz der Nibelungen endlich heben.«

Angst

»Sie haben einen Zettel bei ihm gefunden. In seiner Manteltasche. Von seiner ehemaligen Frau!«, rief Gudrun Tervooren in ihr Handy. »Rüdiger, es sieht so aus, als hätte sie was damit zu tun.«

»Woher …?«

»Mein Schwager ist bei der Polizei, der hat mir das …«

»Kann ich mir nicht vorstellen«, unterbrach Scholten am anderen Ende. »Sie wohnt irgendwo im Osten, hat doch jetzt 'nen Sachsen oder so.«

»Ja und? Es spielt doch keine Rolle, wo sie wohnt. Und wenn sie ihn wirklich umbringen wollte, dann hat sie die Entfernung sicher nicht davon abgehalten. Vielleicht lebt sie ja gar nicht dort … Wart mal, Rüdiger. Da ruft mein Schwager gerade an.« Sie verwies Scholten in die Warteschleife. Nach einer Minute meldete sie sich erneut. »Rüdiger?«

»Ja?«

»Mein Schwager. Karin hat ein astreines Alibi. Felsenfest. Es muss also jemand anderes gewesen sein. Sie wurde nur vorgeschoben. Rüdiger?«

»Ja?«

»Ich hab Angst.«

Scholten schwieg einen Augenblick. »Weiß man, wie er genau zu Tode kam?«

»Ja, ein Speer steckte in seinem Rücken.«

»Ein Speer?«, fragte Scholten erstaunt.

»Ja, ein Speer. So einer aus der Leichtathletik, er steckte zwischen seinen Schulterblättern.«

»Das … also das ist sicher nur ein Zufall, Gudrun.«

»Glaubst du nicht, dass es was mit unserem Projekt zu tun hat?« Ihre Stimme zitterte. »Ich hab Angst.«

»Sagtest du schon. Mach dir nicht ins Hemd, Gudrun, das wird sich aufklären. Mit unserer Sache hat das sicher nichts zu tun. Das wird Günter sicher auch so sehen. Hast du schon mit ihm gesprochen?«

»Nein.«

»Dann ruf ihn an.«

Sein letzter Fehler

Diese Mimose! Er hatte Gudrun mehr Mumm zugetraut. Geflennt hatte sie wie ein altes Waschweib, dachte Günter van Straten. Er würde sie wieder geradebiegen. Am Telefon war das schwierig. Morgen früh würde er sie treffen und noch einmal mit ihr reden müssen. Ihr gut zureden. Die Hauptsache war, dass sie der Polizei nichts über das Schwarzgeld preisgab. Siggi, der Bänker, hatte das alles kreativ eingefädelt, das Geld aus fiskalen Quellen geschickt und unauffällig umgeleitet, um ihr Projekt zu finanzieren. Und Gudrun hatte es bisher bestens verstanden, diese Mittel in Werbung, PR und gekaufte redaktionelle Beiträge zu investieren. Dieses schlüpfrige Geschäft verstand sie wie keine andere.

Van Straten griff nach einer Flasche Jahrgangs-Cognac André Petit, goss sich einen Doppelten ein und trank ihn mit nahezu respektloser Würdelosigkeit in einem Schluck aus. Danach noch einen. Verbissen und mit betrügerischen Gedanken setzte er sich inmitten seiner Penthousewohnung auf das weiße Sofa, wartete die Wirkung des Cognacs ab, zog eine große Patchworkdecke über und schlief ein paar Minuten später ein.

Um 4 Uhr schnarchte er laut und bemerkte in seinem Tiefschlaf nicht, wie sich eine der Schiebetüren zum Balkon langsam öffnete. Ein lautloser Schatten kam auf ihn zu und holte vorsichtig etwas aus einem hellgrauen Sack hervor, hob van Stratens Decke hoch, setzte es darunter ab und verschwand, wie er gekommen war.

Als van Straten vor Schreck erwachte, schrie er kurz auf und schlug hektisch mit bloßer Hand zu. Das war sein letzter Fehler.

Nierenversagen

»Rüdiger, Rüdiger, hast du es schon gehört?«, rief Gudrun Tervooren panisch schluchzend in ihr Handy. »Günter ist tot. Tot, hörst du?«

»Was sagst du da?«, fragte Rüdiger Scholten, den Samstagsvormittagsschlaf noch in den Augen. »Wie ist das denn passiert?«

»Eine Giftschlange«, winselte sie. »Seine Putzfrau hat ihn gefunden. Heute Morgen um halb neun. Er lag auf dem Boden, sein Körper im Schmerz verdreht. Polizei, Krankenhaus, Hirnblutungen und Nierenversagen, tot.«

Rüdiger Scholten ließ sein Handy vor Schreck in die Butterschale fallen. Mit aufgerissenen Augen starrte er auf sein Frühstücksei. Aus dem Handy schnarrte es: »Eine Giftschlange … wie … wie …«

Im Theater

Es dämmerte, und Gudrun Tervooren zitterte. Sie hatte bereits die dritte Zigarette angezündet, knabberte zwischendurch immer wieder an ihren Fingernägeln und kratze sich die Haut an ihren Händen auf. Noch gestern war ein neuer Artikel erschienen, der schon lange vorbereitet gewesen war und der sie immerhin 4.000 Euro gekostet hatte, aus der Kriegskasse der Initiative »Siegfried 2.0« gezahlt.

Das »Niederrhein Blatt« hatte getitelt: »Straßenumfrage für Siegfried 2.0«. Untertitel: »Xantener Bürger befürworten einen Umbruch im Tourismus«. Das Blatt erwähnte kurz, dass es zwar keine repräsentative Umfrage sei, aber dass aufgrund der hohen Zahl der Befragten ein Trend sehr deutlich abgelesen werden könne. Die Menschen wollten mit einer großen Mehrheit von über 70 Prozent der Befragten, dass der Fremdenverkehr sich auf die moderne Interpretation einer neuen Siegfriedfigur konzentrieren und den Vorschlägen der Initiative »Siegfried 2.0« folgen solle.

Gudrun Tervooren wusste es besser. Der Redakteur, mit dem sie bisher zweimal im Bett gelandet war, hatte lediglich drei Leute in seiner Stammkneipe befragt. Und dann noch drei Tausender mehr für den Artikel von ihr kassiert.

Sie musste Rüdiger und Gisbert treffen! Rüdiger war der Vermittler in der Gruppe, der mit dem hellsten Kopf, der mit der gelassensten Art. Der ausgleichende Rüdiger würde sie beruhigen können. Und Gisbert war mutig. Er würde wissen, was in einer Ausnahmesituation wie dieser zu tun war. Sie zog an ihrer Zigarette, ging in die Küche und goss sich gerade die vierte Tasse Kaffee ein, als ihr Handy klingelte. »Danke, dass du dich meldest, Rüdiger. Ich muss raus. Kann ich dich treffen?«

»Wo?«, fragte Rüdiger.

Was wäre ein guter Treffpunkt? Sie überlegte kurz. »An der Freilichtbühne hier bei mir in Birten?«, schlug sie vor.

»Einverstanden. Am Parkplatz, in zehn Minuten.«

Gudrun zog Schuhe und Mantel an. Von ihrer Wohnung aus waren es nur wenige Minuten zu Fuß zum sogenannten Amphitheater. Rüdiger würde mit dem Auto kaum länger als sie brauchen. Heute zeigten sie einen Filmklassiker aus den 60ern: »Die Nibelungen, Teil 2 – Kriemhilds Rache«.

Kühle Luft kroch ihre Beine hoch, als sie auf das Freilichttheater zuging. Es war bereits dunkel geworden. Als Rüdiger kam, fiel sie ihm um den Hals, noch bevor er ganz aus seinem Auto gestiegen war. »Gut, dass du da bist.« In dem Moment kam auch Gisbert angefahren.

Sie gingen den Weg zur Spielstätte entlang. Heroische Klänge waren aus dem Halbrund zu hören. Als sie näherkamen, konnten sie die schwarzen Silhouetten der Zuschauer erkennen, die sich vor der großen Leinwand abzeichneten.

»Sag mal, hast du schon mal dran gedacht«, fragte sie Rüdiger etwas zögerlich, »der Polizei mehr zu sagen als nur, dass wir uns das alles nicht erklären können?«

Rüdiger schüttelte den Kopf. »Dieser Hauptkommissar Bern war zweimal bei mir, ich habe ihm nur erklärt, dass ich zwar mit den beiden Toten befreundet war, aber mehr hab ich nicht gesagt. Und du?«, fragte er Gisbert Giesen, der neben ihm an dem Geländer oberhalb des

Vorführraums lehnte, umgeben von dicht gewachsenen Bäumen.

»Günter hat mir eingebläut, nichts zu sagen, aber das gilt ja wohl nicht mehr«, antwortete er zögerlich.

»Ergebt Euch!«, tönte es aus dem Theater. *»Nein!«*, schrie die Meute der Burgunder. *»Dann kämpft!«*, rief ihnen der Vasall Etzels entgegen. Eilige Schritte, dramatische Musik, Schwerter klirren, Tod und Verderben.

Irritiert vom Lärm wandte sich Rüdiger schließlich wieder an Gudrun. »Wir sollten uns daran halten, was Günter vorgeschlagen hat.«

»Aber wer ist das, der hier Leute umbringt? Das kann doch kein Zufall sein, dass es gerade zwei von uns sind! Und bald ...«, schluchzte sie, »bald, da sind wir dran, Gisbert. Begreift ihr denn nicht?« Sie packte Gisberts Arm und schüttelte ihn heftig.

»Zum letzten Mal, Bruder, sage dich los!«, forderte Kriemhild vom König der Burgunden.

In dem Moment sprang eine Gestalt aus dem dichten Baumbestand hervor. Rüdiger Scholten riss den Mund auf und begriff nicht, was gerade passierte. Die Gestalt holte aus und schlug auf Gisbert ein. Rüdiger reagierte schnell, riss Gudrun zur Seite, deren Schreie im Kampfgetümmel der Burgunder und Etzels Vasallen untergingen, und zerrte sie die Treppenstufen und den Weg zum Parkplatz hinab. Entsetzt blickten sie kurz zurück und sahen noch, wie Gisbert benommen an dem Geländer lehnte, als die Gestalt ihm einen schmalen Holzscheit in den Rachen schob und eine Stichflamme hochschoss. Dann war die Gestalt verschwunden. Gudrun starrte wie gelähmt mit weit aufgerissenen Augen auf die Flamme, die aus Gisberts Mund loderte. Rüdiger zerrte sie mit aller Gewalt hinter sich her bis zum Parkplatz. Am Auto angekommen, zog Gudrun immer wieder am Türgriff, warf sich schließlich auf den Beifahrersitz und schrie auf Rüdiger ein, bis dieser endlich mit durchdrehenden Reifen davonfuhr.

Kurz vor der Polizeiwache in Xanten stoppte Rüdiger sein Auto. Schwer atmend und zitternd starrte er durch die Windschutzscheibe und stammelte ins Leere: »Angezündet, mit einem Holzscheit, … wie … wie …«

Die Mühle

Gudrun wachte früh auf, nachdem sie doch noch eingeschlafen war, obwohl sie sich fast die ganze Nacht im Bett hin und her gewälzt hatte. Sie bestieg ihr Auto und fuhr übermüdet in die Stadt. Arbeit würde das Beste sein, dachte sie. Sie zitterte am ganzen Leib. Die Polizei hatte sie und Rüdiger gestern Abend noch mehrere Stunden befragt. Völlig ausgelaugt betrat sie die Kriemhild-Mühle an der Stadtmauer, für die sie im Auftrag der Stadt Xanten eine neue Werbelinie entwickeln sollte.

Der Himmel war wolkenlos, ein idealer Tag für Fotos. Andere Aufgaben waren heute sinnlos, ihre Konzentrationsfähigkeit war auf dem Nullpunkt. Sie begrüßte den Betreiber des Ladens, der im Erdgeschoss eingerichtet war, und stieg die zwei steilen Leitern empor, die ins Innere der Mühle führten. Die Tür zum Außenumgang quietschte und ließ sie kurz erschauern.

Draußen war es windstill. Die Flügel der Windmühle drehten sich nicht. Gudrun nahm ihre Canon aus der

Tasche und begann, eine Reihe von Fotos zu machen, einen Flügel der Mühle immer ein Stück weit im Bild. Mal rechts, mal links, mal weiter oben.

Von unten hörte sie ein entferntes Rufen. »Ja, ja, zwei Treppen, dann durch die Tür!«, rief jemand. Dann ein Lachen. »Schön, einen Schauspieler hatte ich noch nie oben auf der Mühle.«

Als die Tür aufging, stand er vor ihr. Ein Römer. Bevor sie schreien konnte, schlug er zu. Ihr Kopf war mit einem Hieb vom Hals getrennt und fiel dumpf auf den Holzboden. Nicht einmal eine Minute später hing ihr Torso in der Takelage des Flügels. Der Wind frischte auf, und Gudrun Tervooren drehte sich kopflos über der Stadtmauer von Xanten.

*

ein halbes Jahr zuvor
Die Proklamation

Der Karneval-Club »Römische Legionäre im Carneval«, kurz RLC, hatte ihn zum Kaiser Trajan gemacht. Hier in Mainz. Roman Cefalescu konnte es kaum fassen, dass die Wahl auf ihn gefallen war. Seitdem musste er ein mächtiges Programm absolvieren, und das seit Wochen! Er hatte eine Leibgarde, einen persönlichen Lakaien und ein paar Leute, die auf sein Wohlergehen achteten, bis hin zu einem Leibarzt. Das alles ließ sich der RLC einiges kosten. Auch er hatte ganz schön hinblättern müssen, aber das hatte sein Turnverein ihm, dem großen Talent am Barren und Reck, über einen Spendenaufruf ermöglicht. Im Angesicht der Tatsache, dass er normalerweise jeden

Morgen früh aufstand und in einer der größten Metzgereien als Hilfsfleischer arbeitete, war das eine sagenhafte Karriere. »Wer kann heutzutage noch lateinischer sein als ein zugewanderter Rumäne!«, rief der Vizepräsident des RLC, obwohl das kaum der wahre Grund war. Romans glasklare Stimme hatte den Ausschlag gegeben. Denn seine Trajanhymne überzeugte alle in der Jury und ließ die Herzen hochschlagen.

»Der beste Kaiser nur für Euch, Ihr, die Lieb von Mainz. Ich werde Euer Retter sein, umarmt Euch und seid Eins!«

So sang er voller Stolz den selbst gedichteten Text mit seinem schmetternden Tenor und machte dabei eine Bewegung, als wolle er die ganze Welt an sein Herz drücken. Sie lagen ihm zu Füßen, und der Applaus wollte nicht enden.

»Wir haben einen Trajan!«, rief der Kommandant der Ehrengarde nach der Proklamation. Tränen vor Glück kullerten, Menschen lagen sich in den Armen. Wie einen echten Kaiser trugen sie ihn in einer Sänfte und auf Schultern durch Säle und Kneipen, verehrten und bejubelten ihn. Bis der große Absturz kam.

Der Sturz

Es war ein strahlender Rosenmontag, die Sonne stand am Himmel, Eisblumen umrankten die kleinen Fenster an dem Traktor, der seinen Prunkwagen zog. Roman Cefalescu saß voller Stolz ganz oben auf einem weißen hölzernen Pferd, das sich auf und ab bewegte. Hunderttausende Menschen winkten ihm zu, sie priesen ihn als den einstigen Retter und Herrscher von Mogontiacum. Ein Eichenkranz aus Gold krönte sein Haupt, so wie man es in Rom nur wenigen Volkshelden gestattet hatte. Trotz der Eiseskälte an diesem Tag trug er offene Sandalen an seinen Füßen und Waden, eine weiße Tunika mit edlem purpurnem Besatz, darüber den goldenen Brustpanzer und einen Soldatengütel, an dem ein speziell für ihn geschmiedetes Kurzschwert baumelte. Auf seinen Schultern war eine rote Toga befestigt, die seinen Rücken und den linken Arm bedeckte. Glücklich und beflissen warf er Pralinen und Schokolade ins Volk.

Die Herzen der Menschen waren sein. »Trajan, Trajan«, riefen sie, Kusshände flogen ihm zu, sie lachten und sangen. So war das in Mainz. Und als der Zug endete, da trugen sie ihn vom Wagen. In einer Woge der Begeisterung wurde er von den feiernden Menschen auf ausgestreckten Händen weitergereicht, bis in eine Kneipe, wo sie ihn auf die Theke stellten. Er, der Sohn rumänischer Einwanderer, stand erhöht vor den Menschen und war auf seinem emotionalen Höhepunkt. So viel Glück! Er tanzte, lachte und schwang sein langes Zepter hin und her. Und dann wollten sie ihn singen hören. Er sang sein Lied, seine Trajanhymne. »*… ich werde Euer Retter sein …*«

Als die Musik verstummte, brandete ohrenbetäubender Applaus auf. Die Menschen umarmten sich, prosteten sich zu, jemand griff nach seinem Bein, wollte ihn berühren, ja verehren. Es war ein junger Mann, der ihn anlachte. Er, der Trajan von Mainz, er lachte zurück, als der angesäuselte Bursche über seine Wade strich. Plötzlich erstarrte das Gesicht des Mannes vor ihm. »Hey!«, rief er entsetzt. »Der hat ja Nylons an! Der Kaiser mit Nylonstrümpf!«

Die Kneipe war kurz wie erstarrt. »Unser Held trägt Damenstrümpf!«, schrie ein anderer. Plötzlich raunten die Leute. Dann lachten sie. Aber sie lachten nicht mehr aus Verehrung, nein, sie lachten vor Spott. Sie zeigten mit Fingern auf ihn. »Trajan, der Warmduscher«, hallte es von hinten durch den Saal. Gelächter. »Der will unser Retter sein?« Noch mehr Gelächter. Er lief rot an, wollte etwas sagen, doch das Gelächter artete in laute Empörung aus. Er hätte nicht auf seine Mutter hören dürfen, die Sorgen gehabt hatte, dass er sich im Rosenmontagszug auf seinem Holzpferd erkälten würde. Sie hatte ihn überredet, ein Paar ihrer Strümpfe anzuziehen.

Tumultartig griffen ein paar Leute nach seinen Beinen und rissen die Strumpfhose in Fetzen. Als er sich wehren wollte, fiel er, Trajan, von der Theke. Ein einziges Geschepper. Dann eine Faust, eine Schlägerei, Tumult ohnegleichen. Krankenhaus, und er war nicht der Einzige. Die halbe Kneipe war demoliert. Am nächsten Tag aber stand in den Zeitungen: »Skandal am Rosenmontag: Trajan in Damenstrumpfhosen erwischt«, »Strumpfhos-Gate sorgt für Massenschlägerei!«, »Held in Strumpfhosen abgestürzt« oder »Rumänischer Trajan entehrt heiligen Rosenmontag«. Sogar die Kölner und Düsseldorfer Zeitungen verspotteten ihn: »Der tiefe Fall des Mainzer Trajan«, »Mainzer Kaiser Trajan unwürdig gescheitert«. Ein gefundenes Fressen im Wettbewerb der karnevalistischen Großmächte.

Fortan wurde er verachtet, der RLC schloss ihn aus. Er habe das Verderben über den Verein gebracht, ja über das gesamte Rheinland! Man gab ihm alle Schuld an dem Skandal. Seinen Job als Fleischzerteiler hatte er zwar behalten können, doch in ganz Mainz wurde er geschnitten. Sogar sein Sportverein hatte ihm den Rückzug aus dem Kader nahegelegt. Und er schämte sich unendlich. Er zog sich komplett zurück. Zu seinen Eltern brach er jeden Kontakt ab.

Die Metamorphose

Roman Cefalescu erkrankte schwer, in seinen Fieberträumen plagten ihn hässliche Fratzen, die sich über ihn beugten und ihn beschimpften. Schweißgebadet wachte er morgens auf und zitterte am ganzen Leib. Er hatte sich einen psychogenen Tremor eingefangen.

Wochenlang traute er sich kaum mehr aus der Wohnung, nur zum Arzt war er gegangen, um sich krankschreiben zu lassen. Sein Gehalt wurde zwar weitergezahlt, aber wie lange noch? Seine Einkäufe ließ er sich von einem Online-Dienst bringen. Joghurt, Müsli, Kaffee und Kartoffeln. Kein Alkohol.

Er flüchtete sich ins Internet, wo er unablässig alles zu Trajan las, was ihm begegnete. Er sprach mit ihm. Nannte ihn – und irgendwann sich selbst – »mein Kaiser«. Trajan und er wurden eins. »Salve, Optimus Princeps«, sprach er demütig und neigte seinen Kopf vor dem Spiegel. »Ich bin dein Vertreter, oh Imperator Caesar Nerva Traianus Augustus. Ich unterwerfe mich deinem Befehl, mein Kaiser.«

Allmählich wandelte sich seine Angst in Wut. Der Tremor ging zurück. Er verließ das Haus und rannte durch den Wald. Jeden Tag rannte er. Der Sport tat ihm gut. Eines Tages fand er einen langen Stock, wog ihn in der rechten Hand, peilte einen Baum an, reckte den Arm nach hinten und ließ ihn nach vorn schnellen, wobei er den Stock losließ und ihn mit festem Blick ins Ziel lenkte. Zu Hause angekommen duschte er sich, trocknete seine Haare und setzte sich an den Computer. Die Stadt Xanten war ihm schon mehrfach begegnet, wenn er nach Trajan suchte. Es gab viele Bilder von der Statue, die man für ihn, Trajan, in der Stadt Xanten aufgestellt hatte. In einem Rundbogen des großen Amphitheaters. Seit einiger Zeit hatte er sich deshalb dieser Stadt zugewandt, die er vor so langer Zeit gegründet hatte. »Weißt du noch, mein Lieber, als du damals Statthalter in Mainz warst?«, sagte er verzückt zu sich selbst. »Und du von hier geflüchtet bist? Vor diesen bösen Menschen?« Fast zärtlich legte er den Kopf schief und spürte eine Art Mitleid mit dem Kaiser und mit sich selbst.

Ja, dort in Xanten, dort mochte man Trajan, dort verehrte man ihn, nicht wie hier in Mainz – dachte er. Er hatte sogar mit dem Gedanken gespielt, dorthin zu ziehen. Noch konnte er sich keinen Umzug leisten. Aber er sparte dafür.

Xanten! Man würde ihn wieder auf Händen tragen! Ihn, den Kaiser Trajan, der Rumänien, die Heimat seiner Eltern, erst zu dem gemacht hatte, was es war, die lateinischste aller römischen Provinzen. Das konnte kein Zufall sein. Er war der Auserwählte, er war die Inkarnation Trajans, er musste das Andenken an den besten Kaiser bewahren. Und dazu musste er nach Xanten. Sie würden ihn lieben.

Der Entschluss

Als Roman Cefalescu die Meldung in der Online-Ausgabe des »Niederrhein Blatt« las, stieß er einen gellenden Schrei aus. Sein Kopf schnellte auf den Bildschirm zu. Er las es noch einmal: »Der Hype um den verstaubten Trajan und um seine Römer hier bei uns ist out. Es lebe der neue Siegfried!« Dann las er die Namen unter dem Bild.

Er war derart aufgebracht, dass er ohne Unterlass mit der Faust auf sein Knie schlug. Man wollte sein Bild zerstören, sein Werk, sein Andenken. Noch bevor er dort war! Er, der Trajan von Mainz, er war es, der den besten Kaiser in personam verkörperte. *Er* hatte Xanten gegründet! Nicht dieser Siegfried, dieser einfältige Sohn eines noch einfältigeren Königs, dessen Reich die Menschen am Rhein »das Niderland« nannten, tatsächlich ohne e geschrieben.

Nein, das alles konnte er nicht zulassen. Ein halbes Jahr war er untätig gewesen. Nur das Kostüm war ihm geblieben. Der Eichenkranz, der prunkvolle Brustpanzer, die weiße Tunika, die blutrote Toga, das scharfe Schwert und die Sandalen. Er hob den Brustpanzer in die Höhe und starrte auf das eingelassene Relief mit den beiden knienden Gestalten, die an Händen auf dem Rücken gefesselt waren. »Nieder mit Euch, Barbaren!«, zischte er geifernd. »Ich bin Trajan, ich, nur ich!« Er spürte, wie seine Wut in Hass umschlug, packte alles sorgfältig zusammen und verließ seine Wohnung, ohne abzusperren.

*

Die Auferstehung

»Was genau wollen Sie mir denn noch zeigen?«, fragte Hauptkommissar Dieter Bern, als sie am Eingangsgebäude beim Amphitheater des Archäologischen Parks standen. Bern war von der Kreispolizeibehörde in Wesel angereist.

Rüdiger Scholten zitterte schon wieder. Mit irrem Blick wandte er sich an den Kommissar. »Wie … wie Siegfried«, flüsterte er mit aufgerissenen Augen. »Siggi Hendricks, verstehen Sie? Er wurde von einem Speer genau zwischen den Schulterblättern tödlich verletzt, an der Drususquelle. So, wie einst Siegfried vom hinterlistigen Hagen umgebracht wurde, auch an einer Quelle. Verstehen Sie?«

»Ja, es war ein Speer von einem Sportverein in Mainz«, sagte Hauptkommissar Bern. »Er ist sorgfältig zugespitzt worden. Gefunden hat ihn eine der Damen aus dem Etablissement, Sie wissen schon, das neben dem Parkplatz liegt. Der Zettel mit dem Hilferuf seiner Frau war wohl nur vorgeschoben von dem, der ihn dort hinlocken wollte.«

»Kommen Sie«, flüsterte Scholten und zog am Ärmel von Berns Mantel. »Und Günter«, hechelte er, »Günter van Straten, wie der König der Burgunden, er war im Schlangenturm!«

»Wir hatten zuletzt einen Einbruch bei einem Reptilienzüchter hier in Xanten. Es wurde nur ein Tier entwendet. Eine Kettenviper«, bemerkte Dieter Bern mit stoischer Ruhe und folgte Scholten, der auf das große Rund zuging. »Muss ein guter Sportler sein, er ist wahrscheinlich über die Hauswand auf den Balkon gestiegen.«

»Dann Gisbert Giesen«, röchelte Rüdiger Scholten. »Feuer hat ihn getötet. Wie … wie Giselher, König Gunthers Bruder, der schwer verletzt durch einen glühenden Holzscheit zu Tode kam, der ihm in den Rachen gestoßen wurde.«

»Tatsächlich, äußerst außergewöhnlich. Herr Giesen war schon halbtot, durch einen harten Schlag auf den Kopf, bevor er starb. Der Holzscheit war präpariert. In Benzin getränkt. Da hat jemand ganze Arbeit geleistet, das war minutiös geplant.«

»Und Gudrun«, schluchzte Rüdiger Scholten leise jammernd. »Gudrun Tervooren, wie Kriemhild, durch einen gezielten Streich wurde sie geköpft, wie in Etzels Burg.« Entsetzt starrte er Hauptkommissar Bern an.

Der Kommissar hielt inne und blieb stehen. »Wir haben ihren Kopf auf dem Umlauf der Kriemhild-Mühle gefunden, eine sehr scharfe Klinge und ein geübter Schnitt. Ihr Körper war geschickt an einem der Flügel verzurrt. Es gab drei Videos auf Facebook und Instagram, in denen zu sehen war, wie sie über Xanten kreiste. Videos von Jugendlichen. Es sieht so aus, als habe sie sich bereits zwei Stunden im Wind gedreht, bevor jemand es wirklich bemerkt und uns gemeldet hat.«

»Wie im … im Nibelungenlied und den nordischen Sagen. Erst Siegfried und dann die anderen!«, wimmerte Scholten. »Unser Projekt, unser Projekt ist tot. Da wollte jemand unser Projekt zerstören.«

»Nun ja, das klingt ja alles sehr dramatisch«, sagte Hauptkommissar Dieter Bern.

»Bitte schützen Sie mich! Ich werde sein nächstes Opfer sein.«

»Haben Sie denn einen Verdacht? Wie genau sah der Mann aus, den Sie gesehen haben?«

»Kommen Sie, kommen Sie!«, flehte Rüdiger Scholten und schleppte sich noch ein paar Meter dahin. Dann blieb er wie angewurzelt stehen, richtete sich auf und sah zu der weißen Statue empor, die vor ihnen in einem steinernen Bogen auf einem Sockel stand. Die Toga, der Brustpanzer und eine Tunika. »Wenn ich es nicht … besser wüsste«, stotterte Scholten, »dann würde … würde ich sagen, Kaiser Trajan ist wiederauferstanden. Trajan Zwei Punkt Null.«

KINDERFEST

VON KLAUS STICKELBROECK

Das im Jahre 883 erstmals urkundlich erwähnte Duisburg entwickelte sich bereits im Mittelalter zu einem urbanen Handelszentrum. Aus dieser Zeit stammen links und rechts des Rheins die eindrucksvollen Rittergüter und stattlichen Herrenhäuser, um die sich zahllose, schaurige Legenden ranken.

Deren Ursprünge finden sich allerdings nicht nur in den groben Zeiten des finsteren Mittelalters. Nach dem letzten Weltkrieg wurden einige der herrschaftlichen Gutshäuser als Kinderheime genutzt. Zwar von löblichem Ansinnen und ehrbaren Motiven getragen, war aber nicht alles segensreich und edel, was sich hinter den Mauern der alten, meist abseits der Stadt gelegenen Gebäudeanlagen abspielte.

Duisburg ist heute eine lebendige, dynamische, weltoffene Stadt. Die meisten der als Waisenhäuser genutzten Rittergüter sind inzwischen unbewohnbare Ruinen. Die Kinder der Stadt finden beide Entwicklungen sehr gut.

*

Es gibt so schöne Cafés, Bars und Kneipen in Duisburg, aber Maic wollte sich unbedingt im Hochfelder Krug mit mir treffen. Wie damals in den späten 90ern, als wir uns an den Wochenenden zum Vorglühen immer in genau dieser gottverlassenen Kaschemme getroffen hatten, um später ein paar Straßen weiter im Daddy die Sau rauszulassen.

Wegen meiner beiden Kids war ich vor einigen Jahren mit der Familie aufs Land gezogen und kannte mich seitdem in der aktuellen Duisburger Kneipenszene nicht mehr aus. Aber Kerl, um diese Bude hätte selbst Horst Schimanski an besonders trüben Tagen einen Bogen gemacht.

»Dachte, sie hätten den Krug längst plattgemacht«, knurrte ich und strich vorsichtig über die Tischplatte, die in diesem Jahrtausend noch nicht gewischt worden war.

»Wat richtig gut is, hält in Duisburg immer besonders lang«, grinste Maic und nippte an seinem KöPi.

»Zebrastreifen«, nickte ich.

»Weiß und blau«, ergänzte Maic, leerte seine Tulpe und winkte der Kellnerin. »Tina, mach mal zwei Neue.«

In den Boxen über uns jammerte David Bowie. Er war in Berlin und befand sich in einer besonders depressiven Phase. Man konnte die Hauptstadt riechen. Das mochte aber auch der klebrige Linoleumboden sein.

Maic trug viel schwarzes Leder und ein bisschen Eisen im Gesicht. Ein dunkles Tattoo kletterte ihm den Hals hoch.

»Und du suchst eine Foto-Location?«, erinnerte er mich an den Grund, warum ich meinen alten Kumpel um dieses Treffen gebeten hatte.

»Richtig. Ein Band-Shooting. Metal. Ein bisschen Gothic. Schwarz, hart, düster. Das letzte Fotoshooting hatten wir auf einem Friedhof.«

»Aha«, brummte Maic und verzog seine gepiercte Nase. »Nicht gerade besonders originell.«

Ich nippte an meinem Glas. »Eben. Ich suche was anderes. Eine Location, die für sich spricht. Was Runtergekommenes. Aber mit Charakter. Dreckig, selbstbewusst. Der Ort zieht dich an und schreit dir zu: lauf weg. So was. Wo man eine Gänsehaut bekommt, ohne zu wissen, warum.«

»Verstehe«, nickte Maic.

»Du warst früher ja auch viel mit der Kamera unterwegs, da dachte ich, ich frag dich mal.«

Ein dunkler Schatten strich über sein Gesicht. Es war ein fetter, schwarzer Falter, der sich in die Kneipe verirrt hatte und jetzt den Ausgang nicht fand. Die Kellnerin rammte zwei neue Bier auf die Pappscheiben zwischen uns.

»Danke«, sagte ich und war mir fast sicher, dass die Frau schon damals hier als Bierschubserin gearbeitet hatte.

Hatte ich die seinerzeit angegraben? Wahrscheinlich. Tina? Hastig nahm ich einen Schluck, der so abgestanden schmeckte, wie die Kellnerin inzwischen aussah.

»Ohne dass man weiß, warum …«, murmelte Maic.

»Was?«, konnte ich nicht folgen.

»Die Gänsehaut«, flüsterte mein Kumpel und runzelte die Stirn. »Ich kenne tatsächlich so eine …«

»Super. Raus damit!«

Maic zögerte. »Ich bin nicht sicher, ob ich dir mit dem Tipp einen Gefallen tue.«

Ich merkte auf. »Wieso?«

Mein Kumpel beugte sich über den Tisch und antwortete mit einer ungewohnten Ernsthaftigkeit: »Weil ich dort gewesen bin und mich keine zehn Pferde da wieder hinbringen.«

»Was soll das denn heißen? Willst du mich auf den Arm nehmen, oder was?«

Nein, sagten seine Augen, wollte er nicht.

Maic schnaufte. »Baerl raus Richtung Budberg liegt das Gut Wolfskuhlen. Das könntest du dir angucken. Aber sag nicht, ich hätte dich nicht gewarnt.«

»Gut Wolfskuhlen? Klingt cool.«

»Ist aber nicht cool. Das Gebäude soll nach dem Krieg ein Kinderheim gewesen sein. Kinderheim und früher, das war nichts Gutes. Auf dem Gebäude liegt schlechtes Karma drauf, mein Freund.«

Patsch, machte Tina und glättete ihr Geschirrtuch. Der fette, schwarze Falter hatte den Ausgang nicht rechtzeitig gefunden.

*

Es regnete wie Sau, Schrittgeschwindigkeit. Kurze, heftige Schauer hatte der Mann im Radio vorausgesagt. Na klasse. Die Scheibenwischer stemmten sich durch dichte Wassermassen. »Mist.«

Gleich hinter Baerl kackte das beschissene Navi ab. »Kein Empfang, oder wie?«

Halb so schlimm. Ich hatte vor der Fahrt im Internet ein paar Infos gegoogelt und die grobe Wegbeschreibung im Kopf. Reitweg, hinter der Raiffeisen-Tankstelle rechts ab Richtung Vierbaum, am Ende einmal zickzack und schon war man da.

»Verdammt.«

Ich fuhr die Seitenscheibe einen Spalt weit runter.

Regenwasser spritzte mir ins Gesicht. Ich kniff die Augen zusammen. Die Straße hätte Wolfskuhlenallee heißen sollen, aber nirgendwo hing ein Schild.

»Soll ich die Straße nicht finden, oder was?«

Ich wischte mir ärgerlich dicke, fette Tropfen aus dem Gesicht und fuhr die Scheibe wieder hoch. Ewig durch den Regen zu tapern, um das Schloss und seine Zufahrt zu finden, da hatte ich mal gar keinen Bock drauf. Auf dem Rücksitz lag die R6, um mit ihr ein paar Fotos für den ersten Eindruck zu schießen, aber einen Regenschirm hatte ich natürlich vergessen. Abbrechen? Jetzt, wo ich fast da war? Kurz und heftig? Hoffentlich war das wirklich nur ein Schauer.

»Sonst raste ich aus!«

Das gruselige Wetter um mich herum passte zu dem, was ich sonst noch über das ehemalige Rittergut gelesen hatte. Mich erwartete eine ausgebrannte, zugewachsene Ruine, der man beim Zerfallen zusehen konnte. Vernagelte Fenster, fehlende Decken, Löcher im Gemäuer.

»Kaputte Häuser als Kulisse hätte ich in Marxloh einfacher haben können.«

Tatsächlich stand in den Berichten, dass das ehemals prunkvolle Anwesen eine Zeit lang als Waisenhaus gedient hatte. Viele der Kinder seien unter ungeklärten Umständen verstorben oder einfach verschwunden. Unselige Zeiten damals. Man erzählte, dass die toten Kinder im angrenzenden Schlossgarten vergraben oder eingemauert worden waren.

Ich schüttelte mich.

Seitdem sollte es im Schloss spuken. Nachts hörte man die Schreie der getöteten Kinder. Nun denn, wahrscheinlich hatte jedes alte, verlassene Anwesen am Niederrhein seine Legenden und Gruselgeschichten. Kopflose Mägde, jammernde Untote, dröhnendes Kettengerassel um Mitternacht und so was.

Jugendliche suchten die Ruine auf, um dort schwarze Messen zu feiern. Okay, bei Vollmond und um Mitternacht. Jetzt war es nachmittags um fünf, da hoffte ich, nicht auf lichtscheue Satanisten und hakennasige Hexen zu treffen.

Der Regengott hatte urplötzlich ein Einsehen. Ich schaltete die Wischer aus. Grelle Sonnenstrahlen stießen wie Feuersspieße bizarr funkelnd durch die dunkle Wolkendecke.

»Da!«

Ich war diese beknackte Straße mehrmals rauf und runter gefahren, aber jetzt, jetzt entdeckte ich mitten in ziemlich viel Grün schemenhaft ein altes, helles Gemäuer. Einige Meter weiter fand ich links des schmalen Weges eine kleine Einbuchtung, in die hinein ich meine Karre parken konnte. Schnell die Fotoklamotten vom Rücksitz gefischt und los, bevor Petrus seine Schleusen wieder öffnete. Ein paar Schritte später erreichte ich eine Stelle, an der das Gras niedergetrampelt war.

»Hoppla.«

Ich bemerkte die beiden mächtigen Torpfeiler aus Stein erst, nachdem ich durch sie hindurchgeschritten war. Ich stand also bereits mitten in der Zufahrt des Anwesens. Und hielt die Luft an. Hammer! Aus diesem Winkel betrachtet ließ sich erahnen, was für ein repräsentatives, herrschaftliches Anwesen das Gut Wolfskuhlen einst gewesen sein musste, das nun versteckt im dichten Grünzeug langsam vor sich hin starb.

Ein ausgetretener Trampelpfad wies mir den Weg, unter meinen Schuhen quietschte das feuchte Gras. Der frische

Regen ließ von den üppigen Sträuchern feinen Dunst gen Himmel steigen, der alles nebelig weichzeichnete. Brennnesseln und Dornbüsche griffen von links und rechts nach mir. Mein lieber Scholli, die ganze Anlage hatte einen Gärtner dringend nötig.

Zwischen altem Baumbestand wurde das Gebäude mit jedem Schritt deutlicher erkennbar. Von den ehemals drei Etagen standen nur noch zwei, die dritte war weg, wie abrasiert. Die angefressenen Reste einer breiten Steintreppe lockten den Besucher ins Innere des maroden Baus. Efeu wucherte üppig die Steine hoch, Moos buschte in den Fugen, Bäume wuchsen von außen ins Gemäuer hinein, tote Fenster starrten mich an.

Ich klatschte eine Mücke aus dem Leben. Dutzende von ihnen tanzten um mich herum. Der Sommerregen hatte sie hungrig gemacht.

Ich stutzte, denn … Da war noch irgendwas. Gänsehaut jagte meinen Rücken runter. Ich war unwillkürlich stehen geblieben, spürte meinen galoppierenden Herzschlag.

Ich entdeckte knapp 20 Meter vor mir im Gras einen dunklen, fast schwarzen Fleck. Der sich bewegte. Eine lebende, schwarze, konturlose Masse.

Ich fuhr zusammen. Kreischend stob eine Bande von Staren, Amseln oder was auch immer für schwarze Vögel mit einem Mal hoch. Wie eine schwarze Wolke rauschten die Viecher davon, während mein Pulsschlag sich langsam wieder in eine normale, zählbare Geschwindigkeit klopfte.

Mit der R6 machte ich vom Gebäude ein schnelles Foto, als Übersichtsaufnahme. Ich zwang mich weiterzugehen, und entdeckte zwei mit verrosteten Gitterstäben gesicherte Kellerfenster. Drinnen lag alles in Schutt und Klump. Es roch muffig nach Mäusekot und Schimmel. Ich trat einen Schritt zurück und bemerkte links von mir ausgetretene Stufen, die an eine Türöffnung führten, die Kellertür fehlte. Ein verwittertes, gelbes Schild warnte: »Einsturzgefahr!«

Ja, nun. Eines Schildes hätte es nicht ausdrücklich bedurft. Dass hier die Steine nur noch lose aufeinanderlagen, war offensichtlich. Im Grunde wurde die Ruine nur durch Schwamm, Dreck und bunte Graffitis zusammengehalten.

Ich folgte dem Trampelpfad weiter ums Gebäude herum und stieß auf eine alte, geschwungene Brücke. Genau genommen ragten nur noch zwei Eisenträger über einen ausgetrockneten Wassergraben. Sämtliches Gestein war von der Brücke weg nach unten gebrochen. Auf der anderen Seite befand sich der Schlossgarten. Ich schluckte, denn mir fiel die Legende mit den dort verscharrten Kindern ein. Ich schoss ein paar Fotos und ging zügig weiter.

Ein hell zischendes Geräusch ließ mich zusammenzucken.

»Fuck!«

Der Wind spielte mir einen launigen Streich, indem er durchs Gebäudeskelett pfiff.

»Reiß dich zusammen, Mann!«

Ich erreichte einen von massigen Säulen eingerahmten Hintereingang. Über dem Türbogen waren die Reste eines in den Stein geschlagenen und vom Wetter zerfressenen Wappens zu erkennen.

Satan rules, behauptete ein Schriftzug, der sich rot die Wand hoch buchstabierte. Ich lugte ins Innere des Gebäudes, dem an dieser Stelle die Decke komplett fehlte.

Und schnappte nach Luft. Ich umklammerte meine Kamera. Ich war hier nicht allein, definitiv nicht! Ich konnte zwar niemanden sehen, aber ich spürte die Blicke. Ich wurde beobachtet. Vorsichtig drehte ich den Kopf. Aus den Augenwinkeln versuchte ich, eine Bewegung auszumachen, ich lauschte, alle Sinne angespannt. Niemand, nichts, kein Geräusch. Nur der Wind, dessen Pfeifen sich inzwischen zum brausenden Stöhnen gesteigert hatte.

Im Internet stand, dass das Gut als »Lost Place« viele neugierige Besucher anlockte. Vielleicht war jemand unterwegs, der ein paar gute Fotos abgreifen wollte. Aber warum zeigte der Vogel sich nicht?

»Verdammt.«

Als ob jemand einen Schalter umgelegt hätte, brach es in diesem Moment wieder aus Kübeln vom Himmel. Bindfäden! Hastig schob ich die Kamera unters Sweatshirt, um das teure Teil vor dem Regen zu schützen, und zog den Kopf ein. Weg hier. Ins Trockene!

Ich hastete ums Gebäude herum. Der Kellerabgang! Ich holperte die zerbröselten Stufen nach unten und sprang ins halbdunkle Überdachte. Hinter mir ging schwarzgrau die Welt unter. Der Gedanke an den Bau einer Arche drängte sich auf.

Meine Augen gewöhnten sich allerdings schnell an die fahle Finsternis, ich blickte mich um. »Geil!«

Der Kellertrakt, in dem ich stand, war der Kracher! Als Foto-Location supercool. Genau das, was ich gesucht hatte. Das schien hier ein alter Waschraum gewesen zu sein. Rostige Rohre schlängelten sich unter der Decke durch den Raum, hingen lose, pockig und fleckig in ihren Halterungen. Der Boden war mit kleinen roten und weißen Fliesen gekachelt. Ausgefranste Wasseranschlüsse steckten in den Wänden. Ein Heizkörper aus Eisen hing längs in Augenhöhe an der Wand.

Der Schriftzug in schreiendem Blutrot: »You born you die.«

Stolperfallen, Vorsicht! Ich stieg über einen Haufen kantigen Schutts in ein weiteres Zimmer.

»Mega!«

Noch besser! Der Raum war größer. Durch zwei ebenfalls vergitterte Fenster stürzten Lichtstrahlen in den Raum, Staubflocken tanzten ausgelassen. Der hintere Bereich des Raums war im gleichen Muster gefliest, vorne bröselte blanker Beton. Von der Decke rieselte Lack. Überhaupt: viel Staub. Hm, Staub und Schmutz: die natürlichen Feinde des Fotografen.

Krass! Ein alter Herd gammelte rauchschwarz und ausgebrannt an der gegenüberliegenden Wand. Kerl, zu dem abgefahrenen Teil fielen mir ein paar Dutzend geile Einstellungen ein.

Über die Ausleuchtung musste ich mir Gedanken machen. Hier war es dunkel wie Bärenarsch. Tief drinnen. Die beiden Blitzköppe würden nicht reichen. Iso-Werte hart an der Kotzgrenze, Überstunden mit Lightroom. Weißabgleich, Tiefen, Lichter, sämtliche Farben … Das ließ sich alles nacharbeiten. Der Raum war groß genug, um ein Stativ vernünftig aufstellen zu können. Das alles dürfte den Headbangern gefallen. Ersatzakkus für die Kamera nicht vergessen!

»Hallo!«

Ich fuhr herum. Taschenlampenlicht boxte mir die Augen blind. »Hey!«

»Besuch?«, knurrte der Typ hinter der Lichtquelle.

»Sieht so aus, Alter!«, bemerkte eine zweite Person im Raum.

»Frischfleisch, Jungs!«, kicherte eine Frau, sie waren zu dritt.

Ich brachte eine Hand zwischen Lichtquelle und Augen. Drei Typen, Jugendliche, um die 20. Zweimal männlich, einmal weiblich. Die Männer hielten Taschenlampen in ihren Fingern, die Frau ... ein Messer. Verdammte Scheiße!

»Hier ist Zutritt verboten, Alter!«

»Hausfriedensbruch!«

»Wir kassieren direkt, Alter. Her mit der Kamera!«

Zur Hölle! Augenblicklich wurde mir klar, dass die drei so ein Ding nicht zum ersten Mal durchzogen. Feste Stimmen, klare Ansagen. Sie bewegten sich im Raum, wechselten die Position. Unter ihren Schritten knirschte der Beton. Die wussten genau, was sie taten. Riesenkacke. Ich überschlug den Wert meiner Kamera und der Objektive in den Seitentaschen meiner Shorts. Scheiße, ich hatte den Kram nicht bei ALDI gekauft. Mir brach der Schweiß aus. Da waren gerade mehrere Tausend Euro dabei, sich freudlos zu verabschieden.

Langsam gewöhnten sich meine Augen ans Licht. Direkt vor mir stand ein Typ mit langen, filzigen Dreadlocks. Links von mir ein bleichblasser Kerl mit scharfem Undercut. Rechts die ausgemergelte Furie mit raspelkurzen schwarzen Haaren, komplett tätowiert mit mehreren Piercings im linken Nasenflügel. Und dem Messer in der Hand. Sehr gefährlich!

»Mach hin, her das Teil!«

Der Wind blies eine Bö durch den Keller. Hörte sich an, als würde das alte Gemäuer nach Luft schnappen. Staub wirbelte, irgendwas im Nebenraum klapperte.

»Los!«, kreischte die Furie, hart an der Grenze zum Ausrasten.

»Hört mal, ich mache das beruflich, ich brauche die Kamera und kann mir keine neue leisten.«

»Da kriegen wir was für«, frohlockte die Furie schrill, Geifer flog durch die Luft.

Junkies? Auf der Suche nach schneller Beute? Ich versuchte es trotzdem. »Wir können über alles reden. Die …«

Geblendet vom Taschenlampenlicht sah ich die Faust nicht kommen, die mich mitten auf der Nase traf. Es matschte dumpf. Ich stolperte zurück gegen die Wand. Spitze Betonsteinchen bohrten sich hinten in mein Shirt.

Ich stöhnte. Die Wand hinter mir stöhnte ebenfalls auf, das ganze Gebäude stöhnte. Tetanusspritze, fiel mir ein. Ich musste mich unbedingt wieder gegen Tetanus impfen lassen. Lange überfällig! Blut suppte mir aus der Nase, vorne übers Sweatshirt.

»Her mit der Kamera, sonst schlag ich dich kaputt!«, brüllte einer der Kerle.

Mit dem Rücken zur Wand hatte ich keine Chance. Ich kam hier nicht weg. Mit der linken Hand drückte ich mir die Nase zu, mit der rechten zog ich die Kamera vom Hals. Verfluchte Scheiße! Ich wollte was sagen, schmeckte Blut, ließ es und hielt die Kamera nach vorne. Dreadlock nahm sie entgegen. Undercut nutzte die Gelegenheit und rammte mir eine Faust in den Magen. Ich klappte würgend nach vorne. Die Furie verpasste mir einen Tritt in die Fresse, ich kippte zur Seite, ging zu Boden. Dreck und Blut im Maul. Miststück!

Dreadlock hatte das Sagen. »Mach die Taschen leer!«

»Okay, okay«, nuschelte ich und bezweifelte, dass mehr als ein unartikuliertes Gurgeln über meine Lippen kam.

Insgesamt fühlte ich mich wie kurz vor Tütensuppe. Immerhin, die Zähne waren noch alle drin. Vorsichtig ging ich in die Hocke.

»Bleib unten!«

»Wie soll ich dann meine Taschen leer machen?«, bellte ich eine Frage und spuckte Blut.

Adrenalin rauschte durch meinen Körper, rote Punkte tanzten vor meinen Augen. Der Raum vor mir driftete an den Seiten ab ins Schemenhafte, Beulen waberten in den Wänden. Teile meines Hirns überlegten, das Betriebssystem runterzufahren.

Dreadlock wich einen Schritt zurück. »Alter, halt die Klappe und mach die Taschen leer!«

Ich friemelte umständlich mein Handy aus der Gesäßtasche. Die Furie riss es mir gierig aus den Händen, wedelte mit dem Messer und knirschte. »Mach ihn jetzt fertig!«

Der scharfe, aber sachliche Klang ihrer Worte ließ mich erschreckt aufhorchen. Verdammt, das sollte hier nicht nur die übliche Abzocke werden. Klar wie Klarlack: Die wollten mich kaltmachen.

»Die andere Tasche!«

»Vergiss nicht das Portemonnaie hinten in der Hose, du Lauch!«

Ich ignorierte die pochende Nase, das Tosen im Magen, den blutigen Würgereiz und die geschwollenen Lippen. Vorsichtig richtete ich mich auf und griff in die Außentasche meiner Shorts.

»Langsam«, knurrte Dreadlock.

Ich brachte eine beruhigende Geste zustande, ruckelte das Kamerazubehör aus der Tasche und murmelte. »Is ein Speedlight von Canon, Originalteil, flatschneu. Hat ein paar Hundert Flocken gekostet. Lasst euch vom Hehler eures Vertrauens nicht übers Ohr hauen!«

»Gib her, Schwätzer!«

Ich hielt ihm den Blitzwürfel entgegen. Und löste aus. Ihm mitten in die Fresse. Lichtzahl 60. Nimm das!

Gleichzeitig wirbelte ich nach links und stieß die hagere Furie quer durch den Raum. Mit den Armen rudernd stürzte sie nach hinten. Ein fieses Geräusch, als ihr Kopf gegen den eisernen Herd krachte.

Dreadlock stöhnte und hielt sich die Augen zu. Undercut brauchte noch ein paar Sekundenbruchteile, um sich zu sammeln. Die brauchte ich nicht. Hastig stürzte ich an ihnen beiden vorbei zurück in den ersten Raum. Ich erreichte den Ausgang nach draußen.

Fast!

Undercut sichelte mir von hinten die Beine weg. Ich stürzte der Länge nach in den Dreck. Das Blitzlichtteil rutschte mir aus den Fingern. Hart schlug ich auf, Kopf auf Stein. Ein Betonbrocken ratschte mir einen Kratzer in die Stirn. Die geschwollene Nase schrie. Schluss jetzt, meinte das Gehirn. Benommen spürte ich, wie Undercut und Dreadlock mich an den Beinen grob wieder zurück in den hinteren Keller zogen. Dreadlock brüllte. Meine Ohren rauschten, ich konnte kein Wort verstehen. Ein heftiger, kaltfeuchter Windzug föhnte mir übers Gesicht und verhinderte, dass ich ohnmächtig wurde.

Taub, gleichgültig.

Ich spürte Hände, die mich abtasteten und in meiner Gesäßtasche das Portemonnaie fanden. Mühsam schaffte ich es, mich auf den Rücken zu drehen. Der Kopf dröhnte, aber die Augen nahmen langsam wieder die Arbeit auf. Randlose Konturen entstanden, füllten sich mit Körpern.

Die Furie stützte sich am Herd hoch, eine Hand am Hinterkopf, in der anderen das Messer. Undercut stand mit grimmiger, entschlossener Miene und geballten Fäusten über mir. Dreadlocks Finger arbeiteten sich flink und geübt durch mein Portemonnaie.

»Ich mach ihn kalt«, kreischte die Furie.

»Yeah!«, dröhnte Undercut. »Fick ihn!«

Wortlos grapschte sich Dreadlock die Scheine aus der Börse und schnippte das Lederstück achtlos in meine Richtung. Aufgeschlagen landete das braune Stück im Dreck. Mein Blick fiel auf das eingesteckte Foto meiner beiden Kids. Verdammt …

»Lass mich durch!«, gellte die Furie.

Das Messer entschlossen umfasst, rammte die Furie sich an Undercut vorbei. Und holte aus. Ich drehte den Kopf zur Seite, mich ans Foto meiner in die Kamera strahlenden Kids klammernd. Nicht dem Messer, den beiden sollte mein letzter Blick gehören. Ich spürte, wie eine gnädige Ohnmacht mich behutsam ins Dunkelweiche zog.

Kreischen!

Ein ohrenbetäubendes Kreischen! Plötzlich, wie aus dem Nichts. Ich riss meinen Kopf herum. Direkt über mir wurde die schwarze Furie samt Messer von hinten zur Seite gerissen. Mehrere dünne Ärmchen. Zwei, drei … Kinder, kaum älter als zehn, hatten sich auf Undercut gestürzt, zerrten ihn zu Boden. Mehrere Kinder sprangen höllisch laut johlend Dreadlock an, der die Kamera zu Boden fallen ließ.

Kinder?

Meine Hacken gruben sich in den Betonboden, stießen mich rückwärts. Um mich herum tobte ein Kampf, ein grell heulendes, jaulendes Inferno.

Ich fuhr mir über die Augen. Wie viele Kinder waren das? Und, verflucht, wo kamen die plötzlich her? Eine ganze Horde Mädchen und Jungen zerrte, riss und rangelte an den drei Räubern herum. Vergeblich versuchte Dreadlock, seine Angreifer abzuschütteln, die Biester klebten wie Kletten an seinem Körper. Undercut war längst zu Boden gerungen, lag mit dem Gesicht im Dreck. Der tätowierten Furie – nackte Panik im entsetzten Blick – hatten sie das Messer entrissen.

Das ganze Tohuwabohu war mit Kindergeheul unterlegt. Gegen Dutzende von kleinen, dünnen Ärmchen hatten die drei keine Chance. Hilflos strampelnd und jetzt selbst angstvoll aus voller Kehle brüllend, wurde Undercut in den Nebenraum geschleift. Schlingpflanzen aus dem Wassergraben draußen gleich, legten sich mehr als eine Handvoll Kinder um Dreadlock, pressten sich an ihn, raubten ihm den Atem. Entsetzt mit weit aufgerissenen Augen nach Luft japsend wurde auch er aus dem Raum gezerrt.

Mehrere Jungen in weiten, altbackenen Stoffhosen trugen die hagere Furie an Armen und Beinen gefasst davon. Sie hatte aufgegeben und ließ mit apathischem Blick willenlos alles geschehen.

Im gleichen Moment tippte mir jemand von der Seite auf die Schulter. Ein Mädchen mit stramm geflochtenen, goldfarbenen Haaren reichte mir milde lächelnd die aufgeschlagene Geldbörse.

Meine Kids!

»Passen Sie immer gut auf Ihre Kinder auf«, flüsterte das Mädchen mit samtweicher Stimme, winkte zum Abschied und schritt davon.

»Danke«, murmelte ich leise und merkte, wie mein

schmerzender Körper mich sanft zurück in die Rückenlage befahl und sich meine Augen schlossen.

*

David Bowie war mit dem Jammern noch nicht fertig. Maic schüttelte den Kopf, das Eisen in seinem Gesicht klimperte.

Ich winkte ab. »Die Zähne sind drin, die Nase ist nicht gebrochen.«

Tina klebte zwei Pils zwischen uns auf den Tisch. Ob meines ramponierten Zustands bekam ihr Blick etwas weich Mütterliches. Ich musste zusehen, dass ich hier wegkam, strich die Tageszeitung glatt und tippte auf den Artikel.

»Drei Jugendliche nach brutalem Raubüberfall festgenommen und dem Landeskrankenhaus zugeführt. Hab ich gelesen«, behauptete Maic. »Magic Mushrooms, sag ich dir. Dreckszeug. Pilze rauchen sollte verboten werden.«

»Die hatten keine Pilze geraucht«, widersprach ich.

»Äh, die haben gegenüber den Bullen was von untoten Kindern gefaselt. Ganz sicher hatten die was geraucht.«

»Die haben mir im Keller der alten Ruine aufgelauert und die Kamera gezockt. Dann wollte die vollkommen durchgeknallte Alte mich abstechen. Einer der Typen zieht mein Portemonnaie, packt sich die Kohle, wirft es auf den Boden. Das Teil klappt auf. Sichtbar wird das Bild meiner beiden Kids im Einsteckfach. Daraufhin tauchen Dutzende von Kindern auf und überwältigen die drei.«

Maic rückte seinen Stuhl ein wenig vom Tisch weg, brachte Abstand zwischen uns. »Ich ahne, was du versuchst anzudeuten, die alte Legende, das Kinderheim. Aber Fakt ist, dass der Besitzer des alten Kastens dich gesehen hat, als du mit deiner Kamera aufs Gelände gestiefelt bist. Weil er das nicht möchte, hat er die Bullen angerufen, damit sie dich vom Grundstück jagen. Im Keller des Guts treffen die auf euch. Du liegst bewusstlos auf dem Boden, die Tätowierte will dich abstechen. Du hast verdammt viel Glück gehabt.«

»Aber die Kinder …«

»Da waren keine Kinder. Du hast mächtig was auf den Kopf bekommen, da kann in der Birne schon mal was durcheinandergeraten, mein Freund.«

Ich tippte mir vorsichtig an die Schläfe. »Alles klar in der Rübe. Die Kinder haben mir das Leben gerettet, damit ich mich weiter um meine Kids kümmern kann.«

»Du warst ohnmächtig. Schwere Gehirnerschütterung, die vergangene Nacht hast du im Krankenhaus verbracht.«

»Nur zur Beobachtung.«

»Das hast du dir eingebildet, die Synapsen spielen dir einen Streich. Du hättest nicht so intensiv im Internet recherchieren sollen. Altes Kinderheim, untote Waisen …«

»Die drei Junkies haben die Kinder auch gesehen!«

»Magic Mushrooms!«

Ich beugte mich über den Tisch und blickte ihm fest in die Augen. »Wir machen das Foto-Shooting mit der Band auf einem alten Friedhof am Sternbuschweg in Duisburg-Neudorf. Alte Gruften, viel Moos, sehr kryptisch.«

»Ist langweilig, aber vielleicht besser.«

»Für das Band-Shooting ist Gut Wolfskuhlen nicht das Richtige.«

Ich ließ mich zurück in den Kneipenstuhl sinken. Okay, ich hatte die Nacht im Krankenhaus verbracht, die Ärzte hatten eine schwere Gehirnerschütterung attestiert. Und nein, ich glaubte nicht an untote Waisenzombies. Üblicherweise. Aber das war alles so real gewesen, so echt. Hatte ich mir das alles tatsächlich nur eingebildet?

Wenn allerdings nicht, dann schuldete ich den Kindern mehr als ein leise hinterhergemurmeltes Danke.

Sicher ist sicher!

»Ich hab mit dem Besitzer der Ruine gesprochen. Ich mache mit meiner Frau und meinen Kids auf dem Gelände am kommenden Wochenende ein riesiges, buntes Sommerfest. Mit Popcorn, Clown und Luftballons. Das … wird den Kindern gefallen.«

DIE KALTE ZEIT

VON ARNOLD KÜSTERS

Der Kirchturm auf dem Breyeller Lambertimarkt ist das älteste Bauwerk dieses Nettetaler Stadtteils im Kreis Viersen. Er ist der Rest einer im Spätmittelalter gebauten Kirche. Der dazugehörige Friedhof lag bis 1830 nördlich direkt neben dem Sakralbau. Das Kirchenschiff wurde 1907 abgebrochen. Das ungewöhnliche »Fußballspiel« hat es gemäß Familienüberlieferung tatsächlich gegeben, vermutlich Ende der 20er-, Anfang der 30er-Jahre des vergangenen Jahrhunderts. Für die mysteriöse Gestalt gibt es eine Vorlage.

*

Der Nebel hat sich bis in die alten Schalllöcher hochgearbeitet. Er mischt sich mit dem Grau des anbrechenden Morgens. Allein das mächtige Kreuz auf dem Dach ist zu sehen. Es folgt unbeirrt seiner Aufgabe, vermittelt das Gefühl von Sicherheit und Zuversicht: Es gibt nichts außer dem Glauben und die Kirche.

Die Umrisse der umliegenden Häuser wirken wie mit Bleistift flüchtig aufs Papier geworfen. Wie eine Vorstudie. Er legt die Hand auf die Fensterscheibe. Stille vor dem Getöse des Tages. Das Glas beschlägt von seinem

Atem. Mit einem Finger zeichnet er die Konturen des Kirchturms nach.

»Sei still.«

Er erschrickt. Er mag die Stimme nicht mehr hören.

»Sei endlich still.«

Sie lässt nicht nach.

»Warte nicht länger. Komm. Komm.«

Er reibt stärker über die Fensterscheibe und verwischt den blass aufgetragenen Atem.

»Komm.«

Er wendet sich ab und bleibt inmitten des Zimmers stehen. Er fühlt unter seinen Füßen das kalte Linoleum. Von seinen Armen hat sich längst die Wärme des Oberbetts verflüchtigt. Als er die Kälte nicht länger erträgt, zieht er sich an. Ohne Lärm zu machen, steigt er die Treppe hinunter und verlässt das Haus. Er will niemanden aufwecken. Dann müsste er die Stimme erklären und seine Absicht.

»Komm. Komm.«

Mit wenigen Schritten tritt er auf den schmalen Bürgersteig. Die Luft legt sich kühl auf seine Lungen. Er sieht zurück, so als suche er so etwas wie Schutz. In der Tür zum Laden liest er die eingeätzte Werbebotschaft »Rind-, Kalb- und Schweinemetzgerei«.

Die schmale Straße führt unmittelbar auf den Turm zu. Sie ist Teil des dörflichen Straßensterns. Sein Weg geht vorbei an Wirtschaft, Bäckerei und Textilgeschäft. Er begegnet niemandem. An der Einmündung auf die Kreuzung bleibt er stehen. Die Stimme ist verstummt.

Der Nebel hat ihn eingehüllt wie in Folie, die ihm den Atem zu nehmen droht. Er versucht, etwas zu erkennen. Aber da ist nichts. Kein Auto quert die Dorfmitte. Selbst in der Bäckerei brennt kein Licht.

Alles schläft, einsam wacht. Er versucht, die Liedzeile aus seinem Kopf zu verdrängen. Mit einer Hand wedelt er durch die Luft – als nütze das irgendetwas.

Er will sich umdrehen und dann hört er die Stimme wieder. »Komm.«

Sie klingt vertraut. Natürlich klingt sie vertraut. Er hat sie oft gehört. Immer, wenn er an dem alten Turm vorbeigegangen ist. Erst hat er sie gar nicht wahrnehmen wollen, dann hat er sie ignoriert, sie als dummen Gedanken abgetan. Aber dann hat er sich dabei ertappt, wie er um das mit Efeu hoch bewachsene Gemäuer aus Tuff und Backstein herumgestrichen ist. Immer wieder, als suche er nach dieser Stimme. Der so vertrauten. Aber es war vergeblich gewesen.

So wird es auch diesmal sein. Ärgerlich über seine Einbildung zieht er sich ein Stück zurück. Das Morgengrauen und der Nebel, sie kleben kalt an seinen Beinen, die in einer kurzen Lederhose stecken. Die braune Strickjacke hilft nicht. Er will zurück in die Wärme seines Bettes. Er will weiterschlafen. Bis sich der Nebel gelichtet hat.

Aber die Stimme hält ihn fest. Und er gibt sich ihr hin. Sie duldet keinen Widerspruch. Als er sich erneut dem Turm zuwendet, der einmal Teil einer Dorfkirche mit langem Schiff und Geläut war, meint er, die Umrisse einer Gestalt zu erkennen. Schwarze Stiefel mit langem Schaft, ein dicker Mantel mit Pelzbesatz am Kragen, ein Hut. Alles an ihr ist schwarz. Der Schnäuzer erinnert an eine unheilvolle Zeit. Er hat davon in der Schule gehört.

»Komm. So ist es gut.« Sie klingt freundlich.

Lockt die Gestalt ihn mit dem Finger? Lächelt sie? Er kann ihre Augen nicht erkennen. Und doch zieht sie ihn magisch an. Er will etwas sagen, will nach dem Warum fragen, nach dem Namen, und wieso gerade er. Aber er bringt keinen Ton hervor, nicht einmal ein Krächzen.

Gebannt starrt er auf die Stelle, an der schemenhaft die Gestalt steht. Es ist das verschlossene Eichenportal des Turms, gehalten von schweren Eisenbeschlägen. Er meint, sie verschwinde im Nebel, um sich gleich darauf wieder zu zeigen. Er fokussiert seinen Blick, denkt an eine schiere Einbildung. Verwirft den Gedanken. Also tritt er ihr entgegen, mit zaghaften, kleinen tastenden Schritten. Wie an einer Schnur gezogen.

Und dann steht er vor der Tür. Sie ist mit einem Mal offen. Er meint, einen Zipfel des Mantels in das Innere verschwinden zu sehen. Ängstlich und doch voller Neugier folgt er den lockenden Worten.

Um ihn herum existiert nun nichts mehr, kein Dorf, keine Straße, kein Kreuz, keine Wärme, kein Bett, nicht einmal mehr der Elefant über der Tür zum Hotel Böllhoff, nur der Turm und die Gestalt.

»Komm herein, schön, dass du endlich da bist.«

Er sucht im Dunkel des Raums nach der Quelle der Stimme, die nun weich ist und sich warm um seinen Körper schmiegt. So als gehöre sie längst zu seinem Leben. Er sucht und meint, in einer Ecke den Schemen der Figur zu erkennen.

»Dieser Ort ist voller Geschichten. Hörst du sie? Wie sie aus den Wänden flüstern, wie sie sich freuen, endlich gehört zu werden.«

Er schüttelt stumm den Kopf. Er will der Gestalt endlich ins Gesicht sehen, wissen, dass er sich sie nicht einbildet. Aber der Schemen bleibt im Dunkeln.

»Ich bin so alt wie das Leben. Wie das Licht in diesem Dorf. Fast 700 Jahre.«

»Das kann nicht sein. Du bist nicht so alt. Was willst du von mir?« Er fasst weiter Mut. Er spürt, dass es ein Mann sein muss, aus Fleisch und Blut. »Das Leben ist unendlich. Das hat der Schöpfer gesagt.«

»So, hat er das?« Der Schemen klingt amüsiert.

»Warum bin ich hier? Was willst du von mir?«

»Nichts. Oder aber doch. Das finde heraus.« Sein Lachen hängt drohend im Raum.

»Ich habe keine Angst vor dir.« Er blickt zurück. Die Tür ist bis auf einen kleinen Spalt geschlossen. Das spärliche Licht kommt von oben. Woher genau? Es reicht nicht, um klar zu sehen.

»Soso, mein Freund. Ich darf dich doch so nennen?«

Er weiß nichts darauf zu antworten. Seine Freunde sind nicht so alt wie dieser Mann. Nicht annähernd so alt.

»Komm doch näher.«

Die plötzliche Kälte in der Stimme hält ihn zurück. Er schüttelt den Kopf.

»Das Leben und der Tod sind hier vereint. Und ich habe dich ausersehen, das zu lernen.« Der Mann spricht wieder weich und lockend und wartet.

Beim Wort »Tod« stürzt er zur Eingangstür zurück. Aber sie ist verschlossen. Er will zurück in den Nebel, durch das schemenhafte Morgengrauen zurück zu dieser anderen Tür, »Rind-, Kalb- und Schweinemetzgerei«. Sie wird ihm Sicherheit geben. Den Turm kennt er, seit er denken kann. Auch er hat ihm das Gefühl von Sicherheit, fast von Geborgenheit gegeben. Aber diesem Mann da in der Ecke ist nicht zu trauen.

»Du kannst jetzt nicht mehr gehen. Dazu ist es zu spät.«

»Mir ist kalt.«

»Da bist du nicht allein.«

»Bitte, lassen Sie mich gehen.«

»Du hast also doch Angst vor mir.«

»Wer sind Sie? Und was wollen Sie von mir? Wenn Sie mich anfassen, dann schreie ich.« So hat man es ihm eingebläut, bei Gefahr laut schreien.

»Es wird dich niemand hören. Die Mauern sind zu dick. Und du bist zu schwach für diese Tür.«

»Lassen Sie mich gehen, bitte.«

»Komm keinen Schritt näher.« Der Mann klingt barsch.

»Ich –« Er verstummt und schlingt die Arme um den Oberkörper.

»Ja? Was?«

»Ich mag den Turm.« Seine Stimme ist nur noch ein Flüstern. Er will weg. Und wenn er durch die Mauern brechen müsste, er will weg. Auf der Stelle.

»Das ist gut, mein Freund.«

»Bitte. Ich muss gehen.«

»Die Mauern erzählen. Hör zu.«

Vor Kälte bibbernd lehnt er sich an eine Wand und rutscht an ihr hinunter. Seinen Kopf legt er auf die Knie.

»Ich habe viel gesehen«, flüstert es in sein Ohr. »Zu viel für ein Leben. Ich war lange eingesperrt, viel zu viele Jahre. Ich bin fast erstickt. So wie du jetzt. Dann kam das Feuer. Aber jetzt bin ich frei.«

Er öffnet die Augen und springt auf, der Atem war direkt an seinem Ohr. Die Flammen! Auch er sieht Flammen, eine plötzliche Hitze. Erst wohltuend, dann droht sie ihn zu vernichten. Er sucht das kaum vier mal vier Meter große Geviert ab, aber der Mann ist verschwunden.

Der Junge stemmt sich gegen die Tür. Aber sie gibt nicht nach. Sie muss abgeschlossen sein. Er schaut sich um. Panik. Das Licht ist nicht stärker geworden. Seine

Augen können aber zumindest die Umrisse der Wände abtasten. Auch das Gewölbe ist hell gestrichen. Eine steile Leiter führt durch das Loch in der Decke in die oberen Stockwerke.

»Wo bleibst du? Komm herauf. Ich warte hier auf dich.«

Er drückt sich an die Wand. Er will nicht und doch zieht es ihn unweigerlich hinauf. Kalter Backstein. Die Sprossen sind klamm und geben keine Wärme an seine Hände ab.

»Sei nicht dumm. Worauf wartest du? Hier oben ist es schön. Du wirst sehen.«

Er hat keine Wahl. Er muss hinauf. Das Flüstern muss ein Ende haben. Und wenn er die Gestalt die Leiter hinabstoßen muss. Das Leben und der Tod.

»Schau hinaus. Was siehst du?« Die Stimme kommt von weiter oben.

Er verharrt auf dem ersten Absatz und versucht, etwas durch das bunte Bleiglasfenster zu erkennen. Wie durch ein Wunder hat er einen klaren Blick nach draußen. Was er dort unten sieht, versteht er nicht. Kinder in Kleidern aus einer anderen Zeit spielen am Fuß des Turms mit seltsamen Bällen.

»Was siehst du?«

»Bälle. Grau und schmutzig.«

Das plötzliche Lachen schmerzt in seinen Ohren. »Keine Bälle. Schädel. Das sind Totenschädel. Die Jungs spielen Fußball mit ihnen. Hast du das nicht gewusst? Dein Vater ist dabei. Siehst du ihn nicht? Da. Er tritt gerade mit dem Spann.«

Welches Spiel spielt der Unbekannte mit ihm? Welche Illusion ist das? Wie macht er das? Zauberei. Er hofft, dass er seinen Vater nicht erkennen muss. Er wendet seinen Blick ab, der an einer kleinen Glocke hängen bleibt, die eine der Wände ziert.

»Dummer Junge. Schau hin. Genau.« Wieder dieser lockende Ton. »Dann das andere Fenster. Los.«

Ihm ist schlecht. Sein Vater spielt Fußball mit Totenschädeln. Er glaubt das nicht. Warum hört der Albtraum nicht auf?

»Nun schau schon«, schallt es von oben.

Vorsichtig nähert er sich dem anderen Fenster und schaut hinaus. Diesmal Soldaten. Auf dem Platz neben dem Kirchturm sind sie angetreten. Stahlhelme, zackige Bewegungen, feldgraue Uniformen. Die Männer nehmen Befehle entgegen, die er nicht versteht.

»Siehst du sie? Sie sind hier auf Zeit einquartiert. Zum Schutz der Breyeller und als unbeugsamer Beweis von Sicherheit, Stärke und Geborgenheit. Lies ihre Briefe.«

Er weiß nicht, was das alles bedeuten soll. Soldaten? Unter den Gesichtern erkennt er niemanden.

»Leben und Tod auf diesem Platz. Unter ihren Füßen die Reste des alten Friedhofs. Aber sie wissen es nicht. Sie treten die Toten tiefer in den Schmutz. Ihr Schicksal ist damit besiegelt.«

»Kann ich jetzt gehen? Bitte.« Was weiß er schon von dem Friedhof und den Toten? Das ist nicht real. Wie schafft der Unbekannte diese Trugbilder?

»Komm weiter herauf. Komm weiter. Dein Leben ist noch nicht beendet. Es gibt noch viel zu sehen.«

»Ich will nicht!« Die Wände verschlucken seinen Schrei.

»Du hast keine Wahl.« Der Unbekannte klingt gelassen. Er weiß offenbar genau, was er erreichen wird.

»Wer bist du? Woher kommst du?«

»Ich bin das Leben und der Tod.«

»Du lügst.«

»Ich bin aus dem Dorf. Genau wie du.« Er lacht, als habe er einen Scherz gemacht. »Und jetzt komm.«

Er schüttelt stumm den Kopf, der nichts begreift, und erstarrt im gleichen Augenblick. Von unten hört er stetiges Gemurmel. Sind nun noch andere hier?

»Was ist das?« Wohin nur soll er flüchten? Hinauf geht es in die Arme des Unbekannten. Die rettende Tür unten wird nun von anderen bewacht. Er sitzt endgültig in der Falle.

»Was?«

»Die Leute unten.« Seine Stimme ist nur noch ein kläglicher Rest.

»Ach das!« Er klingt wieder amüsiert. »Das ist nur zu deinem Gefallen. Eine Andacht. Die Kriegergedächtniskapelle, hast du sie nicht bemerkt? Im Erdgeschoss. Das Bild Christi am Kreuz, die drei gefüllten Blumenvasen, die Kerzen und die Tafel mit den Namen der Toten aus dem ersten Krieg.« Stille wie Blei. »Zieh nie in den Krieg.«

Der Junge schüttelt den Kopf. Er merkt nicht, dass der Mann das von oben nicht sehen kann. Oder doch? »Tu ich nicht. Ganz bestimmt nicht.«

»Was weißt du schon von Leben und Tod? Du bist dumm. Komm herauf und ich werde dich das Schöne lehren.«

»Willst du mich umbringen?«

Es kommt keine Antwort.

»Du willst mich umbringen.« Sein Herz droht zu zerspringen. Er muss entkommen, zurück in sein Bett. Die Decke über den Kopf ziehen und auf den Tag warten.

»Was du auch tust, du entkommst mir nicht.«

Hat der Unbekannte das nur gezischt? Er versteht nichts mehr. In seinem Kopf fahren die Gedanken Achterbahn. Das Einzige, das klar ist: Er wird den Turm nicht lebend verlassen. Wenn es so etwas wie Todesangst gibt, dann spürt er gerade genau das.

»Hilfe.«

»Dummer Junge.«

»Hilfe!«

»Sei nicht dumm. Ich werde dir nichts tun.«

»Lassen Sie mich endlich gehen.« Er bringt kaum noch ein Wimmern zustande.

»Du warst noch nicht oben bei mir. So komm.«

Er mag nicht mehr atmen. Sieht nur die nächste steile Leiter. Der Mann, oder ist es ein Gespenst, er weiß es nicht zu sagen, hat sein Ziel erreicht. Er hätte niemals der Stimme in seinem Kopf folgen dürfen. Das hat er nun davon. Was würde werden, wenn er nicht mehr heimkäme? Hinter die Tür »Rind-, Kalb- und Schweinemetzgerei«, hinter der er Schutz und Geborgenheit finden würde.

Ein letzter Versuch: »Sie suchen mich schon.«

»Nein, das tun sie nicht. Das kann ich sehen.« Der nüchterne Ton wechselt unvermittelt in eine Wärme, die ihn umfängt, ohne dass er sich wehren könnte. »Nun komm, mein Freund.«

Was soll er nun tun? Er zwickt sich. Nein, es ist kein Traum. Er steht tatsächlich auf halber Höhe im Turm. Diesem Gebäude, dass er seit seiner Geburt kennt. Und das so prägend für das Dorf und sein Leben ist. Er denkt an die vielen Male, wenn sich winters die Weihnachtsbeleuchtung im Schnee gelb spiegelt. An den Ort als weithin sichtbarer Mahner von Wohlstand und von Vergänglichkeit. Als wuchtiger Abschluss des Marktplatzes, ehrwürdig nicht nur bei den Prozessionen zu seinen Füßen.

Er wundert sich über seine Gedanken. So hat er nie über sein Leben im Schatten des Turms gedacht. Er ist doch noch viel zu jung.

»Ich habe sie dir eingegeben.«

Die blanke Angst erfasst ihn. Der Mann liest seine Gedanken. Er muss dieser Hölle entkommen. Und es gibt nur einen Ausweg. Er muss hinaufstürmen und den Mann hinabstürzen. Es gibt keinen anderen Weg. Er wird in dessen Taschen nach dem Schlüssel suchen und dann endlich frei sein.

Die Gedanken kreisen heiß in seinem Kopf und wärmen seinen Körper. Es gibt keine andere Wahl, und es ist ihm recht. Er wird nicht mehr frieren, und er wird diese seltsam vertraute Stimme endlich los sein.

»Was ist? Kommst du?«

Der Mann kann seine Gedanken offenbar doch nicht lesen. Sonst hätte er ihn längst gepackt. Der Gedanke rast durch seinen Kopf. Welch ein Glück er doch hat. Das Gefühl schickt zusätzlich Wärme durch seine Glieder.

Er schätzt die Entfernung ab. Es würde einen Moment der Überraschung geben müssen. Das ist seine einzige Chance. Die Sprossen würde er geräuschlos nehmen müssen. Und wenn sie den gleichen Abstand wie alle anderen haben, müsste er es schaffen. Die letzten würde er mit Macht hinaufspringen und den Mann packen. Der Junge spürt eine Kraft, die ihm bisher verborgen geblieben ist. So würde es gehen!

»Mein Freund?«

Er bleibt stumm und konzentriert sich auf seine lautlosen Schritte. Eine, zwei, drei, vier Sprossen. Er hält inne. Ist da ein Geräusch? Er horcht in die Lautlosigkeit hinein.

»Ich warte«, klingt es wie Singsang zu ihm hinunter.

Ohne es zu registrieren, schickt er ein stummes Gebet gegen den Himmel. Er weiß nicht, woher die Worte kommen. *Heiliger Lambertus, Patron dieser Kirche, beschütze uns! Ich lobe den wahren Gott, rufe die Lebenden, beklage die Toten und verherrliche die Feste.*

Tief atmet er ein und aus. Immer wieder. Tief ein, tief aus. Er sammelt Kraft. Er will zurück nach Hause.

Noch ist er unsicher und wägt ab. Wie stehen die Chancen wirklich? Wird er es schaffen? Wird ihn der Mann, das Gespenst, das Wesen packen und ihn töten? Die Gedanken kreisen in immer wiederkehrenden Zirkeln. Was ist zu tun? Was zu bedenken?

Mit einem Mal riecht er den Staub. Er gibt ihm ein Gefühl für das Alter des Gemäuers. Was hat der Bau nicht schon alles erlebt. Jenseits der aberwitzigen Dinge und Momente, die er eben durch die Fenster hat sehen können?

Es hilft nichts. Er muss wieder beten. *Heiliger Lambertus, Patron dieser Kirche, beschütze uns! Ich lobe den wahren Gott, rufe die Lebenden, beklage die Toten und verherrliche die Feste.* Wer hat ihm diese Zeilen beigebracht? Was ist die Quelle? Er erinnert sich nicht.

»Mein Junge.«

Er kann nicht länger zögern. Es wird nun seine Rettung sein, oder sein Untergang. Er hat keine Wahl. Seine Gedanken wiederholen sich.

Tief atmet er ein und aus. Immer wieder. Tief ein, tief aus. Damit sammelt er Kraft. Er will zurück nach Hause.

Er spannt seine Muskeln an, spürt die starre Kälte in seinem Körper. Mit letztem Mut erklimmt er eine weitere Sprosse. Und dann sprintet er die letzten mit Macht hinauf.

Steif vor Angst und Kälte steht er endlich auf dem letzten Absatz. Seine Hände wie Krallen zum Greifen bereit. Die Dunkelheit hier oben ist die gleiche wie im Rest des Turms. Er wischt über seine Augen und sucht nach dem Schemen. Hört nach der Stimme. Er dreht sich um die eigene Achse, tastet hinein in die Finsternis aus Jahrhunderten und aus Staub. Sein Atem geht stoßweise.

Aber er greift ins Nichts.

Wo ist das Wesen? Er ist allein.

Allein mit sich und einem plötzlichen kalten Lufthauch, der seinen Körper streift. Eine Berührung wie ein Abschied.

Er fällt eher, als dass er die Leitern hinunterklettert. Mit mehr Kraft als nötig stemmt er die Eichentür auf. Sie schwingt leicht auf, kein Kreischen der Angeln.

Er tritt hinaus. Das Morgenlicht blendet ihn.

BRAUNE NÄCHTE

VON ERWIN KOHL

Im heutigen Alpener Gemeindegebiet ist die »Motte« als ein mit Bäumen bewachsener Hügel am nördlichen Ortsausgang zu erkennen. Üblicherweise wird mit »Motte« ein mittelalterlicher, von Hand aufgeschütteter Erdhügel mit einem turmförmigen Gebäude bezeichnet. Dabei ist der Turm überwiegend aus Holz gefertigt. Im Laufe der Zeit wurden diese dann oft durch Steinbauten ersetzt.

Der Hügel wird von einem Wassergraben umschlossen. Eine typische Motte ist von einer Palisade auf dem Plateau und an der Basis umgeben. Die Anlage ist über eine Brücke zu erreichen. Dazu gehört üblicherweise auch eine Vorburg, welche nochmals von Graben und Umwehrung geschützt ist. Im Zweiten Weltkrieg haben Bergleute einen Stollen unterhalb der Grundmauern der ehemaligen Burg durch den Hügel getrieben, der den Menschen als Luftschutzbunker diente. Sowohl die Reste der Burg als auch der Bunkeranlage sind eingetragene Bodendenkmäler.

(Quelle: Förderverein Alpener Motte e. V.)

*

Gottfried Kiwitt verspürte eine innere Unruhe. Als Frau Heilmann ihm vor zwei Wochen eröffnete, dass ausgerechnet Tobias Schaller seine Sozialstunden bei ihm ableisten solle, hatte er der Jugendgerichtshelferin in einem ersten Reflex zu verstehen gegeben, dass er dafür nicht infrage komme. Aber Frau Heilmann, die er noch aus seiner Zeit als Schöffe beim Amtsgericht Wesel kannte, ließ nicht locker. Als pensionierter Schulleiter und Opfer des Nazi-Regimes sei er geradezu dafür prädestiniert, dem Jungen die Augen zu öffnen.

Gottfried seufzte mit einem Blick auf die Uhr. Der vereinbarte Termin war bereits um eine Viertelstunde überschritten. Kein guter Start. Gelangweilt blätterte er in der Akte, die Frau Heilmann ihm dagelassen hatte. Obgleich er die Anklageschrift schon mehrfach gelesen hatte, spürte er immer noch einen Kloß im Hals. Was treibt einen 16-Jährigen dazu, Hakenkreuze und antisemitische Parolen an das Schulgebäude zu schmieren? Der dumpfe Gong der Türglocke riss ihn aus seinen Gedanken.

»Morgen. Schaller, Tobias. Ich soll dir helfen, den Garten auf Vordermann zu bringen.« Sein Kopf war kahlgeschoren. Er trug eine schwarze Bomberjacke, eine Hose im Camouflage-Look und Springerstiefel.

Gottfried spürte ein Gefühl der Beklemmung. Er bat dem Jungen einen Platz am Küchentisch an, reichte ihm ein Glas Apfelsaft.

Schaller deutete auf die Gerichtsakte, die Gottfried ganz bewusst auf dem Tisch hatte liegen lassen. »Frechheit, oder?«

»Wie meinen Sie das?«

Schaller stieß hart den Atem aus. »Sieh dich doch mal um. Hier laufen doch inzwischen mehr Kameltreiber und Bimbos rum als anständige Deutsche.« Dann beugte sich

Schaller vor und sprach mit verschwörerischer Stimme weiter: »Das hat es doch früher nicht gegeben, oder?«

Gottfried spürte, wie brennende Magensäure seine Speiseröhre emporkroch.

»Warst du eigentlich im Krieg?«

Gottfried nickte.

»Wow. Hast du einen Orden bekommen? Vielleicht sogar das Eiserne Kreuz?«

»Nein. Ich war ein Feigling. Deshalb lebe ich noch.«

Schaller wirkte für einen kurzen Augenblick verunsichert. »Wieso ... ich meine, wieso hat ein Feigling überlebt?«

»Weil anständige Deutsche damals sogar ihre eigenen Kinder erschossen haben.«

August 1944

»Raus! Los, beeilt euch!« Maria Kiwitt stand im Schlafzimmer und zerrte die vier Mädchen aus ihren Betten. Eine Minute später rannten sie die Bruckstraße hinunter. Von beiden Seiten stürzten Mütter mit ihren Kindern auf die Straße, manche von ihnen in Schlafanzügen. Der dreimalige kurze Heulton der Sirenen verstummte. In wenigen Minuten würde ein Dauerton das Eintreffen der Bomber ankündigen. Über ihren Köpfen stiegen fünf Messerschmitts in den Nachthimmel. Sie waren vor wenigen Sekunden vom Militärflugplatz »Brausebad« auf der Bönninghardt gestartet. Fünf Jäger gegen eine alliierte Bomberstaffel, und aus dem Volksempfänger tönte immer noch täglich die Stimme vom Führer, der im Brustton der

Überzeugung vom Endsieg sprach. Dafür hatten Feldjäger gestern ihren Gottfried abgeholt, drei Tage nach seinem 15. Geburtstag. »Der Führer ist stolz auf Sie«, die höhnischen Worte des Offiziers gingen ihr nicht mehr aus dem Kopf. Sechs Jahre vorher hatte dieser Offizier sie noch ins Gefängnis stecken wollen. Es war die Nacht auf den 10. November 1938, die Reichskristallnacht, als er und seine Schergen das Haus der Familie Abelsohn an der Burgstraße in Brand steckten. Den angsterfüllten Blick von Henriette Abelsohn aus dem Fenster im ersten Stock bekommt sie seitdem nicht mehr aus dem Kopf. »Da sind Menschen drin!«, hatte sie den Offizier angeschrien.

»Können ja rauskommen, wenn's ihnen zu warm wird«, hatte dieser mit einem diabolischen Grinsen geantwortet, woraufhin Maria ihm ins Gesicht gespuckt hatte. Einzig der Umstand, dass dieses Scheusal seit geraumer Zeit ihrer Schwester vergeblich den Hof machte, bewahrte sie vor dem Zuchthaus.

Die Sirenen stimmten ihren markerschütternden Heulton an, aus der Ferne war bereits das dumpfe Brummen der Bomber zu vernehmen, als sie den Bunker an der Alten Kirchstraße erreichten. Zwei Soldaten, kaum älter als 18 Jahre, sorgten für einen halbwegs geordneten Ablauf. Maria lief mit breitem Kreuz hinter ihren Mädchen die Treppe hinunter, musste sich mit dem rechten Arm an der kahlen Wand abstützen, um vom Druck der nachfolgenden Menschen nicht hinabgestürzt zu werden. Keine drei Minuten später vernahmen sie die ersten Explosionen. Fünf, sechs, mehr nicht. »Die bombardieren den Flugplatz auf der Hei«, vernahm sie die Stimme der Metzgerfrau Klostermann. Sie klang fast erleichtert. Zehn

Minuten später breitete sich eine gespenstische Stille aus. In den angespannten Gesichtern der Mütter war die Sorge abzulesen, was sie draußen erwarten würde. Immer wenn die Bomben fielen, schnürte ihnen die quälende Ungewissheit die Kehlen zu. Die Ungewissheit, ob sie in ihr Haus würden zurückkehren können oder eine Bombe sie obdachlos gemacht hatte. Plötzlich wurde die Bunkertür aufgerissen. Jemand rannte schnellen Schrittes die Treppe herunter. Als er unten ankam, ging ein Raunen durch den Raum. Maria sprang auf, lief auf den uniformierten Jungen zu.

»Gottfried … was«, mehr brachte sie nicht heraus. Sie umarmte ihren Jungen, Tränen flossen ihr über die Wangen.

»Mama, ich will nicht sterben. Bitte hilf mir, bitte, bitte, bitte!«

»Raus hier! Los! Hau ab, bevor sie dich finden!«, schrie Johanna Hackstein, ihre Nachbarin, und zerrte an dem 15-Jährigen.

»Lass meinen Jungen los!«, herrschte Maria sie an.

Johanna Hackstein war jetzt völlig außer sich. »Das ist Fahnenflucht. Maria, sie werden ihn an die Wand stellen.« Fast flehentlich sah sie den Jungen an. »Geh zu deiner Einheit, schnell. Sag, du wolltest deine Familie verteidigen oder du hattest einen Schock oder irgendwas, aber geh!«

»Dazu ist es zu spät.« Sie hatten Walburga Küster nicht bemerkt. Die 72-jährige Ordensschwester unterband mit einer Handbewegung das Stimmengewirr. »Die Nazis dulden keine Ausreden. Es gibt nur eine Möglichkeit: Wir müssen ihn verstecken, bis der Krieg zu Ende ist. Allzu lange wird das nicht mehr dauern.«

Sofort setzten wilde Diskussionen ein. Jede einzelne

der Frauen wusste, dass sie sich mitschuldig machen würde. Wehrkraftzersetzung nannten sie das und kannten dafür nur eine Strafe: den Tod. Die Gespräche verstummten, als die Bunkertür erneut geöffnet wurde. Marias Puls schoss in die Höhe, als sie das Klackern der Springerstiefel auf den Treppenstufen hörte.

»Da ist das feige Schwein«, rief einer der beiden, die den Bunkereingang gesichert hatten. Maria umklammerte ihren Sohn. Zwei Feldjäger versuchten, ihn loszureißen. Ein dritter kam hinzu und schlug seinen Knüppel mit voller Wucht auf Marias rechte Schulter. Der Schmerz sorgte für ein Gewitter in ihrem Kopf. Ihr wurde schwindelig, ihre Knie gaben nach, Arme stützten sie, alles drehte sich. Als sie Sekunden später zu sich kam, sah sie, wie man ihren Sohn die Treppe hinaufführte. Sie riss sich mit aller ihr noch zur Verfügung stehenden Kraft los und rannte hinterher. Oben angekommen vernahm sie die kalte Stimme des Kommandeurs.

»Gottfried Kiwitt, ich verurteile Sie wegen Fahnenflucht zum Tode. Das Urteil wird sofort vollstreckt.«

Zwei Soldaten schnappten sich den Jungen und stellten ihn vor die Wand des Hauses an der Wallstraße. Angewidert beobachtete der Befehlshaber, wie sich die Hose des Delinquenten im Schritt verfärbte, während fünf Soldaten ihre Gewehre anhoben.

»NEIN! Erschießt mich, aber lasst meinen Jungen leben!«

Maria hatte dem Soldaten, der sie draußen festgehalten hatte, vor das Schienbein getreten und stand jetzt mit ausgebreiteten Armen vor ihrem Sohn. Die anderen Mütter umringten das Erschießungskommando, redeten wild auf die Soldaten ein.

Ein Schuss fiel. Alle starrten auf den Kommandeur, der seine Pistole immer noch in den Nachthimmel streckte.

»Wer die Vollstreckung sabotiert, wird ebenfalls hingerichtet. Und jetzt …«

In dieser Sekunde ertönte ein markerschütternder Knall. Steine und Glassplitter flogen durch die Luft. »Jabos«, schrie einer der Soldaten. Keine hundert Meter über ihren Köpfen donnerten im selben Augenblick fünf britische Jagdbomber des Typs Mosquito über den Ort, gefolgt von zwei Spitfire, die MG-Salven abfeuerten. Zwei Frauen sackten zusammen, einer der Soldaten hielt sich die blutüberströmte Schulter, die Feldjäger rannten zu ihrem Kübelwagen und starteten den Motor, der Kommandeur sprang mit einem Satz dazu. Maria hatte das Durcheinander dazu genutzt, um ihren Sohn und die Mädchen in einen Hofeingang an der angrenzenden Bruckstraße zu bringen. Der Junge stand unter Schock, zitterte am ganzen Körper. Johanna Hackstein und Walburga Küster hatten sie begleitet. Dreimal für jeweils zwölf Sekunden an- und abschwellende Sirenentöne machten deutlich, dass die Jabos nur die Vorhut waren. Zwei Messerschmitts flogen über ihnen Richtung Wesel. Am Horizont erhellte Flakfeuer den Abendhimmel. Johanna Hackstein machte Anstalten, zurück zum Bunker an der Wallstraße zu gehen.

»Da werden sie zuerst nach Gottfried suchen, wenn der Spuk vorbei ist«, bemerkte Walburga Küster und deutete in die andere Richtung. »Wir müssen es bis zur Motte schaffen.«

»Das ist zu gefährlich, da wimmelt es nur so von Nazis«, Johanna deutete auf den apathisch wirkenden Gottfried.

»Eine Frau mehr oder weniger dürfte kein Misstrauen hervorrufen«, die Ordensschwester klang verschwörerisch.

»Nicht so schnell, du bist eine alte Oma«, flüsterte Maria ihrem Sohn zu. In ihren Mantel gehüllt, das Gesicht bis zu den Augen mit einem Tuch verdeckt, die Schultern nach vorne gebeugt, lief der Junge zwischen ihnen. Das dumpfe Grollen der Bombermotoren war bereits deutlich zu hören. Es kostete sie einiges an Überwindung, nicht loszurennen. Dass sie keinen Platz mehr in dem Bunker finden würden, den Bergleute aus dem benachbarten Kamp-Lintfort vor einiger Zeit durch den Hügel getrieben hatten, befürchteten sie nicht. Zum einen bot der rechtwinklig angelegte Gang Platz für rund 60 Erwachsene, zum anderen war der Weg dorthin vielen Alpenern zu weit.

Gut 20 Meter lagen vor ihnen, als sich die eiserne Bunkertür an der Motte langsam schloss.

»Halt! Wartet! Lasst uns rein!«, schrie Maria. Die Flakstellung an der Rathausstraße eröffnete in diesem Augenblick ihr Abwehrfeuer. Das Pfeifen der herannahenden Bomben war zu hören.

»Schnell, verdammt«, mehrere Frauen zogen sie an den Armen herein, schlossen hinter ihnen die Stahltür und legten die beiden Riegel um.

Rund 50 Frauen und Kinder kauerten auf alten Stühlen und Schemeln. Eine Greisin im hinteren Bereich betete den Rosenkranz. Als Gottfried den Mantel auszog, verstummte sie kurz, nur um gleich darauf ein Stoßgebet zum Himmel zu schicken. Nicht weit von der Motte entfernt schlug eine Bombe ein. Die Kastanienbalken, mit denen der Stollen abgestützt war, vibrierten. Kleine

Steine und Lehmklumpen fielen zu Boden. Die Greisin streckte einen Zeigefinger zur Decke.

»Du bringst uns in Teufelsküche«, grollte sie in Marias Richtung.

»Sobald der Angriff vorbei ist, muss der Junge verschwinden. Und zwar bevor die Nazis hier sind«, forderte Hedwig Ingenlath aus der Wallstraße. Ihr Sohn Peter war im selben Alter wie Gottfried. Vor zwei Wochen war er einberufen worden. An die Ostfront. Seitdem habe sie nichts mehr von ihm gehört, erzählte man.

»Hedwig! Was sagst du da? Sie werden ihn umbringen.«

Die Angesprochene stand auf und kam auf Maria, Johanna, Walburga und die Kinder zu.

»Mit verschwinden meine ich, dass wir ihn gut verstecken müssen«, flüsterte sie.

»Viel Zeit bleibt uns nicht«, bemerkte jemand hinter ihr. »Probiere den mal an«, eine schlanke Frau um die 30 reichte Gottfried einen Rock. »Ich habe zwei Röcke angezogen, weil hier immer so eine Kälte vom Boden hochkommt«, erklärte sie.

Während draußen die Bomben fielen, berieten die Frauen im Bunker, wie sie Gottfried am besten verstecken konnten. Niemand von ihnen schien es zu kümmern, dass sie sich eines Kriegsverbrechens mitschuldig machten, auf das die Todesstrafe stand.

»Hast du eigentlich was von deinem Peter gehört?«, fragte Maria mitfühlend.

»Frag ihn doch selbst, er sitzt dahinten«, Hedwig deutete auf ein Mädchen mit zwei langen, blonden Zöpfen.

»Was? Das da …«

»Ist Peter, ja«, sie griff in ihre Manteltasche und zog einen Brief heraus, den sie Maria reichte. Darin wurde ihr mitgeteilt, dass ihr Sohn gefallen sei. Maria sah sie fragend an.

»Ihre Einheit war in Polen in einen Hinterhalt geraten. Die meisten sind gefallen. Werner Matuschek, ein Arbeitskollege meines Mannes, ist in derselben Einheit. Er hat Peter gesagt, er solle einer verbrannten Leiche seine Marke umhängen und verschwinden. Tja, und seitdem habe ich eine Peterline.«

Einige Meter entfernt gruben zwei Frauen mit Löffel und Messer ein Loch in den Boden. Maria ging zu ihnen. »Na, verbrennen können wir die Uniform im Bunker wohl nicht, oder? Puh, stinkt das«, mit spitzen Fingern hielt sie die Uniformhose hoch und deutete auf das bislang nur handtiefe Loch. Jetzt erst nahm Maria wahr, dass ihr Sohn einen dunkelgrauen Rock und eine weiße Bluse trug.

*

»Dieser Gottfried warst du?«

Tobias Schaller hatte fast andächtig zugehört. Gottfried hatte ihn zwischendurch genau beobachtet, jede kleine Regung registriert. Er rechnete damit, den letzten Rest Respekt des Jungen verloren zu haben.

»Ja.«

»Du bist als Mädchen verkleidet nach Hause gegangen? Hm …, das verstehe ich nicht. Ich meine, da haben sie doch bestimmt zuerst nach dir gesucht.«

Gottfried goss sich einen Kaffee ein. Dabei musste er schmunzeln.

»Sie haben nach einem Jungen gesucht. Gefunden haben sie fünf Mädchen in kurzen Röcken, die der Mutter bei der Gartenarbeit halfen.«

»Und das haben sie nicht kontrolliert?«

»Nein. Sie haben vorher die gesamte Nachbarschaft befragt. Alle haben übereinstimmend gesagt, dass ich mich am nächsten Morgen einem Flüchtlingstreck aus Ostpreußen angeschlossen habe. Meine Mutter habe noch am frühen Morgen in der Straße Reiseproviant für mich gesammelt. Man hat sie stundenlang verhört, bis sie unter Tränen zugab, mich zu einem Onkel nach Berlin geschickt zu haben. Das haben sie ihr abgenommen. Viel Zeit für Ermittlungen blieb ihnen sowieso nicht, es ging in diesen Tagen drunter und drüber.«

Tobias Schaller wirkte nachdenklich. Gottfried kam es vor, als habe er dem Jungen ein Tor zu einer anderen Welt geöffnet.

»Warum haben diese Frauen das getan?«

Bei dem Gedanken an die Antwort wischte sich Gottfried eine Träne aus dem Augenwinkel.

»Alpens Mütter waren sehr mutige Frauen. Die meisten jedenfalls. Ein Landwirt in Huck hat über vier Jahre lang zwei jüdische Familien in einem geheimen Keller unter seiner Scheune versteckt. Bei meiner Tante lebte eine Familie mit einem behinderten Kind in einem kleinen Kabuff hinter der Speisekammer. Menschen mit einer Behinderung wurden von den Nazis getötet. Sie nannten das Rassenhygiene.«

Schaller musste schlucken. »Mein Bruder ist behindert. Aber total in Ordnung«, schob der Junge hinterher. Gottfried hatte in der Akte gelesen, dass Schallers Bruder mit einem Down-Syndrom zur Welt gekommen war.

Er hielt den Blick auf sein Gegenüber gerichtet, ließ dessen Gedanken die Zeit zu reifen. Nach einem weiteren Schluck Kaffee kehrte er zu seiner Geschichte zurück.

»Na ja, ich bin dann bei jedem Bombenangriff als Mädchen zur Motte gelaufen. Für mich war das wie Karneval. Ich durfte meine Haare wachsen lassen. Ich fühlte mich immer sicherer, hatte sogar Spaß daran, wenn meine Schwestern mir einen Zopf geflochten haben. Es schien, als würde diese Geschichte ein gutes Ende nehmen. Aber dann kam diese Nacht ...«

Februar 1945

»Du gehst sofort auf den Speicher«, herrschte sie Gottfried an.

»Aber warum denn? Ich kann meinen Schwestern doch dabei helfen, das Holz zu hacken. Ich bin doch viel stärker. Außerdem wird es sowieso schon dunkel.«

Maria streckte stumm ihren Arm aus, Richtung Tenne.

»Hör auf deine Mutter. Das Dorf ist voller Soldaten, sie ziehen morgen in aller Frühe zum Sammellager nach Sonsbeck.« Von ihrem Sohn hatte Johanna Hackstein erfahren, dass die deutschen Truppen von Sonsbeck aus weiter in Richtung Kleve ziehen wollten, um das Vordringen alliierter Panzerverbände zu stoppen. Es gab zudem Gerüchte, dass die Amerikaner in diesen Tagen den Rhein bei Wesel überqueren würden.

»Es ist alles so sinnlos«, Maria holte zwei Gläser von der Anrichte und füllte sie mit Kirschwasser, »Prost«. In dem Augenblick, in dem die beiden Frauen ihre Gläser absetzten, ertönte der Fliegeralarm. Johanna sprang hoch und stieß dabei die Gläser vom Tisch, Maria schrie nach ihren Kindern. Keine 20 Sekunden später stürmten sie aus dem Haus, die Bruckstraße herunter. Gottfried konnte inzwischen in seiner Verkleidung als junges Mädchen das Tempo gut mithalten, wenngleich seine Füße schmerzten. Die Damenschuhe hatte er von Tante Traudel, die in einem winzigen Häuschen an der Lauerbrück wohnte. Sie lebte zwar auf großem Fuß, wie seine Mutter scherzhaft zu sagen pflegte, dennoch waren die Schuhe eine Nummer zu klein. Und die Bluse seiner Cousine Gertrud hatte viel zu kurze Ärmel und zwickte überall.

Das dreimalige Auf- und Abschwellen der Sirenen war längst verstummt, als sie auf die Burgstraße einbogen. Sie schlossen sich einer kleinen Gruppe um die Wirtsfrau Lisbeth Kühne an. Kaum hatten sie den Ortsausgang erreicht, da heulten die Sirenen im Dauerton. Maria wunderte sich. Gewöhnlich war die Zeitspanne zwischen der Fliegerwarnung und dem Fliegeralarm viel größer. Die Gruppe ging in einen Dauerlauf über. Zwei Minuten später passierten sie die Eingangstür zum Bunker in der Motte.

»Wer hat die denn hier reingelassen?«, zischte Lisbeth Kühne. Maria folgte ihrem Blick und erschrak. Im letzten Augenblick hinderte sie ihren Sohn mit einem Zug am Ärmel daran, weiter durchzugehen. Sie spürte, wie ihr Puls sich beschleunigte. Gerda Clewe, Maria schluckte. Ihr ältester Sohn Hans war der dritte Alpener Junge, der im Alter von 15 Jahren eingezogen wurde. Als führendes Mitglied der NS-Frauenschaft hatte Gerda zumindest erreichen können, dass ihr Hans nicht wie die meisten anderen an die Front geschickt, sondern als Flakhelfer in Xanten eingesetzt wurde. Einen Tag vor Heiligabend hatte eine Fliegerbombe die Flakstellung getroffen, ihr Sohn wurde dabei getötet. Und jetzt sitzt sie in diesem Bunker, gemeinsam mit Peter und Gottfried. Als Gerda Clewe im August von Gottfrieds Fahnenflucht hörte, hatte sie gleich am nächsten Morgen im Ort dazu aufgerufen, nach dem Jungen zu suchen, damit er seine gerechte Strafe erhielt.

»Jetzt kommen hier schon Volksverräterinnen in den Bunker«, rief sie von hinten und drängelte sich durch. Marias Puls stieg weiter an. Gerda würde keine Sekunde zögern, sie und ihren Sohn an die Nazis auszuliefern. Walburga Küster und zwei weitere Frauen stellten sich ihr in den Weg. Gerda Clewe versuchte, sie beiseitezuschieben. Drei weitere Frauen halfen, sie daran zu hindern.

In dieser Sekunde ertönte ein ohrenbetäubender Knall. Die Motte bebte, Deckenbalken knirschten, Holz splitterte, Erdklumpen fielen herab. Eine Frau schrie und deutete an die Decke. Über ihr ragte der Teil einer Mauer in den Stollen. Im Jahre 1758 hatte ein Erdbeben die sich auf der Motte befindliche Burg komplett zerstört. Geblieben war nur ihr Fundament. »Mein Gerd kennt einen der Bergarbeiter, die diesen Bunker gebaut haben. Der hat gesagt, dass die Grundmauern der Burg mindestens 500 Tonnen wiegen und uns alle zerquetschen, sobald eine Bombe auch nur in der Nähe der Motte einschlägt«, erzählte sie voller Hysterie in der Stimme.

»Dann geh doch nach draußen, Schneeglöckchen pflücken. Feiglinge haben wir schon genug in Alpen«, fiel ihr Gerda Clewe ins Wort, die die Wirren genutzt hatte, um sich an einigen Frauen vorbeizubringen. Kaum drei Meter war sie noch von Maria und den Kindern entfernt, als die nächste Bombe den Hügel erbeben ließ. Maria geriet ins Stolpern. Gottfried sprang seiner Mutter zur Seite, um den Sturz im letzten Moment zu verhindern. Dabei rissen in Brusthöhe zwei Knöpfe von der viel zu engen Bluse.

»Ach nee. Was haben wir denn da?« Mit dem Ellenbogen schob Gerda Clewe Walburga Küster zur Seite, kam einen Schritt näher und streckte die rechte Hand vor, die eine Kerze hielt. Maria folgte ihrem Blick und schloss für eine Sekunde die Augen. Gerda Clewe stand jetzt nur noch einen Meter vor ihr und funkelte sie hasserfüllt an.

»Du solltest deine Tochter mal rasieren, liebe Maria. Haare auf einer Mädchenbrust sind unschicklich.«

»Gerda, es ist nicht meine Schuld, dass dein Sohn gestorben ist. Glaube mir, ich …«

»Mein Sohn ist nicht gestorben! Er hat sein Leben für den Führer und unser Vaterland gegeben, während dieser erbärmliche Feigling uns alle verraten hat!«

In ihren Augen stand der blanke Hass. Maria kannte sie schon seit der Schule, sie waren in eine Klasse gegangen. Ihr Vater war Alkoholiker. Ihre Mutter hatte man mehr als einmal mit einem geschwollenen Auge oder Blutergüssen durchs Dorf gehen sehen. Sie wollte alles besser machen, ihren beiden Söhnen sollte es an nichts fehlen. Nach Hans' Tod wurde aus Verzweiflung Hass. Maria ahnte, was in ihr vorging und dass dieser Abend kein gutes Ende nehmen würde. Sie hörte Sirenen, die mit dreimaligem Dauerton Entwarnung gaben. Kurz darauf erhoben sich die Menschen. Gerda Clewe trat jetzt so dicht an sie heran, dass sie ihren Atem spüren konnte.

»Bete noch einmal. Sobald die Tür sich öffnet, hat eure letzte Stunde geschlagen!«

Als sich eine Minute später die Bunkertür öffnete, traten die ersten Frauen nach draußen und weinten in ihre Taschentücher.

»Was ist passiert?« Der Unteroffizier der Wehrmacht stellte sich auf die Zehenspitzen, um mit einem Blick in den Bunkereingang den Grund für die Trauer der Frauen auszumachen.

»Die Gerda ist tot«, schluchzte Johanna Hackstein. »Die letzte Bombe … da ist …«

Tobias Schaller sah Gottfried mit offenem Mund an. Es dauerte eine Minute, bis er begriff.

»Die hätten dich erschossen, wenn diese Gerda Clewe nicht gestorben wäre, oder?«

»Mich und meine Mutter.«

»Wer war diese Frau, diese Gerda Clewe?«

Deine Uroma, dachte Gottfried, sagte es aber nicht laut. »Eine Klassenkameradin meiner Mutter, mehr weiß ich auch nicht über sie«, log er.

»Ist sie von den anderen ermordet worden?«

»Nun, man hat die Mütter natürlich vernommen. Sie haben einstimmig ausgesagt, dass sich beim letzten Bombeneinschlag ein Ziegelstein aus der Grundmauer der Burg gelöst und sie am Kopf getroffen hat. Ich habe in dem Tumult nichts davon mitbekommen.«

»Glaubst du das denn?«

Gottfried lehnte sich zurück und dachte eine Weile über seine Antwort nach.

»Ich glaube, dass sich diese Zeiten nie mehr wiederholen dürfen und dass ein Feigling manchmal einfach nur der Klügere sein kann.«

MYSTERY WORLD RELOADED

VON PETER GODAZGAR

»Et Blates«, so hieß einst ein ausgedehntes Waldgebiet zwischen den Dörfchen Gerderath und Myhl im Kreis Heinsberg. Man nannte es so, weil sich dorthin Menschen zurückgezogen hatten, die an Blattern – also an Pocken – erkrankt waren. Anfänglich noch von den Dorfbewohnern versorgt, entwickelten sich die Aussätzigen mit der Zeit wohl zu Wegelagerern – und schraken auch vor Mord nicht zurück. Hinweise darauf, dass die Kranken Teile ihrer Beute vergraben haben, gibt es nicht. Aber man wird ja wohl noch träumen dürfen.

*

Er studierte gerade die Nährwertkennzeichnung eines Bechers Instantnudeln, Geschmacksrichtung »Sweet Chili«, als er seinen Namen hörte.

»Ben? Ben Jansen? Ich werd verrückt!«

Ben Jansen drehte sich um und blickte in das verzückte Gesicht eines ihm unbekannten Mittvierzigers.

»Hallo«, sagte Jansen in nicht gerade ausnehmend freundlichem Tonfall. Sein Gehirn ratterte. Wer war das denn? Ein alter Schulkamerad? Vom Alter her könnte es passen. »Kennen wir uns?«

»Na, und ob ich dich kenne! Alter Verwalter, ich fass es nicht, dass ich dich hier treffe!«

»Ja, verrückt«, sagte Jansen neutral. »Und, ähm, wer sind Sie?« Einmal würde er den Unbekannten noch siezen.

»Ich bin dein größter Fan, Mann!«

»Oh! Aha.«

Entsetzt registrierte Jansen, dass der Mann anfing, eine Melodie zu intonieren: Nach wenigen Takten erkannte er den Titelsong von »Mystery World«.

Ach du Scheiße, dachte er.

Mystery World – wie viele Jahre war es jetzt her, dass die Sendung abgesetzt worden war? 20? 25?

»Ey, Mann«, sagte der Unbekannte. »Wieso hat man diese Supersendung eigentlich abgesetzt? Das hab ich nie verstanden!«

»Tja, ich auch nicht«, brummte Jansen. Und fügte in Gedanken hinzu: Vielleicht weil die Einschaltquote am Ende im unteren einstelligen Bereich dümpelte? Vielleicht weil wir nach acht Jahren und 396 Sendungen wirklich jedes angebliche Mysterium unter die Lupe genommen hatten? Vielleicht weil ich damals vor jeder Aufzeichnung eine Flasche »Gordon's« gekippt hatte, um den Quatsch zu überleben?

Jansen wusste: Er hatte kein Recht, sich zu beschweren. Er konnte von dem Quatsch immer noch sehr gut leben. Und er beschwerte sich ja auch gar nicht. Er hatte sich – nach den öffentlichkeitswirksamen Affären, nach der öffentlichkeitswirksamen Scheidung, nach dem sehr öffentlichkeitswirksamen Zwischenfall auf der Reeperbahn und nach der sehr, sehr öffentlichkeitswirksamen Gerichtsverhandlung – heimlich, still und leise in seine alte Heimat zurückgezogen. Hier saß er im Haus seiner verstorbenen Eltern, und alles, was er wollte, war, in Ruhe gelassen zu werden.

»Ich hab alle Folgen auf Video«, sagte der Unbekannte.

»Video? Echt?«

»Und ob!«

Jansen legte den Becher mit den Nudeln in seinen Einkaufswagen. »Ich müsste dann auch mal …«

»Klar, klar.« Doch der Unbekannte blieb stehen und starrte Jansen weiter mit begeistertem Gesichtsausdruck an.

»Na ja, dann …« Jansen hob die Hand zum Gruß.

Es schien kaum möglich, aber das Grinsen des Mannes wurde noch breiter: »Ein Geheimnis habt ihr übrigens nicht aufgedeckt.«

»So?«

»Ja. Bin ganz nah dran an der Lösung.«

»Toll.« Jansen schob den Einkaufswagen den Gang hinunter.

»Das wäre glatt eine Sondersendung wert!«, rief der andere. Eine Spur zu laut, fand Jansen.

»Mystery World Spezial!« Jetzt sogar deutlich zu laut.

Ben Jansen spürte, dass sich sein Herzschlag beschleunigt hatte. Er atmete tief ein und aus, um sich zu beruhigen. Am Ende des Regals bog er ab und schob den Wagen zügig den Gang entlang. Er beschloss, den Einkauf abzubrechen. Vorsichtig drehte er sich um, doch der Kerl war nirgends mehr zu sehen.

Ohne weitere Zwischenfälle verließ Jansen den Supermarkt, aber als er seinen Einkauf in den Kofferraum räumte, erklang erneut eine Stimme neben ihm: »Sondersendung! Ich sag's dir.«

Jansen drehte sich betont langsam um und sagte ironisch: »Huch! Du schon wieder?«

»Ich könnte dir die Sache mal erzählen. Hammergeschichte.«

Jansen knallte den Kofferraum zu und lief zur Fahrertür. »Unbedingt! Aber jetzt passt es wirklich nicht.«

»Kein Problem«, sagte der andere. »Wir können ja mal einen Termin ausmachen.«

Jansen zeigte mit dem Finger auf den Unbekannten, und zwar so, wie man es von US-amerikanischen Präsidenten kennt. »Gute Idee. So machen wir's.« Jansen ließ sich auf den Fahrersitz fallen und schloss die Tür.

Der andere stand neben dem Auto, strahlte und hob beide Daumen. Jansen stieß aus der Parklücke zurück und gab auf eine Weise Gas, die er stets verachtet hatte.

Zwei Tage später saß Ben Jansen auf der Terrasse und hatte gerade die dritte Flasche Bier geöffnet, als es klingelte. Er schlurfte zur Tür. Draußen stand, mit bekannt breitem Grinsen, der Typ aus dem Supermarkt.

»Tach, hättest du jetzt Zeit?«

Jansen war zu perplex, um antworten zu können. Wie kommt der Kerl hierher?, dachte er. Woher weiß der, wo ich wohne?

Der Unbekannte trat einen Schritt auf den Eingang zu, und Jansen machte den Fehler zurückzuweichen, was der Mann als Einladung auffasste.

»Super!«, sagte er und drängelte sich an Jansen vorbei. »Ich sag dir, das wird der Knaller!«

»Ähm … Moment mal«, sagte Jansen matt.

»Schön hastes hier«, befand der Mann und trat auf die Terrasse. Er zeigte auf die Bierflaschen, die auf dem Tisch standen: »Ich nehm auch eins.«

»Ich hab aber eigentlich gerade keine …« Jansen sprach

nicht weiter. Angesichts des Bergs von Pistazienschalen und der drei Bierflaschen war es nicht sehr überzeugend, dass er in Eile war.

Ach, scheiß drauf, dachte er und holte dem ungebetenen Gast eine Flasche Bier.

»Darf ich mal eine blöde Frage stellen? Wie heißen Sie … wie heißt du eigentlich?«

Der Eindringling packte die Flasche und nahm einen tiefen Schluck. »Willi«, sagte er und ließ sich in einen der Terrassenstühle fallen. »Willi Spichartz.«

Willi machte eine Kunstpause und fragte dann: »Schon mal was von den Blatesräubern gehört?«

Jansen tat so, als denke er nach, dann schüttelte er den Kopf. »Nee.«

Willi hob einen Zeigefinger. »Et Blates! Das war ein großes Waldstück zwischen Gerderath und Myhl.«

»Aha«, brummte Jansen und überlegte, wo genau sich diese beiden Ortschaften befanden. Er wohnte zwar jetzt bereits seit fast zehn Jahren wieder in seiner alten Heimat, nicht wenige der zahlreichen Dörfer im Kreis Heinsberg, all die -bergs und -raths und -hovens, konnte er aber immer noch nur ungefähr verorten. »Myhl«, murmelte er. »Das ist bei Wassenberg oder?«

Willi nickte. »Genau. Und Gerderath liegt gleich daneben. Dazwischen verläuft heute die B 221.«

»Ich denke, da liegt ein Wald.«

»Da *lag* ein Wald. Vor 500 Jahren. Heute stehen da nur noch ein paar Bäume entlang des Floßbachs. Südlich des alten Waldfriedhofs von Gerderath. Egal. Vor 500 Jahren lebten da jedenfalls Aussätzige.«

»Ach was.«

»Ja, Menschen, die an Blattern erkrankt waren. Mit

der Zeit wurde aus dem Wald, in dem die an Blattern erkrankten Menschen lebten, et Blates.«

Blattern? Was waren noch mal Blattern?

Willi interpretierte Jansens fragenden Blick korrekt: »Blattern. Oder auch Pocken.«

»Pocken? Gibt's die überhaupt noch?«

»Nee, die sind ausgerottet. Aber damals gab es sie. Schreckliche Krankheit. Anfangs kümmerten sich die Dorfbewohner sogar noch um die Kranken in den Wäldern. Aber die wurden mit der Zeit immer rabiater.«

»So?«

»Echte Wegelagerer waren das irgendwann. Überfielen die Reisenden.« Willi senkte die Stimme. »Schreckten sogar vor Mord nicht zurück. Die Straße von Gerderath nach Myhl heißt heute noch Lauerstraße.«

»Aha. Interessant ...«

»Sag ich doch!«

»... aber ganz ehrlich: Eine Sondersendung sehe ich da noch nicht.«

»Wart's ab! Irgendwann wurde es dem Herzog zu bunt.«

»Was für ein Herzog?«, fragte Jansen, doch Willi ignorierte den Einwurf.

»Er schickte Soldaten, die hoben ratzfatz das Räubernest aus und brachten die Wegelagerer in den Wassenberger Burgturm.« Willis Stimme wurde immer dunkler und dräuender; zudem spickte er seine Rede mit zahlreichen Kunstpausen. »Der Räuberhauptmann wurde auf dem Wassenberger Galgenberg gerädert ... Bei lebendigem Leib ... Bis zur Nacht sollte er da hängen bleiben ... Aber seine Frau bat die Schöffen um Gnade ... Man gewährte ihre Bitte und verkürzte das Leiden des Mannes … Der Henker gab ihm den Gnadenstoß … Anschließend knüpfte er die restlichen Blatesräuber auf … Die Leichen blieben zur … Abschreckung auf dem Rad … und am Galgen … Bis die … Knochengerippe … zu Boden … stürzten.«

Jansen registrierte irritiert, dass sein Gehirn Willis dramatischer Erzählung quasi automatisch eine passende Hintergrundmusik beigemischt hatte. Vor seinem geistigen Auge erschienen nachgedrehte Spielszenen, die die Story illustrierten.

Wobei – Jansen rief sich zur Ordnung –, wirklich sensationell war das ja nun immer noch nicht.

Aber Willi war noch nicht fertig. »Was bis heute nicht gefunden wurde, ist …«, Willis Stimme wurde zu einem Hauchen: »Der Schatz!«

Ach Gottchen, dachte Jansen. Daher wehte der Wind. »MEIN SCHATZ!«, sagte er mit Gollum-Stimme. Und dann wieder normal: »Und du weißt vermutlich, wo er ist?«

Willi leerte die Flasche, ließ sich in den Stuhl zurücksinken – und nickte. Breit lächelnd. »Ich sag nur: Wassenberger Turnose.«

»Turnhose? Was für ne Turnhose?«

Willi lachte. »Turnose! Ohne h. Der Turnose war im 14. Jahrhundert ein Zahlungsmittel, das in Wassenberg hergestellt wurde. In einer Münzwerkstatt. Viele Orte hatten damals ihre eigenen Münzen. Jetzt pass auf: Auf der ganzen Welt gibt es exakt zwei Exemplare aus jener Wassenberger Werkstatt – eine Münze befindet sich in Berlin, die andere in Kopenhagen. Jede Wette: Im Blates liegen noch Dutzende Turnosen vergraben.«

»Hm.«

Später lag Jansen im Bett und starrte an die Decke. Diesem Willi war es doch tatsächlich gelungen, ihn neugierig zu machen. Irgendwann hatte Willi sein Handy gezogen und Jansen Fotos von Münzen gezeigt. Münzen, die Willi angeblich zwischen ein paar Bäumen gefunden hatte, die dort standen, wo einst »et Blates« war.

Jansen zog einen Tablet-Computer vom Nachttisch. Auf eBay gab es Tausende und Abertausende von Münzen, die billigsten schon für einen Euro (plus 3,90 Euro Versand). Jansen hatte keine Ahnung von Münzen, aber Willi hatte behauptet, seine Fundstücke seien »locker ein paar Hundert Euro« wert. Pro Stück!

Jansen war skeptisch geblieben. »Darf man solche Münzen denn überhaupt behalten?«

»Muss doch keiner erfahren, was wir da gefunden haben. Das Zeug verticken wir an einen Scheich. Die sind da heiß drauf.«

»Scheichs sind heiß auf olle Münzen? Ich dachte, die sammeln Rennpferde oder Falken.«

Willi ließ sich nicht beirren; er hatte trinktechnisch schnell aufgeholt und war nun beim vierten Bier. Sein Zeigefinger stach in Richtung Jansen, seine Rede klang inzwischen etwas verwaschen: »Alter, wenn wir das finden, von dem ich glaube, dass wir es finden, dann werden wir was gefunden haben, von dem niemand geglaubt hätte, dass man es jemals finden werden … würde … können.«

Jansen starrte ihn ein paar Sekunden an. »Hä?«

Willi guckte lässig. »Du weißt, was ich meine.«

Jetzt googelte Jansen erneut die Örtlichkeit zwischen Myhl und Gerderath. Kein Wald mehr zwischen den Orten, stattdessen Felder – und die Bundesstraße. Der Fundort lag laut Willi ein gutes Stück weiter südlich, nahe des Gerderather Waldfriedhofs, südlich der Landstraße, die Gerderath mit Altmyhl verband. Willi hatte auf eine Stelle nahe eines Bachlaufs, eben jenes Floßbachs, gezeigt. »Da! Genau da« sei er fündig geworden, hatte Willi behauptet. Sein Metalldetektor habe angeschlagen »wie verrückt«, und dabei sei das Ding schon ziemlich alt. Ein neues, besseres Gerät würde sofort Klarheit bringen. Aber ihm, Willi, fehle aktuell das nötige Kleingeld.

Finanziell konnte es der seltsame Typ wirklich nicht dicke haben. Der Detektor seiner Träume besaß eine dreifache Tonerkennung, eine vierstufige Tiefenanzeige und fünf Suchprogramme und kostete 449,95 Euro, inklusive Kopfhörer, Spulenschutz, Displaycover, einer Punktortungssonde für die genaue Lokalisierung sowie einem »Handbuch für Schatzsucher«. Auch das hatte Jansen bereits ergoogelt.

Er starrte in die Dunkelheit. Ach was, dachte er, warum denn nicht? Die paar Kröten taten ihm wahrlich nicht weh, und immerhin versprach die Sache ein bisschen Abwechslung. Keine Frage, dieser Willi schien eine Meise zu haben, aber irgendwie war er Jansen auch sympathisch. Jansen bestellte gleich zwei Geräte.

Tags drauf fuhr Ben Jansen mit Willi nach Wassenberg, um am Roßtorplatz ein kleines Bronzerelief in Augenschein zu nehmen, das dort am Alten Rathaus an die Münzwerkstatt erinnerte. Willi schien sich das Ganze wirklich nicht auszudenken.

Die Metalldetektoren wurden zwei Tage später geliefert. Jansen rief Willi an, und gemeinsam stapften sie durch Jansens Garten, Kopfhörer auf den Ohren und die Detektoren sanft hin und her schwingend. Jansen erschrak, als der Detektor schon nach ein paar Schritten laute Fiepgeräusche machte. In ein paar Zentimetern Tiefe stießen sie auf einen verrosteten Kronkorken.

»Siehste. Funktioniert super«, sagte Willi.

Willi kam jetzt regelmäßig vorbei, zu zweit saßen sie dann auf der Terrasse, leerten Bierflaschen und stellten sogar fest, dass sie die eine oder andere Kindheitserinnerung teilten.

Drei weitere Tage später sondierten sie die Lage vor Ort. Zunächst ohne Metalldetektoren. Willi zeigte die diversen Fundorte der Münzen. Jansen mimte den TV-Experten, der mit Kennerblick die Szenerie begutachtete.

Tatsächlich hatte Jansen sogar bereits die Nummer seines damaligen Produktionsleiters in seiner Kontaktliste herausgesucht – sich dann aber doch nicht getraut, den Mann anzurufen. Er hatte keine Ahnung, was aus ihm geworden war. Am Ende war er vielleicht Head of irgendwas bei der neuesten Heißer-Scheiß-Serie auf Netflix und lachte sich schlapp über Jansens Plan.

Zwischendurch recherchierte er zum Thema »unentdeckte Schätze« – und staunte, wie viele Kostbarkeiten offenbar noch darauf warteten, gefunden zu werden. Jansen fand sogar eine alphabetische Liste mit Landkreisen, in denen Schätze vermutet wurden. Der Kreis Heinsberg war auch dabei, dort sollte es vor allem Funde aus der fränkisch-merowingischen Epoche geben, also fünftes bis achtes Jahrhundert, wie Jansen lernte.

Letztlich, überlegte er schließlich, war es auch egal, ob sie den Schatz behalten durften. Ohnehin wäre es die bessere Story, wenn sie ihren Fund mit großem Tamtam einem Museum überreichen würden. Er sah schon die Überschriften:

»Sensationelle Schmuckstücke gefunden: Geschichte der Merowinger muss umgeschrieben werden« – »Star-Moderator: Niemand wollte mir glauben. Doch ich ließ mich nicht beirren« – »Grandioses Comeback für Mystery-World-Star Ben Jansen« – »Jansen und Johansson: Was läuft da zwischen Ben und Scarlett?«

Sie stapften die dritte Nacht in Folge durchs Unterholz. Den Wagen hatten sie in einem für den normalen Autoverkehr verbotenen Wirtschaftsweg abgestellt, der unterhalb des Friedhofs von der Landstraße abzweigte.

Kleine Wege führten durch das Waldgebiet, aber Spaziergänger waren dort nachts natürlich nicht unterwegs. Ab und zu drang das Geräusch eines vorbeifahrenden Autos von der Landstraße herüber. In den beiden Nächten zuvor hatten sie nur eine weitere Münze gefunden, außerdem Dosenringe, Kronkorken, einen verrosteten Nagel sowie, rätselhafterweise, einen nicht minder verrosteten Tortenheber.

»Gab's im Mittelalter Tortenheber?«, hatte Jansen gefragt und das Teil genauer inspiziert. »Da ist was in den Stiel eingraviert … ›Michelangelo 18/10‹! Wahnsinn! Wir haben Michelangelos Tortenheber gefunden!« Mit einem lustlosen Lachen hatte er das Teil in die Dunkelheit geworfen.

»Nicht aufgeben. Wir sind ganz nah dran«, raunte Willi nun, stellte seinen Detektor ab und zog zwei Bierdosen aus dem Rucksack.

»Lass uns da drüben suchen«, meinte er, nachdem sie die Büchsen geleert hatten.

Schweigend stakten sie zwischen den Bäumen umher.

Jansen erschrak, als das Gerät ausschlug. »Hier muss

was sein«, sagte er überflüssigerweise. Er stellte den Detektor ab und nahm den Klappspaten, den Willi ihm entgegenhielt.

Jansen grub, Willi hielt immer wieder den Detektor ins entstehende Loch.

»Ich sag dir, wir haben's gefunden«, raunte Willi. »Wir haben's gefunden.«

Jansen rammte den Spaten erneut in den Boden – und stieß auf etwas Hartes. Eine Kiste? Ich werd verrückt, dachte er und grub weiter. Sollte Willi echt recht gehabt haben?

»Hier ist was«, schnaufte Jansen und schippte einen weiteren Schwung Erde zur Seite. »Was Großes.«

»Ich dreh durch!«, rief Willi.

»Sei leise«, mahnte Jansen und grub weiter. »Ey, das ist eine Kiste. Ich fasse es nicht.«

»Hier, nimm die kleine Schaufel«, sagte Willi. »Mach vorsichtig.«

Jansen hatte inzwischen den Deckel freigelegt. Mit den Händen wischte er die Erde beiseite. »Die Kiste ist nicht besonders groß«, kommentierte er den Fund. Er grub und grub und konnte schließlich unter die Kiste fassen. Er zerrte sie aus der Erde. »Hilf mir doch mal«, sagte er, doch Willi antwortete nicht.

Jansen zerrte und fluchte und zerrte. Es klirrte in der Kiste, als es ihm schließlich gelang, sie aus dem Boden zu heben.

Plötzlich hielt er inne. Ruckartig drehte er sich um. Willi stand da, das Handy auf Jansen gerichtet.

»Was machst du?«, fragte Jansen.

»Ich halte diesen historischen Moment für die Nachwelt fest«, antwortete Willi. Er grinste, sein Grinsen wurde breiter, und dann fing er an zu kichern. Mit gedämpfter Stimme begann er zu sprechen. »Ben Jansen, weltberühmter Ex-Moderator der legendären Sendung Mystery World, lüftet das letzte große Geheimnis.« Willi giggelte, fing sich aber sofort wieder. »Das Geheimnis um den Schatz der legendären Blates-Räuber!«

»Was?« Jansen starrte Willi an.

»Jahrhundertelang lag ein Schatz von unermesslichem Wert zwischen Myhl und Gerderath, Tausende Autos fuhren Tag für Tag nur wenige Meter entfernt vorbei, Kinder spielten neben dem Schatz, Hunde schnüffelten durchs Gebüsch.« Willis Monolog wurde immer öfter von einem kurzen Lacher unterbrochen.

Jansen starrte auf die Kiste. Sie hatte kein Schloss, sondern einen einfachen Metallverschluss. Jansen öffnete ihn und hob den Deckel an. In der Kiste lagen Münzen. Münzen, die golden glänzten. Jansen erkannte Schriftzeichen, die chinesisch aussahen. Er fuhr mit der Hand in die Münzen. Sie wogen fast nichts. Zwischen den Plastikchips erkannte er ein paar bundesrepublikanische Ein-, Zwei- und Fünfpfennigstücke.

Vor seinem geistigen Auge erschien ein Film. Ein wackeliges Handyvideo. Mit ihm als Hauptdarsteller. Wie er im Wald hockte. Und eine Kiste mit falschen Münzen ausgrub. Um wieder berühmt zu werden. Er wusste, wie er selbst eine solche Story anmoderieren würde. Mit ganz viel Sarkasmus und Häme: Kommen wir nun zu einer völlig verrückten Geschichte, liebe Zuschauer. Erinnern Sie sich noch an Ben Jansen? Der Moderator der einst erfolgreichen Show Mystery World wurde nach dem Aus seiner Sendung durch einen Zwischenfall auf der Reeperbahn unsterblich …

»Zu geil!« Willi lachte und lachte. »Es hat 'ne Weile gedauert, bis ich draufkam, wer da immer so voll depri durch den Supermarkt schlappte. Mystery World! Mann, das war vielleicht ein Scheiß! Dann dachte ich mir: Mal schauen, was ich dir alles erzählen kann. Einmal gegoogelt, und ich hatte meine Story. Und dann bestellst du tatsächlich sofort diese Metalldetektoren. Und gleich zwei! Ich dachte, ich brech zusammen …«

Mit einem Schrei stürzte Jansen auf Willi zu. Er ließ den Spaten niederkrachen. Allerdings nicht mit der flachen Seite.

Außer Atem stand er neben der Leiche. Es schien, als habe Willi immer noch sein breites Grinsen im Gesicht.

Ben Jansen wusste nicht, wie viel Zeit vergangen war, bevor er sich schließlich in Bewegung setzte.

Er hatte gerade Willis notdürftig in eine alte Decke gewickelten Körper in den Kofferraum gehievt, als er seinen Namen hörte. Ben Jansen drehte sich um und blickte in das verzückte Gesicht eines ihm unbekannten Mittvierzigers, der einen Hund an der Leine führte.

»Ben? Ben Jansen? Ich werd verrückt!«

LOST IN LIEDBERG

VON KIRSTEN PÜTTJER

Im Liedberger Wald, unterhalb des Schlosses, liegt das sogenannte Pfadfindergrab. Auf einer kleinen Lichtung steht ein schmiedeeiserner Zaun, der die Abmessungen eines Grabes hat. Am Kopfende des umzäunten Areals befindet sich ein Grabstein, darauf drei Namen und darunter die Worte: Gut Pfad.

*

»Heini! Wo bist du denn?« Erwin atmete schwer. Staub lag in der Luft, überall. Es war dunkel, er konnte kaum etwas sehen. Eben hatten er und seine zwei Kameraden der Pfadfindergruppe noch nach einem Durchgang in diesen unübersichtlichen Stollengängen gesucht. Heini war vorausgegangen, er war unter ihnen der Draufgänger, schon immer. Er hatte auch die Idee gehabt, in den Stollen zu klettern.

Alle kannten die Geschichten, die man sich über die Höhlen unter Schloss Liedberg erzählte: dass sie bis nach Rheydt reichen sollten, vielleicht sogar bis zum dortigen Schloss. Dass sie verflucht waren. Dass ein unheimlicher Geist dort sein Unwesen trieb. Und dass es gefährlich war, nicht nur für Kinder.

All das waren natürlich die größten Anreize für halbwüchsige Jungen wie sie, sich erst recht dort hineinzuwagen. Und jetzt war ein Teil des Stollens eingestürzt, Erwin abgeschnitten von Peter, der irgendwo hinter ihm war, und von Heini, der vor ihm gewesen war und noch gepfiffen hatte, wie er es immer tat im Dunkeln, im Keller, in Höhlen. Er, der Draufgänger. Erwin verzweifelte. Dann brüllte er noch lauter als schon zuvor: »Heini!! Mensch, jetzt reg dich mal!«

Heini hörte Erwins Rufen, aber nur ganz schwach, wie durch Watte. Er lag unter einem Berg aus Schutt, geschützt nur durch einige Holzbalken, die einen Raum geschaffen hatten, in dem er noch atmen konnte. Nur bewegen konnte er sich nicht, seine Beine waren verschüttet. Und es war stockdunkel. Heini hatte Angst. Würde man sie finden? Niemand wusste, wo sie waren. Es sei denn, einer der anderen hatte nicht dichtgehalten. Peter vielleicht, der war doch immer so ein Angsthase. Jetzt wünschte sich Heini, dass Peter geplaudert hatte. Und er wünschte sich, dass er Erwin wieder rufen hörte. Der war nämlich auf einmal so still.

Es schüttete wie aus Eimern. Und zwar aus sehr großen Eimern. Starkregenereignis nennt man das heute, »it's raining cats and dogs«, sagten die Engländer dazu, wobei man sich das lieber nicht vorstellt. Sandra und Tobias Feldges suchten Schutz an einem Bushaltehäuschen, Sohn Bastian, der schon ein Stück weiter vorgefahren war, kam mit seinem Rennrad zu ihnen zurück. Eigentlich war es zu groß für den Elfjährigen, aber er hatte sich so gefreut, mit seinen Eltern auf große Tour zu gehen, dass sie ihm seinen Geburtstagswunsch nach einem »Rad für Große«

erfüllt hatten. »Basti, komm her!« Sandra winkte ihren Sohn heran. Die rote Windjacke, die er trug, klebte wie eine zweite Haut an ihm.

»Wie weit ist es denn noch bis zum Hotel?« Sandra blickte über den Rand ihrer mit Regentropfen besprenkelten Brille.

»Von hier aus«, Tobias Feldges klappte das Lederetui seines Smartphones auf, tippte und wischte darauf herum, »sind es mit dem Rad noch zwei Stunden bis nach Brüggen. Ich schlage vor, wir warten noch ein bisschen und machen uns dann auf den Weg«.

Sandra schaute auf ihre Armbanduhr. »Es ist jetzt halb sechs. Wenn wir noch warten, bis der Regen nachlässt, und dann erst weiterfahren, sind wir vor halb neun nicht im Hotel!«

»Mama, ich hab Hunger. Und außerdem ist mir kalt!«, nölte Bastian in die gereizte Stimmung. Sandra strich ihrem Sohn durch das nasse Haar.

»Und was heißt das jetzt?«, fragte Tobias genervt. »*Du* hast doch deinem Sohn erlaubt, sich noch mal *kurz* die Skihalle anzusehen. Ich habe es euch gleich gesagt, dass wir uns da nicht lange aufhalten können, wenn wir heute noch bis nach Brüggen radeln wollen.«

»*Ich habe es euch gleich gesagt*«, äffte Sandra ihren Mann nach. »Vielleicht denkst du einfach mal daran, dass diese Tour Bastis Geburtstagsgeschenk ist und er dann auch bestimmt, wann wir wohin fahren? Wir wollten eine lockere Radtour machen und spontan entscheiden, wo wir unterkommen – aber du hast ja wieder alles vorab geplant und auch schon dieses komische Hotel gebucht!«

»Ach, jetzt bin ich schuld, wenn wir hier mitten in der Pampa im Regen stehen! Und wo bitte willst du hier einkehren und übernachten? Vielleicht in einem der geschlossenen Gasthäuser, an denen wir vorbeigekommen sind? Wir sollten jetzt …«

»Papa, guck mal, dein Rad«, unterbrach ihn Bastian und zeigte auf das Hinterrad seines Vaters.

»Jetzt nicht, Basti«, sagte Tobias und wandte sich wieder seiner Frau zu: »Wir sollten jetzt erst einmal das Hotel in Brüggen anrufen und unsere Zimmer stornieren. Und dann schaue ich, ob wir nicht noch etwas in der Nähe finden.«

»Das sollte dann aber sehr nah sein und am besten gleich eine angeschlossene Fahrradwerkstatt haben!« Sandra zeigte auf den platten Reifen an Peters Hinterrad.

»Oh nein, was ist das denn?« Tobias trat gegen den Reifen seines gerade grundüberholten Trekkingrades. »Das sollten unplattbare Schläuche sein, da werde ich …« Der Rest des Satzes ging im Motorenlärm eines vorbeifahrenden Lastwagens unter, der mit circa 60 Stundenkilometern durch die Pfütze vor der Bushaltestelle raste und damit eine zwei Meter hohe Fontäne auslöste, die sich in einem Schwall über Familie Feldges ergoss.

»Erwin?« Keine Antwort. »Peter?« Stille. Heini versuchte es noch einmal. Er rief, so laut er konnte: »Erwin! Peter! Wo seid ihr? Ich bin hier! Meine Beine sind eingeklemmt. Ich brauche eure Hilfe!« Niemand antwortete. »Erwin, bitte! Peter …« Seine Stimme versagte und er spürte, wie ihm Tränen über die Wangen liefen. Ihm wurde kalt und schwindelig, noch einmal hörte er hinter sich ein lautes Krachen. Sand rieselte über seinen Arm, dann verlor er das Bewusstsein.

Bertha Mosters ließ das Waschbrett in den Trog gleiten und drückte den Rücken durch. Sie stöhnte. Ihr Bauch war schon so groß, als ob das Kind bereits morgen zur Welt käme, dabei war sie erst im siebten Monat schwanger. Der Arzt hatte gesagt, dass sie vorsichtig sein und sich schonen solle. Nicht zu schwer heben und vor allem keine Aufregung, das könne ihr und dem Kind schaden.

Nicht aufregen – der Arzt hatte gut reden! Als Mediziner musste man sich wohl keine Sorgen machen, sie aber erwartete das dritte Kind, und ihr Mann war schon wieder ohne Arbeit. 3,5 Millionen Arbeitslose gab es nun schon – und jeden Tag wurden es mehr. Weltwirtschaftskrise, Inflation, all das hatte sie im Radio gehört, das bei Doktor Paulsen in der Praxis stand.

Das Kind im Bauch strampelte, und sie bemerkte ihren Hunger. Ein paar Kartoffeln und ein bisschen Quark hatte sie noch, das musste für heute reichen. Sie stellte den Topf auf den Herd und warf noch ein Stück Holz in die Küchenhexe.

»Anni, geh mal rüber zu den Kempkens und sag deinem Bruder, dass wir gleich essen. Er soll nach Hause kommen.«

Das Mädchen rannte los und stand keine zwei Minuten später wieder in der Küche. »Der Heini ist nicht bei den Kempkens!«

Bertha Mosters sah ihre Tochter verwundert an, da klopfte es an der Tür. »Hallo, Frau Mosters?« Durch den Türspalt schob sich der Kopf von Frau Kempkens, der Nachbarin aus dem ersten Stockwerk. »Sind die Jungens denn nicht bei Ihnen? Der Erwin wollte Ihrem Heini doch bei den Hausaufgaben helfen!«

Bertha Mosters hielt sich den Bauch. »Mir hat Heini

gesagt, dass er Erwin helfen muss! Oh, dieser Bengel – na, der kann was erleben, wenn er nach Hause kommt!«

»Funktioniert das Telefon noch?«, fragte Sandra, die triefend nass neben Mann und Kind stand.

»Das werden wir gleich sehen«, grummelte Tobias und zog ein kleines Handtuch aus der Fahrradtasche. »So ein Schwachkopf! Schade, dass ich das Kennzeichen nicht sehen konnte, den hätte ich am liebsten angezeigt.«

»Es lohnt nicht, sich aufzuregen, schau lieber nach, ob hier irgendein Hotel, eine Pension, von mir aus auch eine Jugendherberge ist. Ich würde jetzt gern etwas Trockenes anziehen.« Sandra beugte sich rüber und schaute mit auf das Display des Smartphones, das die kurze, heftige Dusche schadlos überstanden hatte. »Hier, was ist das denn?« Sie deutete mit dem Finger auf das Display und drehte sich halb um. »Das ist doch hier, direkt hinter uns – am Schloss! Los, lass uns da mal hingehen und schauen. Da kannst du dein Rad bequem hinschieben.«

Der Starkregen hatte zwar nachgelassen, aber es regnete noch immer heftig. Die Aussicht, bald in trockene Kleidung schlüpfen und etwas Warmes essen zu können, ließ die drei ein bisschen schneller gehen.

»Oh nein«, entfuhr es Sandra, als sie das Schild »Tagungshotel Schloss Liedberg« bemerkte und im selben Moment sah, dass das Gebäude komplett dunkel war.

»Was ist ein Tagungshotel?«, fragte Basti.

»Das ist ein Hotel, das nicht immer geöffnet hat. Da können Gruppen übernachten, die sich für eine Tagung, also zum Arbeiten, treffen«, erklärte Tobias, während er sein Fahrrad in Richtung eines Nebengebäudes schob, das einen Dachüberstand hatte.

»Wir können doch sagen, dass wir eine Tagung machen«, schlug Basti vor.

»Das ist eine gute Idee, aber ich befürchte, sie wird nicht funktionieren«, antwortete Tobias und zückte erneut sein Smartphone. »Mist, kein Netz!« Er atmete hörbar aus.

»Das ist hier leider so«, dröhnte eine dunkle, sonore Stimme aus dem Halbdunkel des Gebäudes.

Tobias erschrak so sehr, dass ihm das Telefon aus der Hand fiel, Basti stand wie vom Donner gerührt und starrte den Mann an, der so plötzlich aus dem Nichts vor ihm aufgetaucht war.

»Die Netzabdeckung ist hier am Schloss gelinde gesagt eine Katastrophe. Mein Sohn streitet sich schon auf allen Ebenen, weil er so natürlich kein Hotel betreiben kann«, erklärte der alte Mann entschuldigend, der näher an sie herangetreten war.

»Apropos Hotel«, warf Sandra, die sich als Erste wieder gefasst hatte, jetzt ein und deutete auf ihre nasse Kleidung, »können Sie uns sagen, ob es hier irgendwo so etwas gibt? Wir wären Ihnen wirklich dankbar für einen Tipp!«

Er schüttelte den Kopf. »Das sieht leider schlecht aus. Es gibt hier nur unser Tagungshaus und etwas weiter das Hotel Rappen – aber die machen im Juni immer Betriebsferien.«

»Mir ist kalt und ich habe Hunger«, nölte Basti. »Können wir nicht bei Ihnen eine Tagung machen? Dann könnten wir doch hier wohnen, oder?«

Der alte Mann lachte laut. »Das ist zwar nicht mein Laden, aber mein Sohn wird sicher nichts dagegen haben, wenn ich Ihnen ein Zimmer gebe. Nur beim Essen müssen wir etwas improvisieren. Aber da fällt meiner Frau bestimmt etwas ein.«

Sandra war froh, dass es noch immer regnete, so konnte keiner sehen, dass ihr Freudentränen übers Gesicht liefen.

Hugo Mosters schüttelte nur den Kopf, als die beiden Frauen ihm erzählt hatten, was passiert war. »Dem Heini ziehe ich die Ohren lang, seine Mutter so zu belügen! Ich werde mich noch ein bisschen ausruhen, habe heute wieder vier Stunden am Arbeitsamt angestanden – für nichts und wieder nichts! Wenn die beiden in einer Stunde nicht hier sind, dann gehe ich los und suche sie. Wo könnten sie denn sein?«

»Vielleicht bei Peter«, vermutete Frau Kempkens. »Erwin hat mir von dem Jungen erzählt, der ist auch bei den Pfadfindern.«

»Meinen Sie Peter Höveler, der hinter dem Marktplatz wohnt?«

Frau Kempkens nickte. »Ich verstehe das nicht – mein Erwin lügt mich nicht an. Warum haben die beiden uns so ausgetrickst? Ich glaube, ich gehe mal zu Frau Höveler und frag sie, ob ihr Peter zu Hause ist. Vielleicht weiß er ja, was unsere Jungs vorhatten. Ich habe da kein gutes Gefühl.«

Hugo Mosters winkte ab. »Das ist das Alter, die werden flügge und schlagen dann schon mal über die Stränge, aber die Lügengeschichte können wir ihm nicht durchgehen lassen. Geben Sie doch bitte kurz Bescheid, wenn Sie etwas von Peters Mutter erfahren.«

Bertha Mosters stellte gerade die Schüssel mit den dampfenden Kartoffeln auf den Tisch, als es an der Haustür laut klopfte. Es war Frau Kempkens in Begleitung von Herrn und Frau Höveler. Herr Höveler übernahm gleich das Wort: »Unser Peter ist heute mit ihren Jungs los. Er hat nicht gesagt, wo sie hingehen wollen, aber wir haben einen Zettel in seinem Tornister gefunden – hier.«

Er reichte das mehrfach gefaltete Blatt an Herrn Mosters. Der erkannte gleich die Handschrift seines Sohnes und las laut vor: »Heute 15 Uhr Treffen am Stollen, Liedberger Schloss – kein Wort zu niemandem, Pfadfinderehrenwort!« Die Wanduhr gongte vier Mal. Herr Mosters stand wortlos auf, griff nach seiner Jacke und sagte: »Ich würde vorschlagen, wir beide gehen jetzt rauf zum Schloss«, dabei zeigte er auf Herrn Höveler, »und alle anderen warten in der Wohnung, falls die Jungs in der Zwischenzeit auftauchen.«

»Wir nehmen besser den Seiteneingang, da kommen wir gleich zu Ihrem Zimmer. Die Fahrräder können Sie hier stehen lassen. Darum können wir uns dann morgen kümmern. Nehmen Sie erst einmal eine heiße Dusche, und ich frage meine Frau, was wir Ihnen zum Essen anbieten können. Hier drüben ist ein Aufenthaltsraum, dort finden Sie auch Getränke. Ich bin dann gleich wieder bei Ihnen.«

»Vielen Dank, Herr …«, Sandra streckte ihrem Retter und Gastgeber die Hand entgegen.

Doch der trat einen Schritt zurück und hob abwehrend beide Hände. »Ich bitte Sie, das ist doch wohl selbstverständlich, dass man Menschen, die in Not sind, hilft. Ich bin dann gleich wieder da.« Er drehte sich um und verschwand in einem der langen Korridore.

»Ein bisschen unheimlich ist es ja schon, so ganz allein hier«, meinte Tobias und trocknete sich mit einem Handtuch die Haare.

Basti hüpfte auf einem Bein und versuchte dabei, seine Jeans auszuziehen, was ihm nicht gelang. Er setzte sich auf den Fußboden und streckte seinem Vater die Beine entgegen. »Papa, zieh mal, ich bekomme die Jeans nicht aus. Ich finde es toll hier, und der Mann ist doch echt nett. Und vielleicht bringt der uns ja Pommes!« Er strahlte über das ganze Gesicht. »Das ist das coolste Geburtstagsgeschenk, ein ganzes Hotel für uns allein – davon muss ich Max unbedingt erzählen.«

»Was fällt den Bengels denn bloß ein, sich am Stollen zu verabreden?«, ereiferte sich Peters Vater. Theodor Höveler war Buchhalter und nicht nur in seinem Beruf gradlinig und genau, sondern auch privat ein Mann mit festen Grundsätzen. Wenn etwas beschlossen war, dann war daran nichts mehr zu ändern, deshalb ärgerte er sich jetzt umso mehr über seinen Sohn, dem er verboten hatte, den alten Stollen zu betreten. Es hatte schon einige Unglücke gegeben, Leute hatten sich in dem unterirdischen Labyrinth verlaufen und mussten mit Suchtrupps gerettet werden. Die Polizei hatte die Stollen gesperrt, aber es gab einfach zu viele Ein- und Ausgänge, niemand kannte die genaue Anzahl. Und jetzt, während der Weltwirtschaftskrise, nutzten einige Menschen den Stollen wieder, um Quarzsandstein abzubauen und zu verkaufen.

»Kennen Sie sich da oben aus? Ich habe gelesen, dass die Quarzsandsteinkuppe ausgehöhlt ist wie ein Schweizer Käse. Es soll wohl fast ein Wunder sein, dass das Schloss da noch unbeschadet steht. Ach, gar nicht auszudenken, was da alles passieren kann.« Herr Höveler war außer sich und wurde mit jedem Schritt schneller.

Hugo Mosters hatte seine liebe Not, mit ihm Schritt zu halten. »Das habe ich auch gehört, aber wenn es wirklich so gefährlich wäre, wie es behauptet wird, dann hätte man doch sicherlich alle Eingänge zugeschüttet. So verantwortungslos wird doch niemand sein!«

»Ihr Wort in Gottes Ohr! So, da vorn ist ein Eingang!«

Die beiden Männer standen vor einem Loch, dass noch nicht einmal einen Meter hoch, dafür aber zwei Meter breit war.

»Hier geht es rein!« Höveler zeigte auf eine dunkle Stelle.

»Sind Sie sicher?« Mosters ging auf die Knie und rief die Namen der Jungen in den Stollen – keine Antwort.

»Wir müssen da hinein, es hilft ja nichts!« Höveler hatte bereits hektische Flecken am Hals.

»Es macht keinen Sinn, wenn wir beide da hineingehen. Ich werde versuchen, da reinzukommen, und Sie bleiben hier, um eventuell Hilfe zu holen, falls ich feststecke oder in einer halben Stunde nicht wieder da bin. Abgemacht?«

»Abgemacht!«

»Das ist das beste Muurejubbel, das ich je gegessen habe. Bitte richten Sie Ihrer Frau die herzlichsten Grüße und ein riesengroßes Dankeschön aus. Sie haben uns gerettet! Wie können wir Ihnen danken?« Sandra verschränkte ihre Beine zum Schneidersitz und Basti kuschelte sich auf dem gemütlichen Sofa sofort an sie.

»Ich bitte Sie, das ist doch nicht der Rede wert. Möchten Sie noch ein Glas Wein? Ich beziehe den direkt aus der Pfalz, da haben zwei sehr alte Freunde von mir vor vielen Jahren ein Weingut übernommen.« Der alte Herr hob die Flasche hoch.

»Oh, sehr gern, auch der ist köstlich.« Tobias hielt seinem Gastgeber sein Glas entgegen. »Darf ich Sie etwas Persönliches fragen? Wie kommt man darauf, ausgerechnet hier ein Tagungshotel zu eröffnen?«

»Das sollten Sie meinen Sohn fragen. Ich glaube, er war fasziniert von der Landschaft und von den unheimlichen Geschichten, die sich hier erzählt werden, auch wenn es für manch einen paradox klingen mag, dann ausgerechnet hier ein Hotel zu eröffnen. Hier sind vor nunmehr 90 Jahren drei Pfadfinder verschwunden. Man nimmt an, dass sie noch unter uns in einem der Stollen begraben sind. Es gibt nicht weit von hier einen Grabstein mit den Namen der drei vermissten Jungen, dorthin kommen bis heute Pfadfindergruppen, um den Kameraden in Ehren zu gedenken.«

»Davon habe ich schon einmal gehört«, warf Sandra ein, die ihrem schlafenden Sohn über den Kopf streichelte. »Aber einer der Jungen soll doch geborgen worden sein?«

»Das stimmt – vielleicht …« Ihr Gastgeber lehnte sich nach vorn und legte die Unterarme auf die Knie. »Man hat tatsächlich eine Leiche geborgen. Der Schädel war aber so zertrümmert, dass man den Jungen nur noch an dem Hemd, das er trug, identifizieren konnte. Schrecklich! Die Untersuchungsmethoden waren damals ja noch längst nicht so ausgefeilt, wie sie es heute sind.«

»Das ist wirklich eine gruselige Geschichte.« Tobias Feldges erhob sich vom Sofa. »Ich glaube, ich bringe unseren Sohn lieber mal ins Bett, nicht dass er noch aufwacht und dann von diesen Schauergeschichten träumt!«

»Herr Mosters, hören Sie mich? Hallo, Herr Mosters!« Theodor Höveler lag auf dem Bauch und rief in die dunkle Höhle hinein, nachdem er eine gefühlte Ewigkeit wie ein nervöser Panther vor dem Eingang des Stollens auf und ab gegangen war. »Herr Mosters!« Keine Antwort. Dann endlich ein Husten, und ein schlohweißer Haarschopf wurde sichtbar.

»Helfen Sie mir.« Hugo Mosters streckte Höveler seinen Arm entgegen, den dieser ergriff und ihn daran herauszog. Mosters rollte aus dem Stollen, hustete und war über und über mit Staub bedeckt.

»Man kommt nicht weit. Ich bin da reingekrochen, es ist verdammt eng, und dann geht es nicht mehr weiter, alles liegt voll Geröll. Man kann nichts sehen, ich konnte nicht erkennen, ob da jemand durchgekrochen ist. Das Einzige, was ich gefunden habe, ist das hier.« Mosters öffnete die Hand, darin lag ein staubiger, runder Knopf.

Höveler griff nach dem Fundstück, säuberte es an seiner Hose und starrte Mosters an.

»Das ist«, stotterte er, »das ist ein Knopf von Peters Jacke! Wir brauchen Hilfe!«

»Ich werde mich dann jetzt zurückziehen. Wie gesagt, hier sind Getränke, fühlen Sie sich wie zu Hause und schlafen Sie gut. Wir sehen uns. Gute Nacht.«

»Danke. Schlafen auch Sie gut. Bis morgen!«, antworteten Sandra und Tobias gleichzeitig.

Tobias streckte sich auf dem Sofa aus. »Was für ein Tag! Und wie surreal, diese ganze Geschichte hier, das glaubt uns doch kein Mensch. Ich trinke noch meinen Wein aus und gehe dann auch ins Bett, was meinst du?«

»Ich werde hier ganz sicher nicht ohne dich sitzen bleiben. Das ist schon ein bisschen unheimlich, so ganz allein in so einem großen Gebäude. Vielleicht gucken wir aber auch einfach zu viele Krimis!«

»Komm«, Tobias streckte seiner Frau die Hand entgegen, »lass uns ins Bett gehen. Basti ist morgen doch bestimmt schon wieder um 7 Uhr fit und will in den Tag starten.«

»Wo ist denn hier der Lichtschalter?«, flüsterte Sandra, als sie das stockdunkle Zimmer betrat.

»Hier.« Tobias betätigte den Schalter. »Was, wo …?«

»Wo ist Basti?« Sandras Stimme schrillte durch die Nacht. »Tobias, wo ist er? Du hast ihn doch ins Bett gebracht. Warum ist sein Bett leer?«

»Beruhige dich, mein Schatz, wahrscheinlich ist er nur gerade zur Toilette.«

Sandra riss die Tür zum Badezimmer auf – kein Basti. »Er ist weg!« Verzweifelt schaute sie ihren Mann an. »Was machen wir denn jetzt?«

»Wir suchen ihn!«

»Nun mal mit der Ruhe, Herr …«

»Höveler, mein Name ist Theodor Höveler, und ich bin mir sicher, dass mein Sohn Peter da unten in diesem Stollen ist.«

»Herr Höveler.« Polizeirat Schopphoven versuchte, den Mann zu beruhigen, der ihm aufgebracht gegenüberstand. »Herr Höveler, der Knopf beweist doch gar nichts. Das ist halt ein Knopf, der kann da schon seit Jahren liegen. Seit wann ist Ihr Sohn verschwunden?«

»Seit heute Mittag. Er hatte bis halb zwei Schule und ist danach nicht nach Hause gekommen.«

»Wie alt ist Ihr Sohn?«

»14 Jahre.«

»Da ist das doch völlig normal, dass die mal nicht pünktlich nach Hause kommen. Sei'n Sie mir nich' bös, lieber Herr Höveler, aber es ist jetzt gerade mal 19 Uhr, da kann ich hier keine Großfahndung herausgeben, nur weil ein

Knopf gefunden wurde. So leid mir das tut, aber da müssen wir noch etwas abwarten. Vielleicht ist Ihr Sohn ja schon wieder daheim. Haben Sie einen Telefonanschluss?«

»Privat? Nein!« Höveler war empört und sah Mosters an, der noch immer wortlos neben ihm stand. »Ich gehe jetzt nach Hause und erkundige mich, ob mein Sohn in der Zwischenzeit eingetroffen ist, ansonsten stehe ich in einer Stunde wieder hier.« Er packte Mosters am Arm und zog ihn mit aus dem Polizeirevier. »Das ist unverantwortlich, dass die überhaupt nichts machen wollen. Wenn da etwas passiert ist, dann zählt doch jede Minute. Herr Mosters, das sehen Sie doch genau wie ich, oder?«

»Äh, ja«, antwortete Mosters gedankenverloren.

»Wir organisieren einen eigenen Suchtrupp. Ich habe eine Liste mit den Namen aller Pfadfinder, die mit unseren Jungen in einer Gruppe waren. Wir teilen uns auf und informieren die Eltern – Sie die eine Hälfte, ich die andere, und dann suchen wir halt auf eigene Faust, wenn uns die Polizei nicht unterstützen will.«

»Bastiiii? Bastiiiii!« Der Ruf ging ins Leere, es kam keine Antwort. Sandra und Tobias Feldges rannten durch die menschenleeren Flure des Hotels und rissen jede unverschlossene Tür auf, um dahinter nach ihrem Sohn zu suchen.

»Es kann doch nicht wahr sein«, keuchte Sandra und sah ihren Mann verzweifelt an, »wo ist Basti? Und warum ist seine Bettdecke weg? Tobias, wir brauchen Hilfe!«

»Beruhige dich. Ich werde jetzt noch einmal draußen nach ihm schauen, vielleicht ist er zu seinem Fahrrad gegangen oder ist hier im Garten …«

»Sag mal, spinnst du? Warum sollte unser Kind, das tief und fest geschlafen hat, aufwachen und so mir nichts dir nichts an einem wildfremden Ort nachts im Garten spazieren gehen? Und noch dazu seine Bettdecke mitnehmen? Tobias, hier stimmt etwas nicht, ich habe das im Gefühl, wir müssen die Polizei rufen.«

»Bevor wir das tun, gehe ich noch einmal zu …« Er stockte. »Wie heißt unser Retter und Vater des Hoteliers überhaupt?«

»Das weiß ich nicht, und das ist mir auch gerade herzlich egal, ich möchte mein Kind wiederhaben.« Sandra verlor die Fassung und schluchzte.

»Ich gehe jetzt kurz raus, wenn ich ihn dort nicht finden sollte, rufen wir die Polizei – versprochen!«

Pfadfinder-Gruppenleiter Paul Kummerow streifte sich die Jacke über. »Das ist doch nicht zu fassen. Gerade in der letzten Woche haben wir noch über die Stollen gesprochen und nachdrücklich darauf hingewiesen, wie gefährlich es ist, dort hinzugehen. Ich habe den Jungs das Pfadfinderehrenwort abgenommen, dass sie diesen Ort meiden sollen – und dann so etwas. Oh Gott, oh Gott! Ich hoffe, dass ist alles ein großer Irrtum.«

Die Nachricht, dass die drei Jungen vermisst wurden, verbreitete sich wie ein Lauffeuer in Liedberg. Eine Stunde später waren mehr als 30 Männer und Jungen an der Einstiegsstelle zum Stollen, wo Hugo Mosters den Knopf gefunden hatte.

»Fangen wir an zu graben!«, rief Hugo Mosters, der jetzt, wie aus dem Schlaf erwacht, das Kommando übernahm.

Sandra Feldges saß zusammengekauert auf dem Sofa und kaute an ihren Fingernägeln. Auf dem Tisch lag ihr Smartphone, das sie keine Sekunde aus den Augen ließ. Sie fühlte sich wie gelähmt, ihre Gedanken kreisten immer nur um die Frage, wo Basti war, und sie merkte, dass sie langsam, aber sicher eine Panikattacke bekam. Sie versuchte, sich zu beruhigen und ihren Atem zu kontrollieren, das hatte sie mal in einem Film gesehen. Plötzlich hörte sie etwas im Flur, ein Keuchen, ein leises Stöhnen. Sie sprang auf und rannte den Geräuschen entgegen.

»Ist das der einzige Zugang zu dem Stollen hier in Liedberg?«, fragte Mosters den Gruppenleiter der Pfadfinder.

»Nein«, antwortete Kummerow, »es gibt noch viele andere, aber die sind meist sehr versteckt und zugewachsen. Der nächst zugängliche ist mitten im Ort und führt über eine Art Brunnenschacht in das Stollenlabyrinth.«

Mosters kratzte sich am Kopf. »Also eher unwahrscheinlich, dass sie den Weg genommen haben. Das heißt dann aber, wenn sie irgendwo rein sind, dann hier.« Er zeigte auf das Loch, in das er ein paar Stunden zuvor gekrochen war. Kummerow nickte zustimmend.

Höveler dirigierte die Helfer vor dem Stollen und teilte Trupps zum Graben und zum Sandschaufeln ein. »Wir fangen hier an und versuchen, uns möglichst schnell in den Stollen zu arbeiten.«

Sirenen dröhnten und Lichter flackerten, die Helfer vor dem Stollen drehten sich um und sahen, wie mehrere Wagen der Polizei sich näherten. Polizeirat Schopphoven stieg aus einem der Fahrzeuge aus und trat direkt auf Höveler zu.

»Herr Höveler, ich verstehe ihre Verzweiflung, aber ich verbiete Ihnen, noch weitere Menschen in Gefahr zu bringen. Wir sperren dieses Gebiet ab und werden die Suche mit Fachkräften fortsetzen.«

Höveler verlor die Fassung, packte Schopphoven an seiner Uniform und schrie ihn an: »Aber jetzt, suchen Sie jetzt, da unten liegt mein einziger Sohn, suchen Sie jetzt!«

Mosters legte seinen Arm um Hövelers Schultern und zog ihn zur Seite. »Wir müssen warten und hoffen, das ist das Einzige, was bleibt.«

Tobias Feldges trug keuchend seinen Sohn auf dem Arm. Die Bettdecke umhüllte den stöhnenden Körper, Basti schlief, das war offensichtlich, und er träumte schlecht, das war noch viel offensichtlicher. Sandra sah ihren Mann an und bemerkte erst jetzt, wie blass er war.

»Er lag auf dem Pfadfindergrab«, sagte Tobias Feldges tonlos. »Ich vermute, dass er wieder schlafgewandelt ist, das hat er zwar schon länger nicht mehr getan, aber vielleicht hat er ja doch etwas von der unheimlichen Geschichte vorhin mitbekommen und dann schlecht geträumt. Aber wir sollten jetzt alle ein bisschen schlafen, wie auch immer …«

Polizeirat Schopphoven hasste seine Arbeit manchmal, vor allem in Momenten wie jenem, der ihm bevorstand. Er klingelte zunächst im ersten Stock, wohl wissend, dass er später auch noch eine Etage höher vorstellig werden musste, um die gleiche traurige Nachricht zu überbringen. Er konnte sich nicht an die Worte »Leider muss ich Ihnen mitteilen, dass …« gewöhnen, um dann das Unaussprechliche, das Unbegreifliche, das Unfassbare mitzuteilen. Aber einer musste es tun.

Am Tagungshotel am Liedberg parkte ein großer Geländewagen vor der Remise, unter der die abgestellten Fahrräder der Familie Feldges standen. Helmut Rütten stieg verwundert aus. Wer hatte hier Räder untergestellt? Das Hotel war doch noch gar nicht eröffnet. Was sollte das bedeuten? Wieder so eine mysteriöse Geschichte, wie er sie seit dem Kauf des Gebäudes schon mehrfach erlebt hatte? Gedankenverloren betrat er sein Hotel, als ihm Familie Feldges begegnete.

Rütten erschrak. »Was machen Sie hier, wie kommen Sie in mein Hotel?«

Sandra und Tobias schauten sich verwundert an. Basti war der Erste, der antwortete: »Das war Ihr Papa, der hat uns geholfen, weil wir gestern sehr nass geregnet waren und kein Hotel hatten. Er hat uns dann Muurejubbel und ein Bett gegeben. Das war schön!«

Rütten schüttelte den Kopf. Tobias Feldges ging auf Rütten zu, streckte die Hand aus und sagte: »Wir haben Ihnen das Geld für die Übernachtung auf den Tisch gelegt. Richten Sie Ihrem Vater bitte schöne Grüße aus und noch einmal einen herzlichen Dank, er hat uns aus einer sehr misslichen Situation gerettet.«

Rütten schaute Feldges tief in die Augen. »Das würde ich sehr gern tun, aber mein Vater ist vor 20 Jahren auf einer Urlaubsreise in Italien verstorben.«

*

1930 betrat die Düsseldorfer Pfadfindergruppe »Schinderhannes« den stillgelegten Stollen unterhalb des Schlosses, um dort eine Urkunde zu vergraben. Es kam zu einem Einsturz, 13 Pfadfinder konnten sich retten, für drei aus der Gruppe kam jede Hilfe zu spät, sie starben. Nur ein Leichnam konnte geborgen und in Düsseldorf beerdigt werden, die anderen beiden Toten musste man im Stollen zurücklassen, weil es für die Rettungskräfte zu gefährlich gewesen wäre, sie zu bergen. Um den Tod der drei Pfadfinder ranken sich bis heute Mythen – einer davon: dass die beiden Jungen, die nie gefunden wurden, vielleicht doch noch leben …

DIE FRAU OHNE NAMEN

VON ANGELA ESSER

Bahn für Bahn schwimmend
die Welt erkunden
Ohne zu reisen
Pinguine am Nordpol sehen
oder Delphine im Ozean
Glückselig durch den Ärmelkanal
oder über den großen Teich
All das kann ich
Bahn für Bahn
In meinem Schwimmbad.

Sie glaubte nicht an Zufälle. Genauso wenig wie ihre Mutter. »Wir konstruieren sie, die Zufälle, sonst nichts«, behauptete sie.

Und jetzt dieses vergilbte Schwarz-Weiß-Foto.

Hier auf dem Flohmarkt. Einfach so.

Der alte Eingang des Stadtbads. Davor ein Paar. Verliebt.

Vor kaum einer Stunde war sie genau dort in dem Gebäude herumgelaufen. Diesem außergewöhnlichen Lost Place. Mitten in der Stadt.

Morbide Schönheit, die sie in den Bann gezogen, die aber auch ungeahnte Beklemmungen in ihr ausgelöst hatte, wie noch nie in ihrem Leben zuvor. Ohne jede Vorwarnung.

Sie hatte an der Treppe zu dem leeren Schwimmbecken gestanden, von einer Sekunde zur nächsten nach Luft ringend. Hatte keinen Schritt, keinen Millimeter weitergehen können. Nur immer wieder auf diese Treppe gestarrt. Am Beckenrand war sie stehen geblieben. Wie einbetoniert. Traute sich nicht zu atmen. Und es hatte eine Ewigkeit gedauert, bis sie sich endlich umdrehen konnte, um andere Motive für ihre Fotos zu suchen.

Innenansichten gab es zu Hunderten im Netz. Mal künstlerisch, mal dilettantisch. Doch keines vom Eingang. Oder wenn, dann nachdem man schon vieles verändert hatte. Auch sie hatte während der Führung für ihre Kunstaktion in den Räumen fotografiert und am Ende bedauert, dass der Eingang nicht mehr ursprünglich war.

Und jetzt hielt sie diese Aufnahme in Händen. Gefunden hier auf dem Flohmarkt. Zufällig. Verrückt.

Ziellos war sie nach der Besichtigung umhergelaufen, hatte sich treiben lassen, und ihre Gedanken waren dabei gestolpert. Oft gestrauchelt. Über den Job. Über Privates. Über politisch unkorrekte Kekse mit Palmfett. Über Fridays for Future. Und über alles andere, was noch so in ihrem Kopf wohnte. Wie diese Treppe in einem toten Schwimmbad, die sie nicht hatte hinuntergehen können. Kalt, nackt, bedrohlich.

In den Straßen hatte sie Vertrautes und Neues entdecken wollen, beim Besuch in ihrer Vergangenheitsstadt. Alles hatte sie zugelassen und war hier auf dem Flohmarkt gelandet, auf dem es gesammelte oder vereinzelte Vergangenheit zu kaufen gab.

Eigentlich mochte sie den modrigen Geruch feuchter Kohlenkeller gemischt mit dem Dunst von Pommes und Würstchen, After Shave und frisch gebackenen Crêpes, der über dem ganzen Platz hing. Das Stimmengewirr, das Kindergeschrei und sogar bellende Hunde. Aber hier und jetzt war ihr alles viel zu laut. Vor allem zu fröhlich. Vielleicht ging es den Leuten ja einfach nur gut. Hatten eine Ordnung in ihrem Leben gefunden, die ihr fehlte, und konnten einen tieferen Sinn in verwurmten Möbeln aus den 60ern, verrosteten Blechschildern und Kleiderständern voller H&M-Klamotten erkennen.

Schlechte Laune, hatte sie diagnostiziert. Vor allem Hunger.

Ein belegtes Brötchen mit Diabolosoße hatte sie gegessen und fand, dass da ganz wenig Teuflisches drin war. Da war wohl jemand mit einem sensibleren Gaumen gesegnet worden als sie.

Die Wege zwischen den Ständen waren vollgestopft mit Menschen, die sich langsam vorwärtsschoben. Niemanden schien es zu stören. Im Gegenteil. Blieb jemand an einem Stand stehen, staute es sich. Vor ihr. Hinter ihr. Unmut machte sich deswegen keiner breit. All das gehörte dazu. Am Sonntag mit der ganzen Familie oder Freunden ein Flohmarktbesuch oder in den Zoo, der mindestens genauso voll war. Bloß nicht zu Hause herumhocken. Bei diesem so herrlichen Sommerwetter.

Irgendwann war sie kurz gestolpert, konnte sich aber gerade noch an einem der Tapeziertische festhalten. Der Mann neben ihr hatte nichts bemerkt. In ein altes Fotoalbum vertieft, stand er vor einer Kiste alter Alben und Bücher. War in einer anderen Welt, die alles ausschloss, was um ihn herum war.

Was ist das für ein Mensch, hatte sie sich gefragt, der sich die Fotos völlig fremder Menschen anschaut. Fremde Leben in vergilbtem Schwarz-Weiß mit Zackenrand. Sie war stehen geblieben, hatte sich neben den Stand geschoben, eine Zigarette angezündet und den Mann weiter beobachtet, der völlig in das Album versunken war. Hatte zugeschaut, wie er es nach einer Weile zuklappte und unter den Arm klemmte. In der Kiste nach anderen Schätzen suchte, ein weiteres Album studierte, zurücklegte. Sie hätte ihn gerne gefragt, was er denn eigentlich suche, als sie sah, wie er ein ledergebundenes Buch herausnahm. Bemerkte, wie dabei eine Fotografie aus dem Buch fiel. Sie hatte sie aufgehoben, kurz betrachtet und gestutzt.

Als sie wieder aufblickte, war der Mann in der Menge verschwunden.

Sie hatte das Buch gekauft. Fünf Euro für ein fremdes Leben.

Weihnachten 1931

Auch dieses Weihnachtsfest hat Clara wieder einmal so stimmungsvoll vorbereitet. Das Essen für uns alle war mehr als reichlich und so köstlich, dass ich hinunter in die Küche gegangen bin, um mich bei ihr und den Mädchen zu bedanken. Kleine Geschenke hatte ich auch dabei. Ich weiß doch, wie sehr alle ein gut duftendes

Stückchen Seife lieben. Und ich sollte recht behalten. Ein Strahlen in den Gesichtern, das heller war als die Kerzen an unserem Christbaum. Clara zwinkerte mir zu, als wären wir eine verschworene Gemeinschaft. Vielleicht sind wir das auch. Clara, die schon bei meinen Eltern die gute Seele des Hauses war und nach meiner Heirat mit Herrmann zu uns kam.

Viele Menschen sind unzufrieden. Arbeitslose, die auch hier überall in den Straßen zu sehen sind und betteln. Manchmal stecke ich dem ein oder anderen etwas zu, aber Herrmann hat recht, so kann es nicht weitergehen.

Diese Seite war mit einem gemalten, bunten Tannenbaum verziert, unter dem kleinere und größere Pakete mit roten Schleifen lagen. Andere Seiten klebten zusammen, an manchen Stellen im Buch war die Tinte verwischt. Fotos einer Hochzeit waren eingeklebt, ein vierblättriges Kleeblatt, eine Eintrittskarte fürs Kino. »Blonde Venus« mit Marlene Dietrich.

Sie blätterte in dem Tagebuch hin und her, ohne weiterzulesen, und wurde das Gefühl nicht los, etwas Verbotenes zu tun. Auch wenn all die Worte der ersten Seiten nichts anderes waren als eine belanglose Aufzählung von Weihnachts- und Geburtstagsfesten, Treffen mit angereisten Verwandten oder Zettel, auf denen Rezepte standen. Die Familienchronik eines gutbürgerlichen Hauses, die nur für Angehörige von Interesse war. Sie hatte nichts darin zu suchen. Außer um herauszufinden, was dieses Foto zu bedeuten hatte. Sie blätterte weiter, hielt inne.

2. April 1933

Regierungen kommen und gehen, hatte ich Herrmann im März nach den Wahlen gesagt. Dieser Schnauzer aus Österreich wird wohl auch bald Vergangenheit sein, und ich bin gespannt, was dann kommt. Und habe gelacht. Sollte ich mich so getäuscht haben?

In der Stadt ändert sich vieles. Überall die Braunen.

Man merkt es kaum, aber die Zettel an vielen Geschäften mehren sich, und nun heute im Generalanzeiger diese Anzeige:

An die gesinnungslosen Damen Krefelds!

Da uns nicht unbekannte Frauen und Mädchen Krefelds den SA-Boykott gegen die jüdische Greuelpropaganda mit einem Boykott des christlich gewerblichen Mittelstands beantworten, warnen wir diese. Sie sollen sich schließlich nicht wundern, wenn die SA sie demnächst genauso behandelt, wie einst die ehrlosen Weiber behandelt wurden, die mit den belgischen Soldaten und belgischen Offizieren in der Besatzungszeit verkehrten. Wir haben die Augen offen.

gez. Aigeltinger,
Sturmbannführer I/40

Was soll das heißen?, habe ich Herrmann gefragt, aber der hat nur mit den Schultern gezuckt.

Besser der als die Kommunisten, hat er dann noch vor sich hin gebrummelt.

Den ganzen Vormittag ging mir diese Anzeige nicht aus dem Kopf. Nachdenklich bin ich mit Lotte zum Stadtbad gelaufen. Vorbei an so vielen Geschäften, die verschlossen oder mit weißer Farbe verschmiert waren. Lotte hatte dafür keine Augen, sie war wie immer voller Vorfreude. Wasser ist ihr Element. Sie schreibt sogar Gedichte darüber und glaubt fest daran, bei den Olympischen Spielen mitmachen zu können. Ich will ihre Illusion nicht zerstören.

Noch gehen wir gemeinsam, aber ich weiß, dass sie viel lieber mit ihren Freundinnen schwimmen gehen würde. Anne und Herrmann sind dieses Mal mit zum Familienschwimmtag gekommen, eine Überraschung für Lottchen, die ihren Vater und ihre Patentante abgöttisch liebt. Allerdings weiß ich nicht, was ich von manchen Ansichten meiner Schwester halten soll. Sie macht die Juden für alles verantwortlich. Den Großen Krieg. Die Krise. Die Arbeitslosigkeit.

Ist es so? Ein von Gott auserwähltes Volk, das die Weltherrschaft will? Das hätten sie doch schon seit über 2.000 Jahren machen können, entgegnete ich ihr.

Anne hat einfach nur abgewunken.

Lottes beste Freundin Lea ist mit ihrer Familie in die Niederlande ausgewandert. Beide waren darüber sehr betrübt, aber sie schreiben sich regelmäßig.

Hoffentlich wird das alles nicht lange dauern.

Das Stadtbad. Eine vage Erinnerung, die warme Hand ihres Großvaters, der ihr dort das Schwimmen beigebracht hat. So wie er sich selber und dann ihrer Mutter. Der dicke Bademeister, der ihr nach dem Seepferdchen ein Tütchen mit Gummibärchen gegeben hatte. Der Geruch, die kalte Feuchtigkeit, die in den Wänden hing.

In der Umkleidekabine zusammen mit Opa war es eng gewesen, und er hatte die ganze Zeit laut geschnauft, aber dass sie oben von der Galerie auf das Becken blicken konnte, darüber hatte sie gestaunt. So etwas hatte sie vorher noch nicht gesehen. Von oben auf ein Schwimmbad, auf Menschen schauen. Sie wäre damals gerne noch länger dort stehen geblieben.

Stolz hatte ihre Mutter die Medaillen gezeigt, die sie dort in den 60ern gewonnen hatte. Und Opa erzählte von den vielen Badewannen, die jetzt niemand mehr benutzte. Aber früher. Früher war er mit seiner Mutter dort immer hingegangen. Jede Woche mit der ganzen Familie. Einmal wären sie sogar im Kaiserbad gewesen. Seine Mutter hätte die Eintrittskarte geschenkt bekommen. Von wem, wusste er nicht mehr. Irgendeine Ehrung.

Es hatte sie nicht wirklich interessiert. Nur die Gummibärchen.

Sie blätterte weiter, es fehlten Seiten im Tagebuch.

Stattdessen Rezepte auf losen Blättern.

Reibekuchen und Apfelbettelmann.

19. September 1936

Martin studiert jetzt in Berlin, wohnt bei meiner Schwester Helga, und ihm geht es gut. Die Juristerei macht unserem Großen viel Freude. Jede Woche schickt er einen Brief, und im letzten hatte er einen Artikel beigelegt, den Herrmann stirnrunzelnd gelesen hat. Aus welcher Zeitung er stammte, schrieb Martin nicht. Nur, dass es Stimmen gäbe, die der Olympiade kritisch gegenüberstehen.

> »Ein Regime, das sich stützt auf Zwangsarbeit und Massenversklavung, ein Regime, das den Krieg vorbereitet und nur durch verlogene Propaganda existiert – wie soll solch ein Regime den friedlichen Sport und freiheitliche Sportler respektieren?«

Geschrieben von Heinrich Mann. Von seinem Bruder müssten wir noch ein Buch haben.

Vaterlandsverräter, lautete der einzige Kommentar von Herrmann.

Mittlerweile ist die Olympiade in vollem Gange, und Lotte verschlingt alles, was darüber in der Zeitung steht. Völlig aus dem Häuschen war sie, als Martha Genenger über 200 Meter Brust die Silbermedaille gewann. Ein bisschen enttäuscht zwar, weil Genenger nicht in ihrem Verein schwimmt, aber Krefeld sei Krefeld.

Am Stadtbad hängt jetzt ein Schild »Juden unerwünscht«. Dann haben wir halt mehr Platz, sagte Lotte. Ich habe nichts erwidert.

Das große Gemälde mit der Frau im blauen Badeanzug. Genauso einen hatte sie auch gehabt, als sie mit Opa schwimmen gegangen war. Sie war damals stehen geblieben und hatte das Bild betrachtet. Hatte kaum etwas erkennen können, nur eckige Männer. Doch an die Frau im blauen Badeanzug konnte sie sich noch gut erinnern. Sie hatte sich damals gefragt, warum die Frau die eine Hand so komisch auf dem Kopf ablegt. Opa wusste es auch nicht. Wusste nur, dass die Frau eine Silbermedaille gewonnen hatte, 1960 in Rom. Olympiade. Sie hatte damals nicht verstanden, warum Opa so von der Frau schwärmte. Aber eine Olympiasiegerin aus der Heimatstadt war für ihn wohl etwas ganz Besonderes. Auch dieses Wandbild hatte sie bei ihrer Besichtigung fotografiert und wusste jetzt, dass Wiltrud Urselmann darauf abgebildet war. Eine Schwimmerin, die Weltrekorde aufgestellt hatte, mit 15 die jüngste »Sportlerin des Jahres« war und einen blauen Badeanzug hatte. Daten für die Menschenewigkeit und ein vor sich hinschwindendes Kunstwerk.

27. Februar 1937

Herrmann ist kaum noch zu Hause und hat Arbeit mehr denn je, seit seine jüdischen Kollegen nur noch jüdische Mandanten annehmen dürfen. An seinem Kragen trägt er stolz das Parteiabzeichen und trifft sich immer öfter mit irgendwelchen Größen der Stadt.

Es setzen sich irgendwann halt nur die Besten durch, erklärte er uns gestern. Und dass schlampige Arbeit am Ende immer bestraft wird.

Auch das Schuhgeschäft auf der Hochstraße wird schon seit Jahren von Herrn Grüterich geleitet, der mir erzählte, dass Hirsch alles heruntergewirtschaftet hätte. Ich mochte Herrn Hirsch, aber man kann eben nicht immer hinter die Fassade schauen.

Die haben sich doch nie angepasst. Die sind ganz anders als wir und gehören auch nicht zu uns. Gehören nicht nach Deutschland. Schau dir die doch an, dann siehst du, dass wir nun mal die bessere Rasse sind, sagt Anna immer wieder. Es hört sich bei ihr an, als ob »die« missgezüchtete Hunde oder Pferde wären. Was für Unsinn in Annas Kopf herumschwirrt.

Lotte ist jetzt beim BDM, dem Bund Deutscher Mädel, und ist zu einem prächtigen jungen Fräulein herangewachsen. Erstaunlich, mit welchem Eifer sie sich dort engagiert. Anna ist ihr großes Vorbild, die als Obergauführerin auch Freizeitreisen organisiert. Bald schon wird unser kleines Lottchen ihr Abitur machen und will Sportlehrerin werden. Darüber freue ich mich sehr. So ein vernünftiges Mädchen.

Hans ist jetzt als unser Jüngster auch endlich in die Schule gekommen, er war ja kaum mehr zu bändigen. Er ist genauso sportbegeistert wie Lotte und hat sogar mit Kurt, seinem besten Freund, eine kleine Fußballmannschaft aufgestellt, die fast jeden Tag übt. Dauernd bettelt er mich um einen Wimpel an, den eine jede Mannschaft braucht. Ich werde ihm wohl einen nähen und zum Geburtstag schenken.

Für einen Moment hielt sie die Luft an. Ein Foto, das sie aus dem Album ihrer Großeltern kannte. Opa. Als sieben- oder achtjähriger Junge mit einem Fußball unter dem Arm und sechs anderen Kindern strahlend auf einer Wiese. Was hatte Opa Kurt mit dieser Frau zu tun? Er kam aus einfachen Verhältnissen, ganz im Gegensatz zu dieser Familie.

2. Dezember 1938

Ich suche den letzten Brief von Martin und finde auf Herrmanns Schreibtisch einen Polizeibericht. Er liegt unübersehbar auf allen anderen Papieren.

> »63 männliche Mitglieder der jüdischen Gemeinde verhaftet und ins Gerichtsgefängnis Krefeld gebracht. In die Wohnungen der jüdischen Familien Davids, Kaufmann und anderer eingedrungen, die Einrichtung zerschlagen, das Mobiliar auf die Straße geworfen. Die Synagoge an der Petersstraße verwüstet und angezündet. Die Synagoge Linn zerstört und – weil das Gemäuer nicht brannte – später von Feuerwehrleuten dem Erdboden gleichgemacht ...«

Den Rest wollte ich gar nicht mehr lesen. Eine Novembernacht, die ich nicht vergessen werde. Sie hat die Stadt für immer verändert. Auf den Straßen zertrümmertes Geschirr, zerschnittene Bilder, brennende Bücher. Einige Familien, die ich kenne, sind mittlerweile geflohen. Mit meiner Freundin Elsa habe ich bei manchen Häusern einen Korb mit Lebensmitteln heimlich abgestellt. Ich schäme mich so.

Viele Schulkameradinnen von Lotte besuchen jetzt in England eine Schule, und die liebe Frau Erdtmann von der Engel-Apotheke hat sogar den Freitod gewählt. Jüdische Angestellte haben wir nicht mehr. Clara musste wie viele andere in ein Haus in der Neusserstraße ziehen, nicht weit vom Stadtbad. Was hat unsere Clara gemacht, dass sie solche Schmach erfahren muss?

Möge das alles hoffentlich bald vorbei sein.

Auch wenn Herrmann ständig betont, dass Luther schon gegen die Juden gewettert hat – wie auch gegen den Papst und die Türken –, kann das alles doch nicht rechtens sein. Er ereifert sich dann und sagt, dass es schließlich die Juden gewesen seien, die Schuld am Tode Jesu Christi hätten. Allesamt rechthaberische Drückeberger und Blutsauger. Dieses elende Volk dürfe keinen Einfluss mehr auf ein Deutschland haben, das zu Recht wieder stark werde und der Welt zeige, wo es seinen Platz habe. Endlich sei ein mutiger Mann an der Spitze, kein Waschlappen, der sich von anderen Ländern etwas diktieren lasse.

Das mag ja alles sein, aber dennoch verabscheue ich den Hitlergruß, genau wie Vater und Onkel Carl. Allein das Wort »Heil« in Verbindung mit diesem Mann. Heil – so habe ich es gelernt – heißt Erlösung. Dieser Mann soll Erlösung bringen? Das ist ja Götzenverehrung.

Kurt kommt mittlerweile jeden Tag zu uns und macht zusammen mit Hans Hausaufgaben, danach gehen sie gleich auf den Bolzplatz. Bei Wind und Wetter. Seine Mutter arbeitet jetzt im Stadtbad, ab und an begleitet er sie, dann winken wir uns zu. Ich freue mich immer, ihn zu sehen. Gestern erzählte er einen Witz, über den ich herzhaft gelacht habe:

»Ein Mann geht umher und erklärt überall:

›Erst komme ich, dann kommt Hitler!‹

Er wird zur Polizeiwache gebracht und gefragt, wie er dazu komme, so etwas zu behaupten.

›Weil es stimmt – und weil ich es beweisen kann!‹

›Wie heißen Sie?‹

›Heil.‹«

Kinderwitze. Opa hat auch immer gerne Witze erzählt. Von einem Freund, der Hans hieß, hat er aber nie erzählt. Dass er gerne Fußball gespielt hat, schon. Und dass er am Radio die WM 1938 verfolgt hat. Ich habe Opa nie gefragt, wie seine Kindheit war, dachte sie. Was hätte er ihr erzählt?

Über Wasser
Ist die ganze Lebendigkeit der Welt
Unter Wasser der Tod
Der uns zum Überleben mahnt.

11. November 1940

Onkel Carl habe ich jetzt schon mit Vater das zweite Mal bei der Polizei abgeholt. Herrmann hat alles geregelt und jedes Mal 40 Reichsmark bezahlen müssen.

Ein drittes Mal wird er es nicht mehr machen, hat er gesagt. Eigentlich habe ich lachen müssen, typisch Onkel Carl. In seinem Wohnhaus hat er einem Mieter den Gruß verweigert und in tiefstem Platt, das ich so an ihm liebe, geantwortet: »Dä Hitler kann mich mal jet driete.«

Wenn es mal so einfach wäre! Wir haben Krieg, den der Schreihals angezettelt hat, und wenn Onkel Carl sich nicht mit seinen Äußerungen zurückhält, kommt er womöglich in ein Lager in Bayern, wie sein Freund Oskar. Wir schicken zwar immer Pakete dorthin, aber ob sie wirklich bei ihm ankommen, wissen wir nicht.

Martin ist eingezogen worden, und ich bin voller Sorge. Bin erschrocken darüber, wie viele Menschen über den Krieg jubeln. Haben sie vergessen, wie schlimm der letzte war?

Vater hat mir heimlich ein Blättchen zugesteckt, das die Tommys über dem Rheinland abgeworfen haben.

»Niemals hat eine Regierung ihre Untertanen unter geringerem Vorwand in den Tod geschickt. Dieser Krieg ist gänzlich unnötig.«

Herrmann darf es auf keinen Fall finden. Und Anne erst recht nicht.

Jedes Mal, wenn wir gemeinsam schwimmen gehen, muss ich mir immer mehr auf die Zunge beißen. Noch kann ich ab und zu mit ihr über meine Bedenken reden, vor allem im Schwimmbad, wo die Wände noch keine

Ohren haben. Aber sie wird immer merkwürdiger. Ich kann nichts dafür, dass ihr erster Mann im Großen Krieg gestorben ist. Aber gerade deshalb müsste sie doch auch gegen diesen Krieg sein.

Kriege bringen immer Leid. Viel Leid. Auch wenn Martin uns aus Paris Parfüm schickt und sagt, dass es ihm gut geht. Menschen sterben. Für was?

Mit Herrmann kann ich schon lange nicht mehr reden. Er wird von Tag zu Tag fanatischer, ausfallender, beleidigender, und er demütigt mich vor anderen.

Und er kauft und kauft und kauft. Wie von Sinnen. Die Zeitung ist voll mit Anzeigen. Tafelsilber, Schmuck, Häuser. Was ist hier los?

Auf »seine« wohlgeratenen Kinder, wie er immer sagt, ist er allerdings stolz und lässt nichts kommen. Nicht auf seinen Sohn, der für das Vaterland kämpft. Genauso wenig auf Lotte, die im Reichsarbeitsdienst bei Reichling ist, und Hans, der sich bei der Hitlerjugend engagiert.

Dieses Buch muss ich irgendwo verstecken.

Nicht hier im Haus …

Schreibe ich das gerade wirklich?

Nur wenn ich schwimme, kann ich all das vergessen, und ich freue mich, wenn ich mit Hans und Kurt im Wasser herumalbern kann.

Das Bild ihres Großvaters in diesem Schwimmbad geht ihr nicht mehr aus dem Kopf. Was er wohl gefühlt, gedacht hat zu dieser Zeit?

Sie blättert weiter, aber viele Seiten sind herausgerissen, zusammengeklebt oder unleserlich.

Überall braune Flecken …

2. Oktober 1942

Es ist so vieles in der Zwischenzeit passiert.

Hans ist mit der Kinderlandverschickung in Schlesien. Kurt ist ganz traurig, aber er freut sich jedes Mal, wenn er mich im Schwimmbad sieht.

Lotte arbeitet immer noch bei Reichling im Büro. Sie will erst ihren Dienst für das deutsche Volk absolvieren und dann studieren. Voller Stolz erzählt sie, dass jetzt in der Fabrik Bomben hergestellt werden. Bomben, die den Feind in seine Schranken weisen werden und den Frieden für ein neues, großes Deutschland bringen. Ich bin entsetzt. Seit wann bringen Bomben den Frieden?

Wenn ich sie abhole, sehe ich all diese fremden Menschen, die in der Fabrik arbeiten. Das sind keine Freiwilligen. Sie wurden hierhergeholt aus fremden Ländern, hungern, frieren. Und müssen Bomben bauen, die gegen das eigene Volk gerichtet werden. Welch eine Ironie …

Mit dem evangelischen Frauenbund helfen wir, so viel wir können. Den Arbeitern, aber auch den armen jüdischen Kindern mit ihren Familien. Familien, die nicht das Geld haben, um außer Landes zu gehen. Sich nicht freikaufen können.

Was ist das für eine Welt, in der unser Tun mittlerweile gefährlich ist? Auch Lotte ermahnt mich mehr als eindringlich. Ich soll mit all dem aufhören und endlich eine gute Deutsche sein.

Eine gute Deutsche. Bin ich das etwa nicht?

Sie will bald heiraten und schenkt mir ein Foto. Helmut heißt ihr Auserwählter und steht mit ihr vor dem Stadtbad. Sie in dem wunderschönen Blumenkleid, das ich ihr gekauft habe, und Helmut in seiner SS-Uniform. Ich kann Helmut nicht besonders leiden. Ein selbstverliebter, eitler Gockel, der sogar davon spricht, dass alles Nichtarische vernichtet werden muss. Er redet von Menschen wie von Ungeziefer.

Ich werde ihm den Kopf waschen müssen.

Gestern ist eine Postkarte von Lea aus Westerbork an Lotte gekommen, auf der sie schreibt, dass sie und ihre Familie jetzt in das K.L. Auschwitz umgesiedelt würden.

»Es ist so lange kein Brief mehr von dir angekommen. Hast du mich vergessen?«, schreibt sie noch.

Lotte hat die Karte in den Papierkorb geworfen. Was soll das?

Auch Clara ist mit den ganzen anderen Bewohnern in dem Haus auf der Neusserstraße in den Osten gebracht worden. Nach Riga, so sagt man, zum Arbeitsdienst. Aber was machen sie dort mit den Kindern und Alten?

Martins Brief von der Front, den mir ein Kamerad vorbeigebracht hat, lese ich gleich in aller Ruhe.

Ich werde, wie Martin es mir geschrieben hat, unverzüglich nach Berlin fahren (Gottgütiger, was für eine Reise! Und was für ein Anlass!!!) und meiner Schwester Helga die Fotos übergeben, die Verbindungen zu einer Gruppe* hat, die das alles dokumentiert.

---

* Solche Widerstandsgruppen, die die Verbrechen der Nazi-Herrschaft (auch mit Bildmaterial) dokumentierten, zudem illegale Flugblätter druckten und Juden halfen, wurden von der Gestapo unter dem Sammelnamen »Rote Kapelle« geführt. Sie war ein Netzwerk im Deutschen Reich von verschiedenen Gruppierungen und Personen mit circa 400 Mitgliedern. Mehr als 50 von ihnen wurden als Landesverräter angeklagt und hingerichtet.

Es ist grauenvoll. Einfach nur grauenvoll!!! Ich finde kaum Worte, um auszudrücken, was ich da sehe. Er musste Clara erschießen! Unsere Clara!!! Mit vielen anderen. Hätte er es nicht gemacht, wäre er selber erschossen worden, schreibt er. Ich bin fassungslos. Wenn ich die heimlich gemachten Fotos aus dem Wald und vom Lager nicht vor mir hier liegen hätte, ich würde es niemals glauben wollen. Das kann einfach nicht wahr sein, dass Menschen so etwas tun. Dass Martin so etwas tun musste.

Ich werde sie nachher Anne im Schwimmbad zeigen, damit sie selber sehen kann, was in diesem Land Furchtbares passiert und dass es aufhören muss! SOFORT!!!

Wie dumm konnte ich nur sein. Wie dumm!!! Wie konnte ich nur denken, dass Anne mir glaubt? Gelacht hat sie und dann meinen Kopf unter Wasser gedrückt, bis ich fast keine Luft mehr bekommen habe. Alle habe ich in Gefahr gebracht! Alle!!! Den Namen der Gruppe in Berlin hat sie wissen wollen, den Namen des Soldaten, der mir den Brief gebracht hat. Aber ich habe nichts verraten, gar nichts. Aber es hätte auch nichts geändert. Morgen, schrie sie mir triumphierend ins Gesicht, ginge sie eh zur Gestapo, nun hätte sie ja noch einiges mehr zu vermelden. Nicht nur, dass Onkel Carl sich zum wiederholten Mal – trotz all ihrer Warnungen – mit einem Mann getroffen hätte. Nein, auch Vater würde weiterhin gegen alles wettern. Wie hässlich Anne da aussah, als sie das alles sagte. Und jetzt seien sogar ihre eigenen Schwestern Verräterinnen. Den ganzen Frauenbund würde sie auch endlich auffliegen lassen.

Juden, dieses Drecksvolk, sollten nicht gefüttert werden, sondern hätten es verdient zu sterben. Ob ich verstanden hätte, ja? Alle Juden. Auch Clara ...

Sie spuckte mir all das förmlich ins Gesicht. Ich hatte das Gefühl, dass mir das Herz stehen bleibt. Das war nicht mehr meine Schwester.

Aber es sind doch alles Deutsche, wie du und ich. Was frisst dich nur auf, hätte ich gerne zurückgeschrien, aber nichts kam aus mir heraus. Nur Abscheu.

Warum ich mich dann umgeschaut habe, wer noch im Becken ist, weiß ich nicht. Vielleicht aus Scham, dass andere unseren Streit mitbekommen würden.

Nein, keine Scham. Es war kalte, tiefe Angst, die meinen Körper anfüllte.

Aber da war niemand mehr.

Anne hat gar nicht mehr aufgehört. Herrmann hätte endlich – wie sie ihm mehrmals angeraten hätte – die Scheidung eingereicht, wegen tiefer Zerrüttung. Sie würde ihm allerdings nahelegen, mich vorher auf Geisteskrankheit untersuchen zu lassen. Denn das sei ja wohl offensichtlich ..., und ging die Stufen hoch aus dem Becken. Sie ging einfach. Ich musste sie doch aufhalten, oder nicht? Oder nicht???

Ich habe Gleiches mit Gleichem vergolten. Sie hat mir den Boden unter den Füßen weggezogen, jetzt tat ich es bei ihr. Gewissenlos.

Ich habe sie an den Fesseln gepackt und mit einem Ruck zu mir nach unten gezogen.

Der entsetzliche, dumpfe Knall und danach diese unerträgliche Stille. Nur ein ganz leises Plätschern war zu hören. Wie immer.

Annes Badehaube war leicht verrutscht, ein paar

Haarsträhnen schlängelten auf dem Wasser. Wie schwarze Algen. Ihr Kopf hatte keinen Halt mehr.

Ich stand an der Treppe wie eine steinerne Statue. Wie einbetoniert.

Traute mich nicht zu atmen.

Und dann bin ich – ohne eine Sekunde nachzudenken – weggelaufen, wie ein kleines Kind, das einfach nur möchte, dass das zerbrochene Glas wieder heil ist.

Was bin ich nur für ein Mensch???

Welche Wahrheit zählt?

Anne ist ausgerutscht. Wahrscheinlich unglücklich gefallen. Ich war nicht dabei, war schon auf dem Weg nach Hause. So war es. Muss es gewesen sein.

Niemand ist mir begegnet. Nirgendwo war jemand zu sehen. Weder in den Duschen noch bei den Ankleiden. Vielleicht haben die Helferinnen vor dem Ende der Badezeit die letzten Putzarbeiten erledigt. Ich weiß es nicht. Nur Kurts Mutter hat mir beim Hinausgehen aus dem Glaskasten zugewinkt.

Kurz habe ich zurückgeschaut.

Auf mein Stadtbad. Auf eine andere Zeit.

Ich bin jetzt auch nicht besser als dieser elende, braune Sumpf.

Während ich das hier schreibe, liegt ein Brief auf dem Tisch, den ich gar nicht aufmachen möchte, nicht aufmachen kann, weil ich weiß, was darin steht. Ich kenne diese Briefe. Habe gebetet, so inständig gehofft, dass uns dieses Schicksal erspart bleibt. Aber ich habe es gewusst, gespürt, und jetzt liegt der Brief da. Wie all die, die ich bei anderen Müttern gesehen habe.

Sie lauten immer gleich.

»… fiel ihr Sohn durch Kopfschuss in soldatischer Pflichterfüllung, getreu seinem Fahneneid, für das Vaterland.«

Meine Sünde ist schon bestraft worden, bevor ich sie überhaupt begangen hatte.

Die Sirenen heulen. Fliegeralarm. Ich werde nicht in den Luftschutzkeller gehen.

Ich habe das Buch mit in den Bunker genommen. Die Blockwärterin hat mich aus der Wohnung gezerrt. Die Tür war offen, wir dürfen sie ja nicht mehr abschließen. Angeschrien hat sie mich, an mir herumgezogen und mich zu den anderen in den Keller gepfercht.

Das Weinen der Kinder, die Ausdünstungen all dieser Menschen, das Dröhnen der Flugzeuge geht durch mich durch. Ich spüre weder die Kälte noch Furcht, Hunger oder Durst. Die anderen beten laut.

Was ist mein Leben noch wert?

Ich darf nicht aufgeben, ich darf nicht aufgeben, ich darf nicht aufgeben.

Unsere Zukunft darf so nicht aussehen.
Dass Menschen verachtet werden,
weil sie einen anderen Glauben haben,
weil sie anders aussehen,
weil sie aus einem anderen Land kommen.
Weil sie den Mund aufmachen.
Weil sie jemanden lieben, den man nicht lieben darf.
In einem sinnlosen Krieg sterben.

Hoffnungslosigkeit ist das Ende der Gerechtigkeit, hat Vater zu uns Kindern gesagt, kämpft immer für die Gerechtigkeit.

Ich muss auch weiterkämpfen.
Kurt sitzt mir gegenüber. Ich lächle ihn an.
Bemerke, wie er die Lippen bewegt.
Er will mir etwas sagen.
Ich höre nichts. Ich sehe es.
»Ich weiß, was du getan hast. Im Stadtbad.«
Seine Augen sind eisblau.

*

Das Krefelder Stadtbad wurde 1890 mitten im Stadtzentrum an der Neusser Straße eröffnet und war seinerzeit das prunkvollste Jugendstilbadehaus im deutschen Kaiserreich. Das Bad wurde gebaut, um den Sitz des zuständigen Landgerichts in die Stadt zu holen, und die Voraussetzung dazu war, dass Krefeld ein Bad besitzt, in dem sich die BürgerInnen mindestens einmal pro Woche waschen können. Fast eine Million Reichsmark kostete der Bau, doch »Die ganze Ausstattung ist bis in die kleinste Einzelheit so schön, prächtig und gediegen und so zweckmäßig, dass man nach der Besichtigung über die Höhe der Kosten des Stadtbades durchaus nicht mehr in Erstaunen gerät«, schrieb damals die Crefelder Zeitung.

Neben einem Herren- und Damenbad, einem irisch-römischen Dampfbad, einer Sauna sowie Dusch- und Wannenbädern der 1., 2. und 3. Klasse gab es zudem ein luxuriös ausgestattetes »Kaiserbad«. Allein zwei Jahre wurden benötigt, um die im Stadtbad verwendeten und fugenlos verlegten Fliesenunikate herzustellen, und sie gehörten zu den teuersten, die man zur damaligen Zeit erwerben konnte. Kristallspiegel in Eichen-

oder Kiefernholzrahmen zierten die Umkleidekabinen und Kokosmatten den Fußboden.

Aufgrund vielfacher Beschädigungen, unter anderem durch ein Erdbeben, aber auch durch Probleme mit der veralteten Anlage wurde das Stadtbad im Jahr 2000 geschlossen und steht mittlerweile unter Denkmalschutz. Doch seit vielen Jahren gibt es Uneinigkeit über die weitere Nutzung des Baus.

2018 gründete sich die Krefelder Bürgerinitiative »freischwimmer e. V.«, die Führungen durch diesen Lost Place organisiert und sich dafür einsetzt, dass das alte Stadtbad ein kreativer und produktiver Ort inmitten der Stadt bleibt, der für alle offen steht.

Mehr Infos unter www.freischwimmer-krefeld.de

DER HUND VON MOYLAND

VON KERSTIN LANGE

Als der tschechische Regisseur Karel Lamač, auch Carl oder Karl genannt, eine Kulisse für den ersten deutschen Tonfilm »Der Hund von Baskerville« suchte, wurde er 1936 am Niederrhein fündig. Schloss Moyland, frisch modernisiert im neugotischen Stil mit Zinnen und Balkonen, wurde zum englischen Schloss Baskerville schlechthin. Auch heute, wenn in der Dämmerung der Nebel aufzieht und der niederrheinischen Landschaft eine schaurig-schöne Atmosphäre verleiht, erwartet man jederzeit, das Heulen eines Hundes zu hören …

*

Die erste Etappe auf Sahras Tour war Schloss Moyland am Niederrhein. Ein zweiwöchiger Trip mit dem Wohnmobil lag vor ihr. Sie würde eine wunderbare Zeit alleine in Frankreich verbringen, sich treiben lassen und statt Campingplätze private Unterstellmöglichkeiten auf Weingütern und Bauernhöfen wählen.

Die Initiative »France Passion« brachte Individualisten und private Anbieter zusammen. Nach dem Tod ihrer Großmutter brauchte Sarah Zeit für sich. Ohne Mann, ohne Kind. Keine Verpflichtung für andere, nur für sich selbst.

Sie folgte mit ihrem Wohnmobil der Beschilderung zum Stellplatz. Voltaire-Weg hieß die Zufahrt und führte an der Schlosskapelle und dem dazugehörigen Friedhof vorbei.

Voltaire und der Preußenkönig Friedrich II. hatten sich auf Schloss Moyland persönlich das erste Mal getroffen. Auch das hatte sie von ihrer Oma erfahren. Oma hatte oft von Moyland erzählt. Vor allem vom September 1936, als das Schloss Kulisse für die Außenaufnahmen der Sherlock-Holmes-Verfilmung »Der Hund von Baskerville« war.

Deshalb begann ihre Auszeit hier. Auf den Spuren ihrer Großmutter. Dass sie diese ausgerechnet auf Schloss Moyland finden sollte, war skurril. Oma war nicht adelig, keiner ihrer Vorfahren hatte ein Techtelmechtel mit einem Blaublütigen gehabt. Es gab keinen unehelichen Nachkommen, den man verstecken musste oder über den heimlich gelästert wurde. Oma Louise war hier in der Nähe geboren und aufgewachsen, bis der Opa sie nach Düsseldorf geholt hatte.

Voller Liebe und Traurigkeit dachte Sarah an ihre Großeltern. Ihr Opa war vor zehn Jahren nach einem Verkehrsunfall ums Leben gekommen. Eine junge Fahranfängerin hatte ihn übersehen und ihn beim Abbiegen erfasst.

Seitdem war es mit ihrer Oma bergab gegangen. Körperlich und geistig. Es hatte Sarah geschmerzt, dem Verfall zuzusehen. Vor wenigen Wochen war Oma dann gestorben.

*

Es ist Vollmond. Ich kann nicht schlafen, wenn der Mond mit voller Kraft auf mein Bett scheint. Ich bin nicht müde, wälze mich hin und her. Ich will raus. Raus in die Natur.

Ich weiß, dass ich das nicht darf. Als ich Mutter davon erzählte, war sie entsetzt. Sie wurde böse, schimpfte mit mir. Das dürfe ich nicht. Ich solle normal sein und solche verrückten Ideen auf gar keinen Fall irgendjemandem erzählen. Auch nicht meinen Brüdern, schon gar nicht Vater.

Mutter hat immer Angst vor Vater, das spüre ich. Auch ich fürchte mich oft vor ihm. Er schaut stets böse, lacht nur ganz selten. Und wenn, dann nicht mit uns Kindern. Wir müssen anpacken und helfen. Ich weniger, weil ich so ungeschickt bin. Mutter nimmt dann die Schuld auf sich, wenn ich mal wieder abgelenkt und allzu träumerisch durch die Gegend schauend die Milch verschütte.

Als ich mich das erste Mal bei Vollmond heimlich aus dem Haus schlich, war es ein ganz besonderes Gefühl, das ich kaum beschreiben kann. Ich fühlte mich glücklich und frei. Barfuß lief ich über die Wiesen bis in die Nähe des Schlosses.

Es zieht mich magisch an. Wenn ich von Weitem die Türme sehe, stelle ich mir vor, ich bin eine Prinzessin und wohne dort. Bis ein hübscher Prinz mich findet und mich mitnimmt.

Auch heute schleiche ich mich aus dem Bett. Leise schließe ich die Tür auf und gehe nach draußen. Überglücklich laufe ich über die Wiesen, lausche den Geräuschen der Natur. Wenn man genau hinhört, ist es nachts viel lauter, als man denkt.

*

Je älter Oma wurde, umso mehr erzählte sie von früher. Leider wurde sie mit zunehmendem Alter immer tüdeliger, wie im Kreis der Familie gescherzt wurde, und man konnte ihr nicht alles glauben.

Bedburg-Hau, ein kleiner Ort, bekannt durch die forensische Klinik. Forensik wurde in den Köpfen der Bevölkerung meist mit Schwerverbrechern oder Wahnsinnigen in Verbindung gebracht.

Der letzte Ausbruch eines Insassen lag ein paar Jahre zurück, und als die Medien davon berichteten, ging in Oma eine Verwandlung vor. Sie war noch mehr in ihrer Kindheit gefangen als vorher ohnehin schon, schien der Vergangenheit näher als der Gegenwart. Sie schaute noch öfter auf das Filmplakat von »Der Hund von Baskerville«, das für die Uraufführung in Berlin warb. Es hing unübersehbar in einem dicken Eichenrahmen in der guten Stube.

Sie hatte Sarah das Plakat vererbt. Ebenso wie die abgegriffene Taschenbuchausgabe des Romans von Sherlock Holmes. Es lag zerfleddert im Bücherregal. Warum ausgerechnet diese Geschichte ihrer Oma so viel bedeutete, erfuhr Sarah nicht. Und obwohl es so viele Verfilmungen über den Hund der Baskervilles gab, fand nur die Variante, in der Schloss Moyland Kulisse für die Außenaufnahmen war, in den Augen ihrer Oma Gnade und war es würdig, mehrfach angesehen zu werden.

Als der Film 2009 auf DVD erschien und Sarah ihn ihrer Oma schenkte, war diese zu Tränen gerührt. Bei jedem Besuch Sarahs wurde er geschaut.

Wie immer, wenn Sarah an ihre Oma und an bestimmte Erinnerungen dachte, wurden ihre Augen feucht. Sie vermisste sie so sehr. Mit ihr hatte sie die schönsten Erlebnisse ihrer Kindheit geteilt. Oma Louise hatte sie in den Kindergarten gebracht, mit ihr gespielt und ihr das Lesen beigebracht. Sie hatte mit ihr gebacken, gekocht und ihr Geschichten von früher erzählt. Sie hatten auch oft gemeinsam Kinderlieder gesungen. Die Zeit mit Oma war immer voller Freude gewesen.

Zum Schluss hatte Sarah an ihrem Bett im Krankenhaus gesessen, ihre Hand gestreichelt und immer noch zugehört. Auch wenn die Geschichten abstruser und wirrer wurden und die Realität in ihrem Kopf schon lange keinen Platz mehr hatte. Oma sprach von Melodien und vom Tanzen, von stummen Kindern und dem Mond. Von ihrer Kindheit in Bedburg-Hau. Wie schön es gewesen war. Wie oft sie das Schloss aus der Ferne bewundert und den weitläufigen Park besucht hatte. Doch sie erzählte nur von der Zeit vor dem Zweiten Weltkrieg. Danach wollte sie nie wieder dahin. Das verwunderte Sarah am meisten. Doch Oma wich allen Fragen nach dem Warum aus, oft ignorierte sie diese einfach.

Sarah parkte das Wohnmobil auf dem Stellplatz direkt neben dem Schloss. Es gefiel ihr hier. Der Platz war großflächig, die wenigen Wohnmobile verteilten sich auf dem Rasenplatz. Die mit Kies aufgefüllten Wege wirkten gepflegt. Stromanschluss, Entsorgung und Frischwasser waren vorhanden. Es gab keinen Aufpasser, sie konnte alles am Kassenautomaten bezahlen, was ihr recht war. Sie wollte nicht reden. Mit niemandem.

Sie wollte ihrer Oma nah sein. Zum Schloss gehen, versuchen zu ergründen, warum ihrer Oma dieser Ort so viel bedeutet hatte. Warum der Film, der hier gedreht wurde, so besonders für sie gewesen war.

Sie glaubte nicht, dass es nur daran lag, dass es Omas Geburtsort war. War es die Zeit? Oma war Jahrgang 1923, die wilden Zwanziger aus Berlin hatten es bestimmt nicht an den Niederrhein geschafft. Nach dem Ersten Weltkrieg gab es viel Hunger und Armut. In den 1930er-Jahren war die NSDAP schon präsent. Sarah hatte ihre Hausaufgaben gemacht und im Internet über die Zeit recherchiert. Sie fand keine Hinweise auf wilde Hunde oder darauf, dass irgendetwas Schlimmes während der Dreharbeiten passiert war.

Nur manchmal, wenn sie den Film zusammen ansahen, hatte Oma gesagt, dass man sich vor großen Hunden, egal ob Mensch oder Tier, in Acht nehmen müsse.

Sarah dachte gerne an die gemeinsamen Abende vor dem Fernseher zurück. Es war eine Freude, ihrer Oma zuzusehen. Sie zuckte zusammen, wenn der Hund heulte, saß angespannt, wenn jemand durchs Moor im Nebel irrte. Beim Tod des Sträflings erschauderte sie, und einige Male hatte Sarah eine Träne entdeckt, die Oma verstohlen wegwischte.

Zugegeben, die Atmosphäre der schwarz-weißen Bilder war bedrückend. Der Nebel auf den Wiesen schaffte eine perfekte Dartmoor-Illusion. Er jagte einem einen Schauer über den Rücken. Doch bei den Dialogen, obwohl die Handlung in England spielte, kam der deutsche Humor nicht zu kurz.

Sarah sah sich um. Noch immer bestach die Umgebung durch die wunderschöne, weite Landschaft. Es war angenehm still, auf dem benachbarten Golfplatz war niemand zu sehen. Die Sonne kämpfte sich durch eine dünne Wolkenschicht.

Sie betrat den Museumsshop und bestaunte das Angebot an Bildbänden, alten Postkarten, Drucken und anderen Darstellungen von Beuys' Kunstwerken. Das war der Kernbereich des Museums: das künstlerische Schaffen Joseph Beuys'. Sarah erwarb eine Eintrittskarte und betrat den Park.

*

Hinter der Spitze des Nordturmes steht der Mond groß und gelb am Himmel. Schauergeschichten von Werwölfen kommen mir in den Sinn, und ich lausche in die Nacht. Das Heulen bleibt aus. Stattdessen höre ich Rascheln und Piepen. Ich habe keine Angst. Die Dunkelheit ist meine Verbündete. Am Anfang der Brücke, die über den äußeren Schlossgraben führt, stehen zwei Bäume. Sie erinnern mich an Soldaten, die aufpassen, dass niemand die Brücke betritt. Die zwei bronzenen Hirsche dahinter wirken ebenfalls reserviert, aber nicht abweisend. Mit Mutter war ich schon mal tagsüber hier. Wir saßen auf der Mauer der Brücke, und ich habe den Hirsch gestreichelt. Ein Stück weiter durften wir noch gehen, dann kam das Schild: Zutritt verboten.

Jetzt, im Schutz der Nacht, traue ich mich weiterzugehen. Aber nur ein Stück.

Es ist alles so gepflegt und schön. Der Baron muss sehr reich sein. Ich stelle mir vor, wie es wäre, hier zu wohnen. In einem Zimmer mit Himmelbett, so wie es sich für eine Prinzessin gehört.

Heute habe ich wieder Schimpfe bekommen. Weil ich tanzen wollte. Zu einer Musik, die in meinem Kopf war, die mich lächeln ließ. Vater hat das mitbekommen und mir gedroht, wenn ich weiter so dämlich grinsen würde, würde er mir diese Flausen austreiben.

Mutter ist erschrocken. Sie sagte, ich dürfe das nicht. Es wäre zu gefährlich, und ich sollte mich zusammenreißen. Ich erkannte die Angst in ihren Augen und habe aufgehört zu tanzen.

Ich gehe zurück zu den Bäumen. Hier sieht mich keiner, hier bewege ich mich zu meiner Musik.

Ich muss aufpassen. Seit einigen Tagen sind fremde Menschen hier. Aus Berlin! Sie drehen am Schloss einen Film. Das Schloss, mein Schloss, würde von ganz vielen Menschen in einem Kino gesehen werden. Nur das Heulen des Hundes hat mir Angst gemacht. Doch es ist ja alles nur ein Film und nicht die Wirklichkeit. Ich stellte mir Berlin, diese große, wilde Stadt, wie eine andere Welt vor. Dort darf man bestimmt tanzen, wenn die Musik im Kopf ist.

*

Herbst lag in der Luft, und obwohl die farbenprächtige Hortensienblüte vorbei war, konnte sich Sarah die Pracht im Sommer gut vorstellen. Aber der Herbst mit den verblühten Dolden passte viel besser zu ihrer Stimmung.

Am Ende des Weges bog sie rechts ab und sah die Fassade des Schlosses. So wie sie es aus dem Film kannte. Die Zinnen, die den Eingangsbereich säumten. Der hohe Nordturm, auf dessen Aussichtsplattform gerade zwei Menschen gingen, wirkte majestätisch, fein und groß.

Es zog Sarah in den Park. Sie schloss die Augen und versuchte, sich vorzustellen, wie es zu Omas Zeiten hier ausgesehen hatte. Damals gab es keine Skulpturen. Keinen angelegten Kräutergarten, keinen Kletterpark. Die Wassergräben hingegen schon. Den einen oder anderen Baum mit Sicherheit auch. Hatte Oma als Kind an dieser Stelle gestanden? War sie hier entlanggegangen? Hatte hier vielleicht das Team mit dem Regisseur die Außenaufnahmen gedreht? Mit aufsteigendem Nebel, vielleicht künstlich erzeugt, um die Stimmung besser einzufangen?

Karel Lamač hatte auf Treiben der Nazis hin seine deutsche Produktionsfirma nach diesem Film aufgeben müssen. 1938 verließ er Deutschland.

Was für seltsame Zeiten.

Und ihre Oma war mittendrin gewesen.

Sarah fröstelte. Sie erinnerte sich, wie Oma reagiert hatte, als Sarah vorschlug, das Schloss nach der großen Renovierung zu besichtigen. Ihr Widerstand war heftig gewesen. Oma zitterte, wurde blass, schüttelte vehement den Kopf. Auf ihre Nachfragen bekam Sarah keine Erklärung für die seltsame Reaktion. Sie hatte nie wieder einen Ausflug vorgeschlagen.

Sarah schaute auf ihre Armbanduhr. Wenn sie die Ausstellung im Inneren sehen wollte, musste sie sich beeilen.

Sie überquerte die Schlossbrücke und trat durch das Tor. Der Eingang ins Schloss erfolgte über einige Treppen. Die geschlossene Tür wirkte wenig einladend.

Sollte sie umkehren? Sarah schimpfte mit sich, gab sich einen Ruck und ging hinein. Ihr unangenehmes Gefühl verschwand augenblicklich. Es war hell, lichtdurchflutet. Eine nette Mitarbeiterin des Museums erklärte ihr, dass ihr Ticket nur für den Besuch des Parks galt, und verkaufte ihr ein weiteres für das Schloss.

Sarah betrachtete die Bilder und Skulpturen, sah sich Videoinstallationen verschiedener Künstler an. Und immer wieder Fotos von Beuys. Sie war die einzige Besucherin, und das unangenehme Gefühl kehrte zurück. Sie hatte kaum mehr einen Blick für die Kunstwerke und eilte durch die Gänge. Schamanen, die sich Tierfelle anlegten, überdimensionale Stempel aus Buchenholz, einer prägte das Wort »Buchenwald«. Ein schmaler Gang führte zum Nordflügel, von wo man den Nordturm bis zur Aussichtsplattform besteigen konnte. Ein Warnhinweis, dass der Aufstieg über 104 unregelmäßige Stufen auf eigene Gefahr erfolgte. Sarah ging viel zu schnell die schmale Wendeltreppe hinauf. Musste in der Mitte anhalten, um Luft zu holen. Sie wollte hoch, die Atmosphäre einatmen, die von den alten Steinen ausging. Welche Geheimnisse waren dahinter verborgen? Nicht nur gute, kam es Sarah in den Sinn.

Auf den einzelnen Ebenen pausierte sie immer wieder und schaute aus den schmutzigen Fenstern auf Zinnen und Türmchen.

Ihre Unruhe verschwand nicht. Die letzte Treppe, die ganz nach oben zur Plattform führte, konnte sie nicht betreten. Ihre Knie zitterten, sie schwitzte, Schweißperlen rannen ihren Rücken entlang. Der Blick nach oben ließ sie taumeln. Ihr Hals wurde eng, sie musste fort von hier, raus an die Luft.

Wo ging es hinaus? Noch ein Gang, noch ein paar Stufen.

Schließlich sah sie die Schilder mit dem erlösenden Wort »Ausgang«, und ihr Herzschlag beruhigte sich erst wieder, als sie im Foyer stand.

Sie stieß mit beiden Armen gegen die schwere Tür – warum ließ man sie nicht offen? – und trat ins Freie. Atmete tief durch, ging langsam die Stufen hinab, dann durch das Tor.

Sie drehte sich um und betrachtete die Fassade des Schlosses aus sicherer Entfernung. Sie spürte, wie ihre Anspannung nachließ.

Was war bloß los mit ihr? Warum war dieser Besuch so anstrengend für sie? Dieser Ort so eine Belastung?

Es war doch nur ein Museum. Lag es an den Künstlern? Auch wenn Beuys ein teilweise umstrittener Mensch war, seine Kunst war weltbekannt. Natürlich war er auch ein verrückter Kerl gewesen. Seiner Offenheit für Schamanismus konnte sicher nicht jeder folgen.

»Mögen Sie die Atmosphäre? Waren Sie im Schloss?« Die Stimme kam wie aus dem Nichts.

Irritiert drehte Sarah sich um. »Ja. Ich war dort.«

»Beeindruckend, nicht wahr?«

Sie nickte. Sie wollte kein Gespräch.

»Sind Sie allein unterwegs?«

Was wollte der Typ von ihr? Als könnte er ihre Gedanken lesen, trat er einen Schritt zurück. »Ich habe hier viele Jahre gewohnt. Meine Familie kommt von hier. Später bin ich weggezogen.«

Und was geht mich das an?, wollte sie ihm entgegnen. Stattdessen fragte sie: »Sie haben im Schloss gewohnt?«

Er lachte. »Nein, natürlich nicht. In der Nähe. Wissen Sie, dass das Schloss mal als Filmkulisse diente?«

»Ja, meine Oma hat es mir erzählt.« Sie biss sich auf die Lippen. Das ging ihn nichts an. Sie deutete ein Nicken an und ging weiter.

Auf dem Wasser tanzten die letzten Mücken. Ein Nutria fraß genüsslich Gras. Alles wirkte ruhig und friedlich, nur in ihrem Inneren tobte eine Unruhe, für die sie keine Erklärung fand.

*

Heimlich schleiche ich mich wieder raus. Ich achte darauf, dass mich niemand sieht. Man muss vorsichtig sein, sagt Mutter. Man darf nicht aus der Reihe fallen. Wenn man nicht ist wie die anderen, die Normalen, dann bekommen die Menschen Angst vor einem. Das weiß ich. Deshalb sage ich immer, was von mir erwartet wird. Nur nachts gehe ich raus und bin ich selbst. Barfuß über die Wiesen, durch den Tau. Das nasse Gras an meinen Füßen gibt mir ein besonderes Gefühl von Lebendigkeit.

Nur nicht anders sein. Nichts erzählen. Das ist so in mir verankert, dass ich an nichts anderes denken kann.

Lesen ist auch etwas, was mir gefällt, fast so gut wie meine nächtlichen Ausflüge. Aber auch das sieht Vater nicht gerne. Ich solle arbeiten, lesen würde mir nur weitere Flausen in den Kopf setzen. Es ist ihm unheimlich, weil er selbst nicht gut lesen kann. Ich habe es mir selbst beigebracht. Mutter ist stolz auf mich. Aber manchmal schaut sie mich so seltsam an. Dann liegt eine Traurigkeit in ihrem Blick, die mir fast das Herz zerreißt.

»Der Hund von Baskerville« habe ich gelesen, weil diese Geschichte hier gefilmt wurde. Ich fand sie gruselig. Ein Hund, der Menschen jagt und anfällt. Aber zum Glück nur im Buch.

Ein Geräusch lässt mich zusammenzucken. Ein Tier? Ein Hase? Eine Ratte? Ich grusele mich vor Ratten. Häschen wiederum finde ich niedlich. Hoffentlich wildert niemand und entdeckt mich. Vielleicht hat Mutter doch recht, dass es nachts gefährlich ist. Nicht nur, weil nächtliche Spaziergänge einen seltsam in den Augen der anderen aussehen lassen, sondern weil es auch böse Menschen gibt, die sich im Schutz der Dunkelheit verstecken. Ich schleiche weiter. Geduckt, um keine Angriffsfläche zu bieten.

Dann sehe ich ihn. Einen Jungen. Etwas größer als ich, aber viel dünner.

Er kauert auf dem Boden. Hinter einem Busch. Langsam nähere ich mich. Und bleibe kurz vor ihm stehen. Jetzt erkenne ich, dass er auch älter ist als ich. Bestimmt ein paar Jahre. Er hat eine Art Nachthemd an. Ich weiß sofort, woher er kommt. Aus der Klinik. Er ist ein Irrer. Die sind gefährlich, sagt mein Vater. Sonst würde man sie nicht einsperren.

Der Junge vor mir wirkt nicht gefährlich. Nur ängstlich.

Ich mache einen Schritt auf ihn zu. Dann hören wir beide wieder ein Geräusch. Hier ist noch jemand. Ich nehme meinen ganzen Mut zusammen und hocke mich neben ihn. Es ist ein gutes Versteck. Unsere Arme berühren sich. Er riecht anders als die Menschen, die sonst um mich herum sind. Er sagt kein Wort. Plötzlich nimmt er meine Hand und drückt sie ganz fest. Vielleicht vier Meter von uns entfernt geht ein Mann an uns vorbei. Er trägt schwere Schuhe. Womöglich ein Jäger oder Wilderer. Jemand, der den Jungen sucht? Dass er weggelaufen ist, ist offensichtlich.

Wir halten den Atem an. »Wer bist du?«, frage ich leise, als die Luft rein ist.

Er gibt keine Antwort, schaut mich nur an.

Er wirkt nicht böse und schon gar nicht gefährlich.

»Hast du Hunger?«, frage ich. Er nickt.

Ich kenne die besten Apfelbäume. »Bleib hier, ich bin gleich wieder da.«

Ich besorge die Äpfel und komme mit zitternden Knien zurück, aus Angst, dass er fort sein könnte.

Er ist noch da. Gierig isst er das Obst. Ich schaue zu.

»Soll ich dir ein gutes Versteck zeigen? Ein besseres?«, frage ich.

Er nickt. Vielleicht kann er auch nicht sprechen. Ich nehme ihn an die Hand, und wir gehen. Nicht weit. Er lässt sich von mir führen.

»Hier bist du erst mal sicher. Ich muss jetzt gehen, komme aber morgen wieder. Und bringe dir andere Kleidung mit.« Ich bin aufgeregt. Aber es fühlt sich nicht falsch an.

Er nickt wieder nur, doch aus seinen Augen spricht Dankbarkeit.

*

Als Sarah an ihrem Wohnmobil ankam, hatte sich der Platz mit weiteren Wanderschnecken gefüllt. Familien mit kleinen Kindern, die lachten und kreischten und Normalität versprühten.

»Ich wollte Sie nicht erschrecken.« Der Fremde von vorhin stand plötzlich neben ihr.

Sarah erschauderte für einen winzigen Moment. »Nein, nein, das haben Sie nicht«, erwiderte sie und lachte zu laut. Er sollte sie in Ruhe lassen.

»Die Klinik ist nicht weit, wissen Sie.«

Ob er wohl daher kam?, fragte sie sich. Natürlich kannte sie die LVR-Klinik. Sie hatte auch schon oft von Ausbrüchen gehört. Das fehlte ihr gerade noch, dass dieser Mann ein Spinner war und eigentlich eingesperrt gehörte. Sie schluckte.

»Nein, ich bin nicht entflohen«, sagte er, als hätte er erneut ihre Gedanken erraten. »Aber es ist schon interessant, dass der Film damals auch von einem entflohenen Sträfling handelte. Sie kennen den Inhalt der Geschichte von Sherlock Holmes?«

»Ja, klar. Ich habe ihn oft mit meiner Oma gesehen.«

»Interessant«, bemerkte er.

»Sie ist hier geboren. Sie hat die Dreharbeiten wohl live erlebt. Ich persönlich finde die BBC-Verfilmungen mit einem modernen Sherlock viel besser. Vielleicht schwärmte sie für einen der Schauspieler.«

»Was hat sie denn noch erzählt?«

»Nichts.«

»Die Klinik gibt es schon sehr lange.«

»Warum erzählen Sie mir das?«, fragte Sarah.

»Mein Opa mochte den Film auch. Aber als Mahnmal.«

»Wieso?«

»Es geht in dem Film auch um jemanden, der sich im Moor versteckt.«

»Ich weiß. Was hat das mit Ihrem Großvater zu tun?«

»Sein Bruder ist in der Klinik gewesen.«

Was sollte sie darauf antworten?

»Er war nicht verrückt. Er stotterte nur. Aber statt besser wurde es immer schlimmer, und schließlich sprach er gar nicht mehr. Man hielt ihn für nicht normal.«

Sarah rieb sich mit den Händen über die Arme. Sie wusste nichts zu entgegnen.

»Mein Großonkel ist ausgebrochen damals. 1936 muss es gewesen sein. Er hat sich versteckt. Hier ist ja viel Gegend. Ich bin auf seinen Spuren. In unserer Familie spricht man nicht viel über die Zeit damals und auch nicht über Onkel Otto.«

»Warum?«

»Die Nachbarn hier waren immer darauf bedacht, dass man die Gesetze einhielt. Man wurde aufgefordert, Familien zu melden, in denen es jemanden gab, der nicht ganz normal schien. Sie wissen, Vererbung und so.«

Sarahs Interesse war geweckt.

»Mein Opa erzählte, als Otto ausgerissen ist, hat man nach ihm gesucht. Sogar mit Hunden. Einige Tage konnte er sich erfolgreich verstecken, bis er schließlich zurückmusste. Man munkelt, jemand habe ihm geholfen. Den konnte man aber nicht finden. Ein halbes Jahr später wurde Otto abtransportiert.«

»Abtransportiert? Wohin?«

»Wohin wohl? In ein Lager. Bedenken Sie die Zeit. Bereits 1933 trat das Gesetz zur Verhütung erbkranken Nachwuchses durch die Nazis in Kraft. Auch hier in der Klinik nahm man das sehr ernst. Hunderte Patienten wurden zwangssterilisiert. Bereits 1939 wurden Patienten von hier verlegt.«

Erneut wusste sie nicht, was sie entgegnen sollte.

»Kennen Sie Sippentafeln«?

Sarah schüttelte den Kopf.

»Akribisch wurden Informationen über die Großeltern, Eltern, Brüder, Tanten, Onkel und Anverwandte von vermeintlich Geisteskranken gesammelt, um so die Minderwertigkeit einer Sippe zu belegen. Auch über unsere Familie. Bereits Anfang der 1930er-Jahre wurden in der Nachbarschaft Hinweise gesammelt, merkwürdige Fragen über meinen Großonkel gestellt. Er kam in die Klinik. Zu seinem Besten, sagte man. Und dann war er irgendwann fort. Meine Familie bekam eine Todesnachricht. Lungenentzündung.«

Ein neuerlicher Kälteschauer. »Das tut mir sehr leid«, sagte Sarah.

»Muss es nicht«, sagte der Fremde. »Es ist vorbei. Danke, dass Sie zugehört haben. Schade, dass Ihre Oma nicht mehr lebt. Vielleicht …« Er winkte ab. »Ach, Unsinn.«

Das fand Sarah ebenfalls. Sie war irritiert. Es gab zu viele Informationen, die in ihr verwirrende Gefühle auslösten.

Der Mann verabschiedete sich. Sarah sah ihm hinterher, wie er in sein Wohnmobil stieg. Morgen frage ich nach seinem Namen, beschloss sie.

In dieser Nacht schlief sie schlecht. Träumte von ihrer Oma, von Hunden, die hinter Menschen herjagten. Schweißgebadet wachte sie auf und sah zur Uhr. Erst drei. Sie stand auf, trank ein Glas Wasser und öffnete die Tür. Der Mond schien über die Bäume, tauchte alles in ein schummriges Licht. Es fehlte nur ein kleines Stück bis zum Vollmond. Vielleicht noch zwei Tage, überlegte sie. Leichter Regen fiel vom Himmel. Fröstelnd schloss sie die Tür wieder. Sie zuckte zusammen, als sie glaubte, in der Ferne einen Hund heulen zu hören. »Ich werde verrückt«, murmelte sie und legte sich wieder ins Bett. Das war doch alles Irrsinn.

Sie schlief wieder ein, zum Glück ohne Träume. Am nächsten Morgen beschloss sie, den Mann noch einmal aufzusuchen. Seine Bemerkung, dass sein Großonkel Hilfe gehabt hatte, und die Andeutung, dass vielleicht ihre Oma …

Sie mussten noch einmal sprechen.

Doch der Mann war verschwunden. Fassungslos schaute sie auf die trockene Fläche, die das Wohnmobil hinterlassen hatte.

»Wen suchen Sie denn?«, fragte ein anderer Camper mit einer Brötchentüte unter dem Arm.

»Wissen Sie, wann der Mann hier gefahren ist?«, fragte sie.

»Welcher Mann? Da war niemand.«

»Da … Ich …« Sie stockte und wandte sich zum Gehen. Sie war enttäuscht. Zu gerne hätte sie noch einmal mit ihm gesprochen. Als sie an ihrem Wagen angekommen war, blickte sie noch einmal zurück auf die trockene Stelle und schauderte. In den Umrissen des Flecks glaubte sie, einen großen Hund zu erkennen.

*

Jede Nacht gehe ich nun zu dem Versteck. Das alles ist wie ein Märchen. Vielleicht ist er mein Prinz.

Tagsüber versuche ich, mich so normal wie immer zu benehmen. Auch den seltsamen Fragen der Nachbarin weiche ich geschickt aus. Niemand soll Verdacht schöpfen. Die Nachricht über einen Ausbruch aus der Klinik verbreitet sich wie ein Lauffeuer. Ein ganz schwerer Fall. Völlig verblödet. Sogar gemeingefährlich. So reden sie. Ich weiß es besser.

Ich denke an Sherlock Holmes' Geschichte. An die Bedienstete, deren Bruder sich im Moor versteckt und den sie mit Kleidung und Essen versorgt. Ich bin gefangen in einem Film.

Ich sage dir, dass du mein Prinz bist, doch du antwortest nicht. Als ich wieder gehen muss, blickst du mir hinterher, und ich bin glücklich.

Mein ganz persönliches Märchen. Mein Geheimnis.

In der Nacht darauf höre ich die Hunde. Sie haben ihn gefunden. Er ist für immer fort.

*

Die Geschichte »Der Hund von Baskerville« von Sir Arthur Conan Doyle ist Fiktion. Das systematische Töten von »lebensunwertem Leben« ab 1939 war es nicht.

RUUD UND JULE IN REES – EIN DRAMA IN FÜNF AKTEN

VON JUTTA PROFIJT

Rees war im 16. Jahrhundert eine florierende Stadt, die mit den Kasematten moderne Verteidigungsanlagen besaß. Trotzdem eroberten nacheinander Spanier, Niederländer und Franzosen die Stadt. Spanier und Franzosen sind aus dem Stadtbild verschwunden, die niederländischen Nachbarn sind von Besatzern zu Freunden geworden. Zumindest für die meisten Reeser …

*

Erster Akt

7. Juli 1974, 17.47 Uhr. Schlusspfiff!

»Jetzt herrscht wieder Krieg«, sagte Jans Mutter Marijke traurig. »Claus, wir brauchen ein niederländisches Nummernschild, damit das Auto nicht wieder beschmiert wird, wenn wir die Verwandten besuchen.«

Jan Kok und Ulrich Giesen, sieben beziehungsweise sechs Jahre alt, direkte Nachbarn und allerbeste Freunde, schwiegen betroffen. Ulrich war der Weltmeistertitel egal, er fand Fußball doof und hockte nur deshalb bei seinem Freund Jan vor dem Fernseher, weil es dort Vanillevla gab und Poffertjes und Bitterballen und selbst gemachten Kibbeling mit Remouladesaus. Und weil Jans Mutter, die, wie ihr Mann auch, aus der niederländischen Provinz Gelderland stammte, alle Kinder mochte, auch ihn, den dicken Ulrich, der beim Fußballspielen auf der Straße immer den Ball in die Fresse bekam. Im Gegensatz zu seiner eigenen Mutter schimpfte sie dann nicht mit ihm, sondern verarztete seine Nase und wusch das Blut aus seinem Hemd.

»Den Sieg habt ihr nicht verdient«, sagte Jan und nahm den letzten Bitterballen von Ulrichs Teller.

Dass er doch nichts dafürkönne, hätte Ulrich gern gesagt, aber wenn es wichtig wurde, fehlte ihm entweder die passende Erwiderung oder der Mut, sie laut zu äußern. Und wichtig wäre es gewesen, denn in diesem Moment, in dem durch die offenen Fenster der Lärm einer unbändigen Freude der gesamten Reeser Nachbarschaft hereindrang, veränderte sich etwas in ihrer Freundschaft, die länger bestand, als die beiden Jungs sich erinnern konnten. Sie bestand weiter, das schon, aber sie hatte einen ersten Riss bekommen.

*

Neun Jahre später, irgendwann im August

Jan wusste, dass Ulrich ihn hassen würde, aber er konnte nichts dagegen tun. Kirsten hatte sich halt in ihn verliebt, in Jan, der schon 16 war und groß und sportlich und schlagfertig. Und der nicht nur Basketball spielte, sondern auch tanzen konnte wie der Teufel. Da standen die Mädels drauf, seit der Film »Staying Alive« gelaufen war und einem dieses Bee-Gees-Gekreische »Ha, ha, ha, ha, staying alive …« von morgens bis abends das Hirn erweichte, weil es überall lief, im Radio, auf jeder Fete, in jedem Walkman, sogar im Freibad.

Kirsten stand also auf Jan, was okay war, denn Jan fand Kirsten ziemlich cool. Blöd war, dass Ulrich Kirsten liebte, und zwar so richtig. Nur war er erst 15, sah aus wie zwölf, war dick wie ein Nilpferd und so schüchtern, dass er wegsah, wenn er Kirsten begegnete. Außerdem interessierte er sich für Chemie und für Käfer, aber nicht für Menschen. Außer für Kirsten. Jan war der Einzige, der davon wusste, nur konnte er nichts dafür, dass Kirsten ihn mochte, und das sagte er seinem besten Freund auch. Trotzdem spürte er, dass sich ihre Freundschaft an diesem Tag veränderte.

Und es war keine Veränderung zum Guten.

Zweiter Akt

Fast zwei Jahre waren Jan und Kirsten ein Paar, aber das Abitur trennte diese Verbindung wie so viele andere. Jan zog in die Niederlande, um dort Ingenieurwesen zu studieren, denn er wollte die Heimat seiner Eltern vor Sturmfluten schützen. Oder vor dem Anstieg des Meeresspiegels, der Ende der 80er ein heißes Thema bei den Ökos war.

Jan war also weg, Kirsten und Ulrich blieben in Rees. Und wurden nun ihrerseits, so unglaublich es klingen mag, ein Paar. Ulrich war inzwischen dünner, kommunikativer und erwachsener geworden. Kirsten mochte seine stille Art und seine Zuverlässigkeit. Ulrich liebte an Kirsten einfach alles. Ausnahmslos. Deshalb hatte er im Sommer '89 diesen Ring besorgt. Gold mit Perle. Zur Verlobung.

Während er geschniegelt und gebügelt vor ihrer Tür stand und seine Aufregung niederkämpfte, hörte er aus dem gekippten Fenster von Kirstens Zimmer Gelächter. Ein feines, glockenhelles Lachen, eindeutig Kirstens. Und ein lautes, selbstbewusstes Grölen, das Ulrich unter jedem Geräusch der Welt wiedererkannt hätte. Jan.

An dem Wochenende fing es an. Erst löste Ulrich einen von Jans geliebten Schokoküssen, die damals noch anders hießen, vorsichtig von der Waffel, drückte Senf und Chili hinein und klebte ihn wieder zu. Zwei Tage Magenschmerzen übelster Sorte waren die Folge. Jan revanchierte sich mit einer täuschend echt aussehenden Mischung aus Mineralwasser, Soja-Sauce und Abführmittel, die er in eine Colaflasche füllte und in der Disko gegen Ulrichs Flasche tauschte. Den Rest des Wochenendes hockte Ulrich auf dem Klo und schmiedete Rachepläne.

Bei nächster Gelegenheit spritzte er den Auspuff von Jans Angeberkarre mit Montageschaum aus, weshalb das gute Stück auf dem Hof stand, bis das Ersatzteil besorgt und eingebaut war. Jan steckte Ulrich einen Kanonenschlag in den Krümmer seines Leichtkraftrads. Nach einem halben Kilometer war das Abgas heiß genug, um den Böller mitsamt Krümmer explodieren zu lassen. Die Brandnarbe am linken Unterschenkel würde Ulrich für den Rest seines Lebens begleiten, ebenso wie die Narbe auf dem Nasenrücken, die der Fußball gerissen hatte, den er nach so vielen Jahren, in denen er um jeden Ball einen weiten Bogen gemacht hatte, wieder mitten in die Fresse bekam. Auf direktem Weg von Jans rechtem Innenfuß.

Ruhe kehrte in Rees erst wieder ein, als Kirsten Jan zum Beginn des nächsten Semesters in die Niederlande begleitete.

Zwei Jahre später flatterte die Einladung zur Hochzeit in diverse Briefkästen in Rees. Ulrich fand sie in der Küche, wo seine Mutter sie halbherzig versteckt hatte, und verbrannte sie im Spülbecken. Die Geburtsanzeigen der Kinder sah er nicht mehr, sonst hätte er gewusst, dass Jan und Kirsten im Jahr 1996 ihren Zweitgeborenen Ruud nannten. Er war damit zwei Jahre, sieben Monate und elf Tage älter als Ulrichs einzige Tochter Jule, die seine Frau Birgit an einem strahlenden Frühlingssonntag im Mai des Jahres 1998 zur Welt brachte.

Jule war ein Sonnenschein, der schon früh im Leben einen starken Willen entwickelte. Trotzdem hätte niemand ahnen können, was Jule ihrem Vater 23 Jahre nach ihrer Geburt antun würde.

Dritter Akt

5. Mai 2021

Die Einladungskarten lagen am gleichen Tag in den Briefkästen. Jules Mutter Birgit, die seit Monaten eingeweiht war, behielt Ulrich im Blick, als er den Umschlag öffnete. Ein Lächeln umspielte seine Lippen, als er das Foto seiner wunderschönen Tochter Jule betrachtete, die in enger Umarmung mit einem Mann stand, der ihm auf eine seltsame Art vertraut vorkam. Dass er den Freund seiner Tochter bisher erst einmal und auch nur kurz gesehen hatte, war ihm recht gewesen. Zu den seltenen Gelegenheiten, zu denen Jule ihre Eltern in Rees besuchte, wollte er sie nicht teilen. Und nach Arnheim war er aus Prinzip nicht gefahren, denn die Niederlande existierten für ihn nicht.

Ulrich öffnete also den Brief, betrachtete das Foto, las die Namen der Brautleute – und erstarrte.

»Kok?«, japste Ulrich. »Ausgerechnet einen …«

Birgit legte ihm die Hand auf den Arm. »Ruud ist ihr Sohn.«

»*Ihr* Sohn?«, stammelte Ulrich. »Du meinst …«

Er hatte diese beiden Namen seit fast 30 Jahren nicht ausgesprochen und brachte es auch jetzt nicht über sich, weshalb er noch einmal zusammenzuckte, als Birgit laut und deutlich bestätigte: »Ruud ist der jüngere Sohn von Jan und Kirsten.«

»Nur über meine Leiche«, sagte Ulrich, bevor er in sein Arbeitszimmer stürmte und die Tür hinter sich zuknallte.

»Wie hat er es aufgenommen?«, fragte Jule später am Telefon.

»Schlecht«, sagte Birgit. »Aber er wird sich wieder einkriegen.«

Das tat Ulrich nicht. Stattdessen schlich er sich um 23.31 Uhr in die Garage, packte die Spraydosen ein, die er regelmäßig aus dem Gehölz neben der von Graffitis verunstalteten Unterführung zog und einmal im Monat zur Schadstoffsammelstelle brachte, und fuhr zu der Adresse in Arnheim, an der, wie das Internet ihm verraten hatte,

Jan und Kirsten Kok wohnten. Dort sprayte er – mehrfarbig, weil in jeder Dose nur ein winziger Farbrest war – das Wort VERRÄTER an die Hauswand.

Liste der weiteren Straftaten im Verlauf des Monats Mai in Arnheim und Rees, die die Polizei im Nachhinein zu rekonstruieren versuchte:

- Das Wort »Nazi« an eine Hauswand in Rees gesprayt (Meldeadresse von Ulrich und Birgit Giesen)
- Versiegelung eines Garagentors mittels Baukleber (Tor musste mitsamt Zarge ausgestemmt werden)
- Abschneiden aller Tulpen im Vorgarten, vermutlich mittels einer Sense oder vergleichbarem Werkzeug
- Verbringen eines seit mehreren Tagen toten Tiers (überfahrener Feldhase) in den Luftansaugstutzen der automatischen Lüftungsanlage eines Niedrigenergiehauses (Ersatz des Ansaugstutzens und von einem Meter Ansaugrohr durch Fachfirma, dafür Entfernung von zwei Quadratmeter Terrassenplatten, Aushub eines Grabens und Wiederherstellung der Außenanlagen)
- Ausgießen eines gesamten Vorgartens mit Epoxidharz (großflächige Abtragung des Erdreichs und Entsorgung als Sondermüll nötig)
- Verschließen sämtlicher von außen zugänglicher Schlösser eines Einfamilienhausanwesens (Haustür, Garage, Fahrradschuppen, Gartentor) mittels handelsüblichem Zwei-Komponenten-Kleber
- durch Zeitschaltuhr um 2.51 Uhr vor dem Schlafzimmerfenster ausgelöster Knall einer von einem landwirtschaftlich genutzten Grundstück entwendeten Selbstschussanlage zur Vertreibung von Rabenvögeln (Krähen)
- Lieferung von 27 Pizzen aus einem Restaurant, dessen

Inhaber für Humorlosigkeit im Umgang mit Zechprellern ebenso wie für die Zugehörigkeit zu einer kriminellen Vereinigung südosteuropäischer Provenienz berüchtigt war, wobei ihm Letzteres nie gerichtsfest nachgewiesen werden konnte.

Vierter Akt

»Wie sehe ich aus?«, fragte Jule aufgeregt, als sie aus ihrem alten Kinderzimmer kam.

»Wie ein Engel«, rief Birgit. Sie musste ein paar Tränen unterdrücken. Ihre einzige Tochter Jule heiratete den Mann, den sie liebte – und dessen Vater ihr Vater hasste wie die Pest. Wo Ulrich abgeblieben war, wusste niemand, aber er hatte versprochen, pünktlich zur Hochzeit in der Kasematte unter dem Koenraad Bosman Museum zu erscheinen.

Was er dann auch tat. Im dunklen Anzug und mit einem Gesichtsausdruck, als wären zwei Magengeschwüre und der Blinddarm gleichzeitig geplatzt.

»In diesen Gewölben haben unsere Vorfahren Rees gegen die Holländer verteidigt«, knurrte Ulrich mürrisch. »Und da willst du ausgerechnet einen von denen heiraten.«

»Ruud ist Europäer, genau wie ich«, erklärte Jule lächelnd.

»Er ist ein Krimineller, wie die ganze Sippschaft.«

»Er hatte zwei Gramm Hasch in der Tasche.«

»Was nicht nur in Deutschland, sondern sogar da drüben verboten ist.«

Jule fragte sich immer noch, wie ihr Vater von dem fast sieben Jahre zurückliegenden Missgeschick erfahren hatte, aber an diesem Tag konnte ihr nichts die Laune verderben, nicht einmal ihr Vater. Oder anders gesagt: schon gar nicht ihr Vater. Denn der würde heute sein blaues Wunder erleben.

»Warum heiratet ihr eigentlich in dem kalten, feuchten Loch da unten?«, maulte Ulrich weiter. »Und wie viele Gäste passen da überhaupt rein?«

»Es würden mehr passen, aber wir sind zu sechst. Wir zwei und unsere Eltern.«

Ulrich wurde blass.

»Du wirst es überleben«, flüsterte Jule ihrem Vater ins Ohr, während sie ihn fest umarmte. Sie hoffte, dass sie recht behielt.

Kein Wort wechselten Jan und Ulrich miteinander, tauschten nur tödliche Blicke aus. Kirsten und Birgit nickten einander zu. Ruud und Jule stiegen hinter ihren Eltern die Treppen hinunter, durchschritten Türen, schmeckten die dichter, muffiger, kühler werdende Luft. Hier hatten Generationen von Soldaten gegen Eindringlinge gekämpft, gegen die Spanier, die Niederländer. Hatten ihre Gewehre mit Schwarzpulver und Kugeln gestopft und gehofft, dass der Schuss nicht nach hinten losging.

Dasselbe hoffte Jule auch.

»Und so erkläre ich Sie zu Mann und Frau. Herzlichen Glückwunsch!«

Ein langer Kuss, dann die Umarmungen der Mütter. Die Väter erhoben sich zögerlich. Gratulierten jeweils dem eigenen Kind, dann gab Jan seiner Schwiegertochter die üblichen Wangenküsse. Ulrich teleskopierte seinen Arm auf maximale Länge und reichte Ruud für den Bruchteil einer Sekunde eine Hand, deren Lustlosigkeit deutlich zu spüren war.

»Okay, das wird sicher im Lauf der Zeit noch etwas herzlicher«, stichelte Birgit.

Ulrich wurde einer Antwort enthoben, da sich die Standesbeamtin verabschiedete. Kaum hatte sie die Tür hinter sich geschlossen, wandte sich Jule einer großen Box in der Ecke zu. Sie zauberte fertig angerichtete Holzplatten mit Tapas hervor. Auf jeder Platte befanden sich alle Sorten der Köstlichkeiten, sodass jeder Gast seine eigene Platte bekam und keine Schüsselchen herumgereicht werden mussten.

»Sicherer so, vor allem weil der Tisch so groß ist«, flüsterte Jule ihrem Vater zu, den der Grund für das Arrangement gar nicht interessierte – Hauptsache, er musste nicht mit Jan vom selben Teller essen.

Ruud kümmerte sich um die Getränke, die Mütter halfen und endlich perlte der Champagner in den Gläsern. Alle stießen mit allen an – außer Jan und Ulrich untereinander. Jule seufzte leise, aber natürlich hatte sie es nicht anders erwartet.

Das Brautpaar und die Mütter sorgten für eine fröhliche Unterhaltung über die Kinderjahre der Brautleute und das Schicksal, das ausgerechnet diese beiden jungen Leute zusammengeführt hatte, während sich Jan und Ulrich mit grimmigen Gesichtern aufs Essen und Trinken konzentrierten. Und zwar unter den heimlichen, aber aufmerksamen Blicken der anderen Anwesenden, die begierig auf die ersten Anzeichen warteten.

Und dann ging es los.

»Wie kannst du es wagen, hier aufzutauchen, noch dazu mit der Frau, die du mir weggenommen hast?«, fragte Ulrich mit glasigem Blick.

Kirsten und Birgit zwinkerten einander lächelnd zu.

»Du doofer Moff hast nie kapiert, dass man einer Frau nicht vorschreiben kann, wen sie lieben soll.«

»Und du Kaaskopp weißt gar nicht, was Freundschaft bedeutet.«

»Das weiß ich besser als du, denn ich habe Freunde.«

»Ich auch.«

»Gar nicht!«

»Woher willst du das wissen?«, fragte Ulrich, wobei seine Aussprache leicht verschwommen klang.

»Du bist nicht mal bei Facebook«, triumphierte Jan, wobei das letzte Wort eher klang wie das Geräusch, mit dem ein dicht gewebter Stoff reißt.

Statt einer Antwort schüttete Ulrich Jan sein Bier in den Schoß. Jan revanchierte sich mit einem Esslöffel voll scharfer Sauce, die er Ulrich ins Gesicht klatschte. Es folgte eine Schlacht mit gespuckten Olivensteinen, Sardellenfilets in Haaren, Knoblauchmayonnaise in Ohrmuscheln und blutenden Wunden an Wangen und Handrücken, die von den spitzen Knochenstücken feinster Lammkoteletts geschlagen wurden.

Als das Blut zu fließen begann, schritt Jule ein. Oder besser: wollte Jule einschreiten. Eben legte sie die Hand auf die Schulter ihres Vaters, um ihn sanft aus der Reichweite von Jans rechtem Haken zu ziehen, als Ulrich beim Ausholvorgang seiner einzigen Tochter den Ellbogen ins Gesicht rammte. Ihre Nase gab ein seltsames Geräusch von sich, und ihre Augen füllten sich mit Tränenflüssigkeit in einer Menge, von der niemand geglaubt hätte, dass sie so blitzartig zur Verfügung stünde. Des Weiteren floss Blut, was Ruud nicht gut sehen konnte. Er spürte, wie ihm schlecht wurde, wollte sich noch am Tisch festhalten, aber zu spät. Er fiel in Ohnmacht. Das Tischtuch nahm er mit zu Boden, wodurch den Kontrahenten ihre Waffen entzogen wurden. Was diese kaum bemerkten, da sie sich inzwischen gegenseitig an den Krawatten gepackt hatten und würgten.

Jule, die weder auf ihr eigenes noch auf fremdes Blut empfindlich reagierte, weshalb sie ihre berufliche Zukunft in der Notfallchirurgie sah und neben dem Medizinstudium als Sanitäterin im Rettungswagen arbeitete, musste sich entscheiden: Väter trennen, Ehemann stabilisieren oder einfach gleich die Biege machen? Zuerst aber ergriff sie beherzt ihre Nase und rückte sie in die natürlicherweise vorgesehene Form zurück. Dann packte sie den rechten Arm ihres Vaters und drehte ihn mit einer schnellen Bewegung auf den Rücken. Als Sani lernte man nicht nur Pflästerchen kleben.

Kirsten hatte derweil ihren Sohn Ruud auf den Rücken gedreht, ihm ein Kissen unter den Kopf und die Beine auf einen Stuhl gelegt und fächelte ihm Luft zu.

»Geht wieder«, rief sie Jule zu, die ihren Vater inzwischen mit seiner eigenen Krawatte fesselte.

Birgit und Jan hingegen waren in einer Art Tanz gefangen, von dem ein neutraler Beobachter vielleicht nicht hätte sagen können, ob es sich um ein Balzverhalten oder ein Kriegsgeschehen handelte, aber Jules Mutter wirkte souverän und würde die Oberhand behalten. Somit war die Sache zwar schneller eskaliert, als Jule erwartet hatte, aber insgesamt war doch alles einigermaßen glimpflich abgelaufen.

Dachte sie.

Bis die Flammen der vom Tisch gefallenen Kerzen die Feuerwerkskörper erreichten.

Fünfter Akt

»Bitte, Frau Staatsanwältin, wir können diese beiden Männer doch nicht einfach laufen lassen!«, ereiferte sich der Polizeibeamte, der mit der Aufklärung der Ereignisse in der historischen Kasematte Rees betraut worden war.

»Sie haben den Familien Kok und Giesen keinerlei Straftat nachgewiesen«, stellte die Staatsanwältin klar.

»Das konnte ich ja nicht, weil die wichtigsten Beschuldigten für eine Blutprobe nicht zur Verfügung standen.«

Jule unterdrückte ein Lächeln. Natürlich hatten ihre Kollegen vom Sanitätsdienst nur auf Jules Anruf gewartet und die beiden Väter vom Tatort entfernt, bevor die Polizei eingetroffen war. Diese Rückendeckung war in der Planungsphase ursprünglich für etwas übertrieben gehalten worden, aber wenn Jule plante, dann für alle Eventualitäten. Man sah ja, wofür es gut war, denn wenn die beiden einen Drogentest hätten absolvieren müssen, wären sie wohl nicht so unbeschadet davongekommen. Man konnte Marihuana schließlich nicht nur in einem Joint, sondern auch in Tapas verstecken, und genau das hatte Jule mit medizinischer Sorgfalt und kulinarischer Begeisterung getan. Und zwar in Mengen, die auch unter dem Vorbehalt des Eigenbedarfs durchaus zu juristischen Komplikationen hätten führen können.

»Aber die beiden Männer, damit meine ich Jan Kok und Ulrich Giesen, haben bereits vor dem unseligen Ereignis in der Kasematte jede Menge Straftaten begangen, von Vandalismus an den jeweils gegnerischen Einfamilienhäusern bis zum unerlaubten Import von Feuerwerkskörpern ist alles dabei«, wiederholte der Polizist. »Die Liste mit den Zeugenaussagen der jeweiligen Nachbarn, die ich in den letzten Tagen zusammengestellt habe, finden Sie …«

… »beigefügt«, hätte er wohl sagen wollen, dachte Jule, denn sie hatte diese Liste gesehen. Sie war lang, aber noch nicht einmal vollständig.

»Der von Ihnen detailreich beschriebene Vandalismus ist kein Offizialdelikt, das wissen Sie selbst! Wenn die Geschädigten keine Strafanzeige stellen wollen, haben die Vorgänge in diesem Ermittlungsverfahren nichts zu suchen.«

»Sie belegen, dass diese beiden Männer gemeingefährlich sind!«

»Sie belegen das Gegenteil, denn außer dem jeweiligen Kontrahenten ist nie jemand zu Schaden gekommen«, versetzte die Staatsanwältin inzwischen leicht gereizt.

»Aber die Feuerwerkskörper …« Der Elan des Kommissars ließ spürbar nach.

»Das Abbrennen der Feuerwerkskörper geschah ja nicht absichtlich, sondern war eine Folge des heruntergerissenen Tischtuches, mit dem auch die Kerzen zu Boden fielen. Und das passierte«, die Staatsanwältin blätterte in ihren Unterlagen, »weil der Bräutigam sich an einem Olivenstein verschluckt hatte und versuchte, seinen Sturz abzufangen, als er ohnmächtig wurde, richtig?«

Alle sechs Beklagten nickten eifrig. Obwohl unterschiedlichen Alters und Geschlechts, waren sie sich in einem Punkt sehr ähnlich: Alle hatten angekokelte Augenbrauen und kurze Haare, die junge Frau wenigstens nur auf einer Seite. Bei ihr sah es fast schick aus.

»Gut. Dann halte ich fest, dass der Anfangsverdacht für möglicherweise strafbares Verhalten nicht erhärtet werden konnte. Die hier vor mir sitzenden Beklagten werden sich sicher noch mit zivilrechtlichen Schadenersatzklagen konfrontiert sehen, aber das ist nicht unsere Sache. Ich danke Ihnen für Ihr Erscheinen.« Sie nickte dem Polizisten und den Delinquenten zu und vertiefte sich in die nächste Akte.

»Na bitte«, sagte Jan mit einem zufrieden Grinsen. »Ist doch alles gut ausgegangen. Ich hatte schon gefürchtet, die nächsten Jahre mit dir in einer Zelle verbringen zu müssen!« Er knuffte Ulrich in den Arm.

»Wenn 70.000 Euro Sachschaden für dich nur Peanuts sind, dann zahlst du das mal schön allein, du bekloppter Kaaskopp«, brummelte Ulrich. Aber auch seine Mundwinkel zuckten verdächtig.

Bevor Jan mit einer weiteren Gemeinheit antworten konnte, hob Jule die Hand. Und wenn Jule die Hand hob, schwiegen sogar die Väter.

»Ihr könnt gleich weiter streiten, aber erst wollen wir euch etwas geben.«

Ruud zog zwei Briefumschläge aus der Tasche und überreichte sie den beiden Vätern.

»Die Einladung zu unserer Hochzeit«, erklärte Jule.

»Aber ihr seid doch schon …«, stammelte Ulrich.

»Glaubst du im Ernst, Papa, dass wir uns unseren Hochzeitstag von zwei Sturköpfen wie euch vermiesen lassen?«

Jetzt waren es die Mütter, die sich das Grinsen nicht verkneifen konnten.

»Und ihr wart eingeweiht?«, fragte Ulrich.

»Wir sind seit Jahren befreundet«, entgegnete Kirsten.

»Aber die Standesbeamtin!«, murmelte Jan.

Jule grinste. »Meine Freundin Melanie.«

Ulrich hatte inzwischen die Karte aufgeklappt. Ein Strahlen glitt über sein Gesicht. »Am 7. Juli?«

Jans Blick verdüsterte sich. »Zum 35. Jubiläum eures unverdienten WM-Siegs? Muss das sein?«

Ruud und Jule nickten.

»Damals hat eure Freundschaft ihren ersten Knacks bekommen, jetzt wird sie definitiv gekittet.«

»Aber nicht wieder in der Kasematte«, flehte Ulrich.

Jule schüttelte den Kopf. »Sicher nicht. Da haben wir Hausverbot auf Lebenszeit.«

DIE GEISTERSTRASSE

VON MICHAEL ROSSIÉ

Einer der unheimlichsten Orte am ganzen Niederrhein liegt in Süchteln, das heute ein Ortsteil von Viersen ist. Es ist eine kleine Straße, die früher an einem Hochwäldchen lag und die »Am Spukpesch« heißt. Da trieben vor vielen Jahren gleich drei Gespenster ihr Unwesen. Der Straßenname ist in Deutschland einmalig, und die Geschichte vom großen schwarzen Hund, vom schwarzen Vogel und der unsichtbaren Hand, die es auf Holz abgesehen hat, ist es auch.

*

»Süchteln? Wo liegt das überhaupt?« Das habe ich ihn damals gefragt. Und er hat geantwortet: »Wenn du Holland im Rücken hast, kommt erst Viersen, dann Mönchengladbach und dann der Rest Deutschlands. Kurz davor kommt Süchteln.« Jetzt wusste ich, wo ich in Zukunft wohnen würde. Eigentlich kein Ort, sondern nur ein Stadtteil von Viersen, aber da wohnt er nun mal. Auf dem Heidweg, direkt am Waldrand. Ich wohne um die Ecke, Am Spukpesch, nur 100 Meter von ihm entfernt.

Süchteln ist nicht Düsseldorf. Aber ich finde, eine Frau mit Anfang 30 sollte endlich wissen, wo sie hingehört.

Würden Sie einen von diesen Typen heiraten, bei dem Sie sich hinten in einen Porsche quetschen müssen, wenn noch ein Freund von ihm mitfährt? Fänden Sie Männer interessant, deren Küche einmal in der Woche von der Putzfrau gesäubert wird? Sehen Sie, und das war bisher mein Beuteschema. Nicht dass ich nach solchen Typen gesucht hätte, aber sie haben offenbar nach mir gesucht. Ich hatte schon fast aufgegeben. Bis Jens kam.

Jens ist nicht mein Traummann, wirklich nicht. Aber er kümmert sich um mich, er ist aufmerksam, er kann ganz knuddelig gucken – und er liebt mich. Jens holt mich auch dann vom Flughafen ab, wenn ich ihn gar nicht darum gebeten habe. Das kostet ihn so viel Zeit. Jens ist mein Fels mit seiner Burg, die mich jederzeit aufnimmt. Er ist mein Freund, mein Berater, mein Therapeut, und wenn alles gut geht, wird er bald mein Mann. Ich liebe ihn.

Aber deswegen muss man ja nicht gleich zusammenziehen. Er hat ein wunderschönes Haus. Wenn das in Düsseldorf stände, würde man ihn reich nennen. Es steht in Süchteln, ist aber trotzdem schön. Viele Zimmer, die, soweit ich weiß, noch keine andere Frau entweiht hat, ein schöner Garten, Doppelgarage mit zwei Wandhaken für das Mountainbike …

Er will unbedingt, dass ich da einziehe. Das sei doch so praktisch, so einfach, so wunderbar … »Fühlst du denn nicht, dass du angekommen bist?«, fragt er dauernd.

Ja, vielleicht bin ich angekommen. Ich kann ihm ja schlecht sagen, dass das Ganze ein Experiment ist. Sozusagen ein Versuch, ob ich mit einem anderen Typ Mann besser zurechtkomme. Ich werde nicht jünger. Er versteht das, er wird das verstehen.

Bis jetzt ist das Experiment gelungen. Ich bin seit Langem wieder glücklich. Nicht so wie mit Markus, der mich tagelang in Ekstase versetzt hat, nicht so wie mit Jill, der wohl meine ganz große Liebe war, und auch nicht so wie mit Aki, der … Lassen wir das!

Alles kaputt, alles auseinander, alles Ärger, Trauer, Wut, alles vorbei. Jetzt: Süchteln! Ich bin gekommen, um zu bleiben. Drei Zimmer, Erdgeschoss, kleiner Garten, eigener Eingang. Vorläufig Am Spukpesch. Wenn ich ganz viel Glück habe, wird es nicht für ewig sein. Wenn ich ganz viel Glück habe, werde ich hierbleiben. Nicht in dieser Wohnung (sein Haus ist größer), aber an diesem Ort. Süchteln, die Perle am Niederrhein. Ich möchte für den Rest meines Lebens geordnete Verhältnisse, einen Mann, Kinder … Aber irgendetwas stimmt mit diesem Süchteln nicht.

*

Es ist zwei Wochen nach meinem Einzug. Die ersten Tage habe ich bei Jens gewohnt, aber jetzt ist alles eingerichtet. Die Bilder hängen an der Wand, die Küche ist komplett und das große Badezimmer gehört jetzt uneingeschränkt mir. Ich genieße es, so richtig Platz zu haben. In Düsseldorf gilt Lage vor Größe, und so hatte ich immer eher bescheiden gewohnt. Hier habe ich Platz für meine Yogaübungen, mehrere Menschen können gemeinsam eine Mahlzeit zubereiten, und wenn ich vor Glück tanzen will, kann ich das tun.

Ich habe oft gar keine Lust, die Nacht bei Jens zu verbringen, so sehr freue ich mich auf »zu Hause«. Jens protestiert zwar manchmal, wenn ich am späten Abend rübergehe. Aber das ist okay. Er wäre nicht der erste Mann, den ich an mich binde, weil ich ihn zappeln lasse. Sehnsucht erzeugt die stärkste Bindung.

Es gibt noch kalte Tage im April, und so hatte ich schon einmal für Jens und mich den Kamin angemacht. Er war rübergekommen, nachdem ich ihn sanft überredet hatte (schließlich hat er keinen Kamin), und wir hatten einen sehr romantischen Abend verbracht. Jens ist zwar kein Liebhaber, der es auf irgendeine Bestenliste geschafft hätte, aber er achtet sehr darauf, was mir guttut, und das liebe ich so an ihm.

Das Brennholz war noch von den Vormietern da, und soweit ich das beurteilen kann, würden die an der Hauswand aufgebauten Scheite noch eine ganze Weile reichen.

Den ganzen Freitag war ich bei einem Shooting in Köln und bin sehr spät nach Hause gekommen. Kein Jens mehr, nur ausschlafen, frühstücken und dann mal sehen, was das Wochenende bietet. Als ich nun an diesem Morgen im Pyjama und mit meiner Tasse Kaffee gegen 10 Uhr morgens auf die Terrasse gehe und überlege, ob wir den Abend vor dem Kamin nicht wiederholen sollten, fällt mir der Stapel Kaminholz ins Auge. Ich höre auf, in der Tasse zu rühren, und starre auf die Wand. Ich brauche einen Moment, um es zu begreifen: Das Holz ist weg. Nein, es ist nicht alles weg, aber es fehlen jede Menge Scheite. Vor ein paar Tagen war das ein ansehnlicher Holzvorrat, und jetzt ist mindestens die Hälfte verschwunden.

Es gibt hier also jemanden, der Holz klaut. Und zwar aus einem abgezäunten Garten mit Gartentor. Einen Moment stehe ich da wie festgefroren.

Ich blicke mich um und sehe mir die umliegenden Häuser und Gärten an. Keine Lücke im Zaun, keine verräterischen Spuren, kein verdächtiger Holzstapel bei einem der Nachbarn.

Der Gedanke, dass jemand einfach so in meinem Garten herumspaziert und Holz stiehlt, ist mir unheimlich. Vielleicht irre ich mich aber auch und das Holz gehört mir gar nicht. Vielleicht gehört es in Wirklichkeit einem Nachbarn, der sich nun sein Eigentum zurückgeholt hat, oder vielleicht war Jens hier und hat es genommen?

Aber es war nicht Jens, und ein Telefonat beim Vermieter ergibt, dass das Holz mir gehört. Vermutlich gibt es also einen Holzdieb in der Umgebung ... das könnte ja sein. Keine Ahnung, was Holz kostet, doch es wird ja alles Mögliche geklaut.

Aber warum ist das Holz erst verschwunden, nachdem ich hier eingezogen bin? Das Haus hat mindestens sechs Wochen leer gestanden – da wäre die Gelegenheit, es zu entwenden, doch viel besser gewesen. Gott sei Dank bin ich nicht ängstlich.

*

Auch wenn es in Süchteln deutlich weniger Ich-bin-der-Richtige-du-weißt-es-nur-noch-nicht-Typen gibt, so sind sie durchaus vorhanden. Irgendjemand muss auf geheimen Kanälen gepostet haben, dass eine, na, sagen wir, attraktive Frau nach Süchteln gezogen ist. Sobald ich anfange, bestimmte Gewohnheiten zu pflegen, und bestimmte Orte regelmäßig aufsuche, begegne ich einigen Männern immer wieder. Am penetrantesten ist so ein Typ mit Lederjacke, der in Düsseldorf wahrscheinlich in einer Bank gearbeitet und sich auf Partys als Künstler ausgegeben hätte.

Lederjacke ist der Juniorchef eines großen Handwerksbetriebes. Jens kennt hier jeden und hat schon damit gerechnet, dass dieser Sascha irgendwann auftauchen würde, nachdem er mich gesehen hat. Jens kennt Sascha gut und ist deswegen nicht im Mindesten eifersüchtig.

Trotzdem ist dieser Sascha lästig. »Ah, die Schöne kauft Orangen!« auf dem Markt neben mir, »Gute Besserung!« in der Apotheke hinter mir und »Bitte nach dir! Wie heißt du noch mal?« im Rewe vor mir. Der Typ scheint den ganzen Tag nichts anderes zu tun zu haben, als mich zu verfolgen. Irgendwie scheint er ganz Süchteln verwanzt und mit Videokameras ausgestattet zu haben, um herauszufinden, wo ich gerade bin.

Natürlich antworte ich jedes Mal brav, ich bin ja nicht zickig, aber kurz, knapp, einsilbig, damit er versteht, dass ich nichts von ihm will. Aber er versteht nicht.

Als er dann eines Tages mit einer Orchidee vor der Tür stand (ich hatte blöderweise auf Insta gepostet, dass mir ein paar Blumen vertrocknet waren), musste ich ein wenig deutlicher werden.

Gut, es hätte gereicht, wenn ich ihm einfach gesagt hätte, dass er sich von mir fernhalten soll. Aber hatte ich das nicht schon getan? Es war kein guter Tag gewesen. Morgens war mir ein Model-Job abgesagt worden, dann hatte meine Mutter mich so lange am Telefon aufgehalten, bis mir mein Ohr wehtat. Und jetzt stand dieser Typ mit einem schiefen Lächeln und Blumen vor der Tür und glaubte, er hätte den Hauch einer Chance.

Ich weiß nicht mehr genau, was ich zu ihm gesagt habe, aber es war so direkt, dass er mir schon leidtat, bevor ich die Tür wieder zuschlug. Er hatte schließlich nichts Böses getan. Auf Partnerinnensuche zu sein, ist ja kein Verbrechen.

Das war am Montag, und die nächsten Tage war Sascha dann auch nicht mehr zu sehen. Ich brauchte also nicht zu überlegen, ob ich mich vielleicht entschuldigen sollte. Es ergab sich keine Gelegenheit. Ich bin nicht oft in Süchteln unterwegs. Wenn ich in Düsseldorf arbeite, bringe ich mir von dort etwas zu essen mit, und auch Jens bekocht mich, wo es geht. Ich muss aufpassen, dass er mir nicht die Zahnpasta auf die Bürste drückt vor lauter Fürsorge. Aber wünscht sich nicht jede Frau so einen Mann?

Es ist Samstagabend. Jens ist direkt nach dem Abendessen im Wohnzimmer über mich hergefallen. Jetzt läuft Arte im Fernsehen. Keiner von uns interessiert sich für das Programm. Ich fühle mich warm und entspannt. Morgen liegt außer der Reinigung kein Termin an.

Ich weiß nicht genau, warum, aber ich bekomme plötzlich Lust auf eine Zigarette. Die darf ich bei Jens nicht rauchen, auch auf der Terrasse oder im Garten nicht, einfach gar nicht, weil er Angst um mich hat. Weil er sich sorgt, dass mein Körper verfällt, dass ... Ich rauche ja auch eigentlich gar nicht. Auf jeden Fall wird der Gedanke an eine Zigarette immer übermächtiger. Vielleicht liegt es auch an dem alten französischen Film, der nebenbei läuft und den ich nur aus dem Augenwinkel wahrnehme, in dem aber alle pausenlos eine Zigarette im Mund haben.

Ich löse mich also aus seiner Armbeuge, küsse ihn noch einmal und stehe auf. Jens weiß, was kommt, und erhebt sich ebenfalls. »Bleib doch! Komm, bitte! Mir zuliebe! Warum willst du gehen?« Ich kenne das ja schon. Aber er weiß eben auch, wie es ist, wenn ich mir etwas in den Kopf gesetzt habe.

Ein paar Minuten später bin ich auf dem Weg zu mir. Wieder tut er mir leid. Ich muss mir das mit dem schlechten Gewissen unbedingt abgewöhnen. Ständig habe ich Angst, dass es anderen meinetwegen nicht gut gehen könnte.

Zu Hause muss ich einen Moment suchen, bis ich die Zigaretten finde. Ich will es mir absichtlich schwer machen, weil ich eigentlich gar nicht wieder anfangen möchte. Ohne Licht zu machen, ertaste ich die Schachtel unter den Pullovern im Schlafzimmerschrank, zünde mir eine an und gehe auf die Terrasse. Rauch in der Wohnung finde ich eklig.

Ich nehme zwei tiefe Züge und blicke in den dunklen Garten, der langsam Kontur annimmt, weil sich meine Augen an die Dunkelheit gewöhnen. Ich beginne zu lächeln. Wie schön es hier doch ist. Wie ruhig, wie friedlich.

Doch da! Ein Rascheln, direkt hinter mir! Ich fahre herum, und in dem Augenblick rutscht mir mein linker Fuß weg, ich habe das Gefühl, einen Moment zu schweben, und ich schlage lang auf der Holzterrasse hin. Die Zigarette fliegt in hohem Bogen durch die Luft, und ich lande direkt mit der Hüfte auf dem Holzboden. Vor Überraschung schreie ich nicht mal. Ich liege da wie ein gefällter Baum und rühre mich nicht.

Langsam wandern meine Augen zu meinem linken Turnschuh. Er ist braun verschmiert, und jetzt rieche ich es auch. Ich bin in etwas hineingetreten. Etwas Stinkendes, etwas unangenehm Stinkendes, dessen Reste meinen Oberschenkel verschmieren. Ich bin auf etwas ausgerutscht, was es auf meiner Terrasse gar nicht geben kann. Ich bin in Hundescheiße getreten. Auf einem Grundstück, das man ohne das Betätigen einer Gartenpforte unter keinen Umständen betreten kann. Der Haufen sieht nach einem richtig großen Hund aus, der niemals unter dem Zaun hindurchgeschlüpft sein kann.

*

Heute Morgen habe ich direkt Jens angerufen und ihm von dem Vorfall erzählt. Er ist überzeugt, dass es die Nachbarn waren. Nachdem er mit heißem Wasser und einer Bürste die Terrasse gereinigt und anschließend desinfiziert hatte, haben wir bei mir das Frühstück gegessen, das er mitgebracht hat. Er fühlt sich wohl ein bisschen schuldig, dass es jetzt schon den zweiten Zwischenfall in einer Wohnung gab, die er mir vermittelt hat.

»Die haben dich von Anfang an nicht gemocht!«, sagt er jetzt grimmig. »Nun rächen sie sich dafür, dass sie ihren Kompost woanders abladen müssen.«

Können das wirklich die Nachbarn gewesen sein? Führen einen Hund auf meine Terrasse, lassen ihn da ein Geschäft machen und verschwinden wieder? Tatsächlich habe ich den Nachbarn verboten, ihre Garten- und Essensabfälle auf meinem Kompost zu entsorgen. Bei meinen Vorgängern hatten sie das offenbar immer gedurft, jetzt aber eben nicht mehr. Eigentlich sind sie ganz nett, die Hoimanns. Er ist Lehrer an der Johannesschule gewesen, und sie hat mal in einer Eisdiele gearbeitet. Aber die Vorstellung, dass sie jederzeit in meinen Garten spazieren können, mag ich nicht. Mein Garten ist von einer hohen Hecke umgeben und nicht einsehbar, was den Vorteil hat, dass ich im Wohnzimmer rumlaufen kann, wie ich möchte – auch nackt. Vorausgesetzt, ich untersage die Komposthaufenbenutzung.

»Über Herrn Hoimanns gibt es jede Menge Geschichten!« Jens' Tonfall wird verschwörerisch. »Mit dem haben hier viele Krach!«

Ich habe mich schon daran gewöhnt, dass es in Süchteln über jeden Geschichten gibt. Doch ich habe aufgegeben, mir das alles zu merken.

»Und du meinst, wegen ein paar Küchenabfällen lässt er einen Hund auf meine Terrasse kacken?«

»Könnte doch sein?«, brummt Jens.

»Von mir aus«, sage ich, »aber wo sollen die Hoimanns plötzlich einen Hund herhaben? Und was sollten sie damit erreichen wollen? Dass ich ausziehe?«

Im Nachhinein wundere ich mich sehr, wie gelassen ich da noch war. Denn niemand konnte ahnen, dass es jetzt erst so richtig losging.

*

Inzwischen sind ein paar Tage vergangen. Am Nachmittag gehe ich nach mehreren Stunden an meinem Laptop joggen. Es ist herrlich. Oben am Ende des Heidweges beginnen die Süchtelner Höhen, und es ist in jede Richtung einfach wunderschön. Früher war das mal ein Naherholungsgebiet, aber da heute die umliegenden Seen möglicherweise attraktiver sind, ist hier wenig los. Hohe Laubbäume, ein leichter Wind und immer wieder der Blick über die Felder. Von hier aus kann man stundenlang laufen, ohne auf Menschen zu treffen. Kein Vergleich mit dem Volksgarten in Düsseldorf.

Als ich zurückkomme und mir im Wohnzimmer den rechten Sportschuh von den Füßen schiebe, sehe ich es. Ich stoße einen spitzen Schrei aus, halte den Atem an, aber es verschwindet nicht. Ich fange ohne Vorwarnung am ganzen Körper an zu zittern. Dann ziehe ich den Laufschuh wieder an, greife nach dem Schlüssel und renne so schnell es geht zu Jens' Haus.

Nachdem er jedes Körperteil von mir ein paarmal beruhigend beklopft und mir unnötigerweise ein Glas Wasser aufgedrängt hat, gehen wir zurück in meine Wohnung. Ich schicke ihn vor ins Wohnzimmer.

Jetzt lächelt auch Jens nicht mehr. Das sind keine feuchten Blätter, die der Wind zufällig gegen die Fenster geweht hat, wie man auf den ersten Blick meinen könnte. Nein, in meinem Wohnzimmer kleben an allen drei Scheiben die Umrisse von großen schwarzen Raubvögeln, wie man sie in Glasgebäuden verwendet, um kleinere Vögel davon abzuhalten, gegen die Scheiben zu fliegen.

Die drei Vögel sind von außen aufgeklebt, in einer Reihe, exakt dreimal auf derselben Höhe. Sie blicken in dieselbe Richtung und haben zusammen mit der Tatsache, dass weder ich noch Jens wissen, wer sie dort angebracht hat, etwas sehr Bedrohliches.

»Was soll das?«, frage ich leise, nachdem wir eine Weile auf meinem Sofa gesessen und die schwarzen Schattenrisse angestarrt haben. »Wer macht so etwas?«

»Ich habe keine Ahnung«, antwortet Jens und sieht ehrlich ratlos aus.

»Es wird Zeit, zur Polizei zu gehen«, sage ich. »Da stalkt mich jemand!«

»Indem er dir schwarze Vögel an die Fenster klebt?« Jens schüttelt den Kopf.

Einen Moment blicken wir uns an. Jens sieht bedrückt aus.

»Vielleicht«, sagt er und schluckt, »vielleicht hat es mit der Straße zu tun?«

»Mit der Straße?« Ich sehe Jens an, als hätte er mir gerade eine Ohrfeige gegeben. »Wenn du jetzt sagst, dass es auf dem Spukpesch spukt, schmeiße ich dich raus!«

Jens sucht wieder meine Hand, die ich ihm entzogen habe, aber ich bin gerade nicht zu beruhigen.

»Nein. Natürlich spukt es hier nicht«, sagt er schnell. »Es spukt nirgends. Ich glaube nicht daran, dass es irgendwo spuken könnte.«

»Dann rede nicht solchen Unsinn!«

Wir schweigen einen Moment. Dann tut es mir plötzlich wieder leid, dass ich ihn nicht habe ausreden lassen. Ich schaue ihn an, ohne große Hoffnung, dass jetzt ein kluger Gedanke kommen könnte. »Was wolltest du sagen?«

»Der schwarze Vogel ist ein Symbol, das mir bekannt vorkommt.« Er holt sein Smartphone heraus und ruft die Seite »soetele.de« auf. »Der kommt in der alten Süchtelner Geschichte vom Spukpesch vor.« Nach zwei Klicks hat er die Unterseite mit den Süchtelner Geschichten gefunden. »Auch spukt dort ein großer schwarzer Vogel …«

»Du meinst, jemand will mir mit der Geschichte Angst machen?«, frage ich.

»Mmh«, macht Jens. »Das Holz und der Hund kommen auch vor: Wer am Spukpesch unerlaubterweise Holz sammelt, dem wird es weggenommen.«

Ich verstehe kein Wort. Ich habe doch gar kein Holz gesammelt. Das Holz war längst da, als ich eingezogen bin.

»Und hier«, fährt Jens fort, »ein Betrüger, der hier wohnte, erschien nach seinem Tode, verwandelt in einen großen schwarzen Hund mit feurigen Augen.«

Das ist ein bisschen viel Zufall. Da versucht mir jemand weiszumachen, dass an den alten Spukgeschichten etwas dran ist. Aber warum?

*

Jetzt weiß ich auch, warum der Apotheker so komisch reagiert hat, als er gesehen hat, wo ich wohne. Ich hatte ein Rezept dabei, und beim Anblick des Straßennamens machte er irgendeine Bemerkung, dass er sich hoffentlich keine Sorgen machen müsse. Schließlich sei das alles sehr lange her. Ich bin es gewohnt, dass Männer mich ansprechen und mir Komplimente machen oder mir irgendeine großartige Geschichte erzählen, in der sie die Hauptrolle spielen. Der Apotheker hatte schon beim ersten Mal einen Annäherungsversuch gestartet, als er mir die Kopfschmerztabletten mit der Bemerkung verkaufte, zusammen mit der guten Luft der Süchtelner Höhen müsste ich so bald nicht wiederkommen, was er sehr bedauern würde.

Ich tat ihm nicht den Gefallen zu fragen, was da lange her sei, warum er sich keine Sorgen machen müsse und was an meiner Adresse nicht stimme. Zu Hause hatte ich die Episode auch schon wieder vergessen. Aber jetzt fiel sie mir wieder ein.

Über den Namen der Straße, in der ich wohne, hatte ich nie nachgedacht: Am Spukpesch. Er ist mir eigentlich auch egal, die Wohnung ist schön, sie war zu haben, und Jens ist in der Nähe.

Im Internet steht nicht viel, aber was da steht, erschreckt mich: Der Name »Am Spukpesch« ist einzigartig in Deutschland. Es gibt keine Straße, die auch nur andeutungsweise einen ähnlichen Namen hat, und hier spukte es tatsächlich mal. Zumindest scheinen das die Süchtelner zu glauben. Gleich drei Gespenster sollen hier in alter Zeit ihr Unwesen getrieben haben, und sogar Geld soll hier vergraben sein. Jener reiche Mann, der das unrechtmäßig erworbene Geld versteckt haben soll, spukte angeblich als schwarzer Hund herum, des Weiteren ein schwarzer Raubvogel, der Jäger nachts vom Wildern abhielt, und eine unsichtbare Hand soll jedem, der Am Spukpesch Holz sammelte, dasselbe einfach wieder entrissen haben. Und hier wohne ich jetzt. Ein Hund hat auf meine Terrasse geschissen, drei Folienausgaben des schwarzen Vogels klebten vor ein paar Tagen an meinen Wohnzimmerscheiben, und irgendjemand war der Meinung, mir das Kaminholz hinter dem Haus wieder »wegreißen« zu müssen. Kann das Zufall sein?

In Düsseldorf hätte wohl niemand eine Straße so benannt. Die Angst vor einem Verfall der Immobilienpreise wäre zu groß gewesen, in Süchteln spielt das keine Rolle. Wenn du in die Straße Am Spukpesch ziehst, dann musst du wissen, worauf du dich einlässt. Ich hatte es nicht gewusst.

Die Straße ist nicht lang und auf eine besondere Art verkehrsberuhigt. In der Mitte hört sie nämlich auf und geht, nach ein paar Stufen für Fußgänger zu beiden Seiten, etwas höher wieder weiter. Autos kommen hier nicht durch.

Ich bin eigentlich nicht abergläubisch, es bedeutet nicht viel, dass ich doppelte Waage bin, auch wenn die Quersumme meines Geburtstages eindeutig eine neun ergibt, wie bei Jens. Nein, nur weil ich an Engel glaube, glaube ich doch nicht an Gespenster oder an Geister. Das ist kindisch.

Ich beschließe, darüber zu lachen, wie kreativ Menschen sein können, um mir Angst einzujagen. Doch das Lachen sollte mir schon ein paar Tage später vergehen.

*

Am Samstag drauf liegt meine Fußmatte verkehrt herum vor der Tür. Ihnen wäre das vielleicht egal, ich aber bin zu Tode erschrocken. Warum sollte jemand meine Fußmatte umdrehen, außer um mir einen Schrecken einzujagen, mir zu drohen, mein Leben in dieser Wohnung unmöglich zu machen? Die Fußmatte lag immer so, dass die Krone in meine Richtung zeigt, wenn ich das Haus verlasse. Schließlich brauche ich das Gefühl, die Königin zu sein, eher dann, wenn ich morgens in die Welt ziehe, als wenn ich nachts todmüde durch die Tür ins Haus falle. Sie brauchen nicht zu versuchen, mir einzureden, ich hätte mich geirrt. Jemand hat vor meiner Wohnungstür die Fußmatte umgedreht. Und bevor Sie fragen: Nein, ich habe keine Putzfrau.

Ich spüre Angst. Angst, die Kontrolle über das eigene Leben zu verlieren und keine noch so kleine Ecke in den weitläufigen Hallen des Lebens zu finden, in der ich mich sicher und geborgen fühle.

Der große Schock kommt drei Tage später. Ich war zwei Tage bei meiner Mutter in Aachen gewesen, hatte gestern, weil Freitag war, bei Jens übernachtet und wollte mich jetzt duschen und umziehen, um an den De-Witt-See zu fahren. Ich schließe meine Wohnung auf wie immer, aber gleich als ich eintrete, habe ich dieses komische Gefühl. Die Heizung ist noch an, die Rollläden habe ich nicht zugemacht, damit das Haus nicht unbewohnt aussieht, und es riecht wie immer. Trotzdem ist mir nicht wohl. Ich kontrolliere Fußmatte, Terrasse, Kellertreppe und Garten, um zu sehen, ob mir nicht wieder jemand etwas hinterlassen hat. Aber alles starrt mich in langweiliger Alltäglichkeit an.

Ich gehe nach oben, werfe meine Kleidung mit dem ganzen Schmutz der letzten Tage in den Wäschekorb und stelle mich unter die Dusche. Das heiße Wasser rieselt an mir herunter, und ich singe vor mich hin. Beruhige dich! Was für ein schöner Morgen. Ich greife mit geschlossenen Augen nach dem Shampoo – aber es ist nicht da. Ich erwische eine Flasche, die sich anders anfühlt. Ich öffne die Augen und habe die Haarspülung in der Hand. Auf einmal bin ich ganz wach, starre auf die Ablage mit meinen Waschsachen … und schreie. Ich schreie, als stünde ein Monster vor mir.

Es ist jemand hier gewesen. Auf der Ablage neben der Dusche ist alles in Unordnung und viel schlimmer: Jemand hat den Deckel von Shampoo und Spülung offen gelassen. Das war ganz sicher nicht ich.

Auch wenn ich in dieser Wohnung noch verhältnismäßig neu bin, es hat alles seine Ordnung. Bei mir hat immer alles seine Ordnung. Doch das hier hat keine Ordnung mehr, gar keine. Der Boden unter mir beginnt zu schwanken.

Ich weiß, wie meine Cremes und Tuben und Waschmittel in meinem Badezimmer stehen. Die Haarspülung und das Shampoo links, die Bodylotion in der Ecke. Nun aber stehen die Dinge in einer anderen Reihenfolge auf der gläsernen Ablage. Es muss also jemand den Schlüssel zu meinem Haus besitzen. Da fällt mir nur einer ein.

*

Jens tut mir wieder schon nach zwei Minuten leid. Wie mir immer alle leidtun. Er gibt zu, einen Schlüssel zu besitzen, aber er bestreitet, meine Wohnung betreten zu haben. Das mache er nicht ohne meine Erlaubnis, was für einen Grund er überhaupt dafür haben sollte? Er hat ja recht, aber mir fällt einfach keine andere Erklärung ein.

Seitdem habe ich noch mehr Angst. Es war jemand in meinem Bad. Im intimsten Rückzugsort, den es für mich gibt. Einbildung ausgeschlossen. Und Jens war es nicht. Ich muss zur Polizei.

Inzwischen lebe ich fast nur noch bei Jens. Es ist ein komisches Gefühl, nicht nach Hause zu können. Jens holt mir die Post, er lüftet, und wenn ich etwas aus meiner Wohnung brauche, begleitet er mich und weicht mir nicht von der Seite. Es ist schön, einen Mann wie Jens zu haben, auf den man sich verlassen kann. Im chinesischen Horoskop sind wir eng verbunden.

Auf der Polizeiwache in Viersen haben sie nicht über mich gelacht, zumindest war es für mich nicht ersichtlich. Aber ernst haben sie mich trotzdem nicht genommen. Diese Polizisten können einfach nicht glauben, dass ein Niederrheiner einem anderen Niederrheiner irgendetwas Böses antut.

Ja, ich habe dann alles angegeben und ausgefüllt und beantwortet, aber als ich wieder draußen war, fühlte ich mich schlecht. Bevor ich nicht ermordet auf der Hindenburgstraße läge, würden die nichts unternehmen, das war mir völlig klar. Süchteln ist für die in Viersen ziemlich weit weg.

Aber am selben Abend hat Jens sich verraten. Ich war gerade dabei, die Hobbydetektivin zu spielen und Indizien gegen diesen Sascha zu sammeln, als Jens scheinheilig nach den Nachbarn von gegenüber fragt. Ob ich die schon mal gesehen hätte, ob die grüßen würden und so.

Als ich dann ein bisschen gebohrt habe, warum er das denn wissen wolle, stellte sich heraus, dass die ursprünglich Interesse an meiner Wohnung hatten. Für ihre Tochter, damit sie in ihrer Nähe wohnt. Wahrscheinlich hätte ich einer Familienzusammenführung nicht im Wege stehen wollen und verzichtet. Habe ich schon gesagt, dass mir die anderen immer leidtun? Jens kennt mich, deswegen hat er nichts gesagt.

Es ist also durchaus möglich, dass schräg gegenüber zwei Menschen wohnen, die mich seit dem Tag meines Einzuges hassen. Vielleicht hatte sie der Makler in die Wohnung gelassen oder ihnen gleich den Schlüssel für ein paar Tage überlassen, damit sie sich in Ruhe umsehen können, und sie hatten sich einen Nachschlüssel gemacht. Ein Süchtelner vertraut jedem anderen Süchtelner sofort. Damit habe ich jetzt drei Verdächtige. Die Nachbarn von gegenüber, die Kerkemeyer heißen, die Hoimanns, die schon vor meinem Einzug einen Schlüssel zu meiner Wohnung hatten, um darauf aufzupassen, wenn mein Vormieter unterwegs war, und Sascha, dessen Bruder in Viersen ausgerechnet einen Schlüsseldienst besitzt. Dieses große Gemeinschaftsgefühl – jeder für jeden und so – hat eben auch seine Nachteile.

*

Nach zwei Wochen, in denen ich meine Wohnung nicht betreten habe und fast jede Nacht wach lag, beginne ich, mich über mich selbst zu ärgern. Ich habe den besten

Mann der Welt, wohne im Paradies, habe gute Aufträge als Model, bin kerngesund. Trotzdem ist mein Leben ein einziger Trümmerhaufen. Jens bringt mich zum Auto, wenn ich wegfahre, ich kaufe nur noch im knapp 20 Kilometer entfernten Mönchengladbach ein, und nachts komme ich nur zur Ruhe, wenn Jens neben mir liegt. So kann es doch nicht bleiben! Selbst wenn es einen Fluch geben sollte, so musste man dagegen doch was tun können? Ich lese gerade Bücher, wie man sein Karma verbessert.

Als ich mit Jens am Sonntagabend ein paar Kleidungsstücke holen will, der nächste Schock. Das Bild über meinem Sofa, eine Vergrößerung eines Bildes von meinem Tauchurlaub auf Bali, hängt auf dem Kopf. Das heißt, der Rahmen hängt wie immer an den zwei Bildernägeln, aber das Bild im Rahmen zeigt einen Mantarochen auf dem Rücken. Jemand hat also nicht einfach den Rahmen heruntergenommen und falsch herum wieder aufgehängt, sondern – wenn nichts Übernatürliches im Spiel ist – jemand muss den Rahmen geöffnet haben, das Bild umgedreht und dann den Rahmen wieder an die Wand gehängt haben. Da ich seit drei Tagen das Haus nicht mehr betreten habe, kann das Bild schon ebenso lange verkehrt herum da hängen. Wenn alles eine natürliche Ursache hat. Und da bin ich mir inzwischen nicht mehr so sicher.

Die erste Panikattacke kommt am Mittwochvormittag. Nicht so heftig, wie ich das schon mal hatte, aber es ist alles wieder da: Zittern, Schüttelfrost, Fieber. In meiner Not rufe ich Jens im Büro an, der sich sofort ins Auto setzt, um bei mir zu sein. Der liebe Jens. Als er kommt, weine ich hemmungslos. Was immer auch mein Stalker beabsichtigt, mein Leben hier wird nie wieder so werden wie früher. Ich werde meine Wohnung aufgeben, werde zu Jens ziehen, damit Sascha sieht, dass ich auf ewig vergeben bin, und meine Nachbarn werden mich wohl in Ruhe lassen, weil ihre Tochter endlich einziehen darf. Die wird dann auch die Kompostbenutzung erlauben. Adieu, Spukpesch! Ich gebe auf.

Allerdings nicht, ohne ... die Dinge vorher wieder ein kleines bisschen ins Lot zu bringen.

*

Auch wenn Jens diesmal nicht ganz meiner Meinung ist (nach der umgedrehten Fußmatte und dem umgedrehten Bild sieht er mich manchmal seltsam an, so als ob er an meinem Verstand zweifle), habe ich einen Plan. Ich werde meinem Stalker eine Falle stellen.

»Und wie willst du das machen?«, fragt Jens, diesmal nicht so ganz der unterstützende Allesversteher.

»Ich habe ein bisschen recherchiert«, antworte ich. »In deinem Süchteln sind nämlich schon eine ganze Menge verrückter Geschichten passiert. Sogar die Heinzelmännchen waren da. In Süchteln hießen die ›Heimännekes von Süchteln‹ und wohnten in Höhlen im Wald. Haben einem Schneider beim Nähen geholfen. Als der reich wurde und sie dafür belohnen wollte, waren sie plötzlich genauso verschwunden wie die aus Köln.«

»Und was willst du mir jetzt damit sagen?«

»Wir haben bis jetzt drei Verdächtige. Einer von ihnen spielt Süchtelner Geschichten nach, damit ich glaube, hier spuke es. Richtig?«

Jens schweigt und sieht mich liebevoll an.

»Deswegen liefere ich ihnen jetzt ein paar Geschichten. Wusstest du, dass der reiche Mann, der hier auf dem

Spukpesch angeblich um seinen verborgenen Schatz herumschleicht, mal gegen den Teufel Karten gespielt hat?«

»Nein, wusste ich nicht.«

»In einer Gaststätte, die Portenegg hieß und in der Nähe des Süchtelner Stadttores lag. Bis 1868 tauchte der betrügerische Kaufmann als Fuchs auf und schlich hier herum.«

»Ich dachte immer, du glaubst nicht an die alten Geschichten«, bemerkt Jens leicht amüsiert.

»Weißt du, warum der Heidweg heute Heidweg heißt?« Ich warte seine Antwort gar nicht ab. »Weil hier früher eine Gruppe von Menschen, die sich nicht zum Christentum bekehren lassen wollten, einen Weinberg betrieb. Eigentlich heißt die Straße Heidenweg. Du siehst, es gibt nicht nur *eine* Geschichte zu dieser Gegend. Und jeweils eine der Geschichten werde ich unseren Verdächtigen erzählen.«

*

Die erste erzähle ich am nächsten Tag den Hoimanns. Ich habe geklingelt, einfach so, wie man das am Niederrhein macht, und sie haben mich reingebeten, und wir haben was getrunken und später auch gegessen. Schnibbelkuchen! Köstlich, kann ich Ihnen sagen. Bei der Gelegenheit berichte ich, dass es bei mir spuke, und frische eine alte Geschichte noch mal auf.

Sascha treffe ich zwei Tage später. Er ist richtig verwundert, wie nett ich zu ihm bin. Ich bin zwar reserviert, aber ich entschuldige mich für meine Unfreundlichkeit. Das nimmt er gerne an. Beim Versöhnungscappuccino im Café Franken erzähle ich auch ihm dann, was hier in

Süchteln früher alles passiert ist, und vor allem, was bei mir in der Wohnung seit Wochen los ist. Er bekommt auch eine Geschichte.

Dann bietet er sich sofort an zu helfen ... Irgendwie ist dieser Sascha mir körperlich unangenehm. Doch das ist jetzt egal, ich habe einen Plan.

Die Kerkemeyers von gegenüber brauche ich gar nicht zu besuchen. Die stehen am Samstagmittag beide mit zwei jüngeren Menschen um ein Auto herum. Ich stelle mich einfach dazu. Das Auto ist neu, ich bewundere es, sie holen ein paar Bier, und nach einer Stunde bin ich noch eine Spukgeschichte los. Die können gar nicht fassen, dass hier jemand in fremde Wohnungen einsteigt, um Bilder umzudrehen, oder Holz von der Terrasse klaut. Sie wirken ehrlich betroffen, aber weiß man schon, was in der Süchtelner Seele vorgeht? Dann reden alle auf mich ein, dass es hier unmöglich spuken könne. Schließlich wohnen sie schon länger auf dem Spukpesch. Aber vielleicht sagen sie das auch nur, um mich zu beruhigen.

*

Eine Woche später. Jens kommt um 18.03 Uhr nach Hause, also ziemlich genau zwei Stunden und 19 Minuten vor dem Zeitpunkt, an dem sich mein Leben ein weiteres Mal komplett auf den Kopf stellen wird.

Er kommt also mit Aktentasche und einer riesigen, stinkenden Plastiktüte herein und setzt sich an den Tisch. Er grinst vielsagend. Ich warte ab.

»Unser kleines Problem ist gelöst!«, sagt er. »Ich weiß es!«

»Du weißt was?«, frage ich.

»Wer dich verfolgt, ängstigt, demütigt … Ich weiß, von wem die Angriffe kommen. Ich weiß, wer den Geist spielt. Du wirst aus deiner Wohnung ausziehen, und alles ist gut. Das verspreche ich dir!«

Ich gucke ihn verständnislos an, gleichzeitig bin ich misstrauisch. Ich habe Angst vor dem, was kommt, mal wieder. Jens legt die Plastiktüte mitten auf den Tisch und zieht die Tüte umständlich herunter, sodass ich sehen kann, was sich darin befindet.

»Das lag in deinem Wohnzimmer.«

Wir starren beide auf den toten Fuchs vor uns. Keiner sagt etwas. Jens wirkt siegessicher, meine Gesichtszüge werden hart. Mein Atem beschleunigt sich. Eine Panikattacke rollt von fern auf mich zu. Hier endet ein Weg, ein Versuch, eine neue Erfahrung.

»Hast du den Fuchs selbst gefunden?«, frage ich ihn.

Er schaut mich ruhig an. »Er lag auf dem Boden in deinem Wohnzimmer«, wiederholt er, als habe ich nicht richtig zugehört. »Verstehst du nicht? Das ist ein Fuchs! 1868! Erinnerst du dich? Du hast die Geschichte den Hoimanns erzählt, oder? Du hast so getan, als habe sie mit dem Spukpesch zu tun. Sie sind drauf reingefallen! Wenn du zu mir ziehst, wird alles gut!«

»Gott sei Dank«, murmle ich und bemühe mich, begeistert zu klingen. »Das wird das Beste sein!« Es ist wie ein Stich ins Herz. Ich höre Jens nur noch wie aus weiter Ferne. Er steht auf und küsst mich. Ich lächle müde. Es ist vorbei.

*

Ich habe mich wieder beruhigt. Gott sei Dank gibt es keine Gespenster. Ich war kurz davor zu glauben, dass es in meiner Straße übernatürlich zugeht. Aber Waagen bleiben skeptisch.

Jens ist gerade auf dem Weg zu mir. Ich habe dummerweise heute Abend meine Küche unter Wasser gesetzt. Er wird sich darum kümmern. So, wie er sich immer um alles kümmert. Ich hoffe nur, dass er vorher Licht macht, denn dann wird er ein bisschen unter Strom stehen. Vielleicht reicht es, um ihn zu töten. Mein Vater war Elektriker. Ich weiß, wie man das macht. Es wird niemand Fragen stellen. Der Stalker hat meinen Liebhaber aus dem Weg geräumt. Wie tragisch! Die Polizei weiß ja bereits Bescheid, dass mich jemand verfolgt.

Sollte die Falle nicht funktionieren, habe ich noch was mit Gift auf Lager. Aber vielleicht brauche ich das ja nicht.

Die Geschichten mit dem Fuchs, dem Richtplatz und dem Kartenspiel waren alle nur für Jens. Den Hoimanns habe ich ganz andere erzählt, und Sascha und der Familie von gegenüber auch. Es gibt über Süchteln viele Geschichten, die ich ein wenig »bearbeitet« habe.

Die Sache mit dem Fuchs war nur für Jens. Er war also das Gespenst. Wahrscheinlich hat er den toten Fuchs auf einer Landstraße gefunden. Die Sache mit den Spielkarten wäre einfacher gewesen.

Ich hätte meinem Beuteschema treu bleiben sollen. Jeder hat so seine Macken. Aber diese fürsorglichen Typen … Ich weiß nicht, mit den Machos in Düsseldorf war es irgendwie einfacher. Aber klüger ist man eben immer erst hinterher.

Jens ist nun schon ziemlich lange bei mir in der Wohnung. Es scheint funktioniert zu haben. Ich werde jetzt mal rübergehen und noch ein paar Einbruchspuren am Fenster anbringen. Bisher haben ja nur Süchtelner den Schlüssel zu meiner Wohnung, und Süchtelner bringen niemanden um. Dann sollte ich langsam, aber sicher die Polizei rufen. Und wissen Sie, was das Beste ist? Jens tut mir kein bisschen leid. Ich mache Fortschritte.

SCHLECHTEN MENSCHEN GEHT ES GUT

VON INA COELEN-SIMEONIDIS

»Den meisten von Ihnen ist sicher bekannt, dass wir die Entstehung des Hülser Berges, mit seinen immerhin 65 Metern Höhe, der Eiszeit zu verdanken haben. Er ist die höchste natürliche Erhebung in der Region um Krefeld.«

Ich sah in die recht interessiert wirkenden Gesichter meiner Zuhörer, bevor ich mich wieder in Bewegung setzte und meine Gruppe mir brav folgte.

Vor etwa einer knappen Stunde waren wir aus dem Schluff ausgestiegen, eine der ältesten privaten Dampfeisenbahnen Deutschlands. »Schluffen« sagt man hier bei uns am Niederrhein zu Pantoffeln. Wie ein schlurfender Pantoffel hört sich auch das zischende Geräusch der Dampflok an.

Seit 1980 fährt der Schluff wieder von Frühjahr bis Herbst die Strecke von St. Tönis bis zum Hülser Berg.

Während der Fahrt im historischen, spartanisch ausgestatteten Waggon hatte sich meine Gruppe gegenseitig kurz vorgestellt. Es war ein Paar aus Wachtendonk dabei und ein Grüppchen aus Kempen, die anderen Paare kamen wohl alle von weiter her. Wie üblich hatte ich mir keinen der Namen merken können. Aber das spielte keine

Rolle, denn nach unserem etwa dreistündigen Ausflug würde ich vermutlich keinem dieser Leute jemals wieder begegnen. Eine blonde Dame hatte eine Flasche Aufgesetzten und Plastikbecher aus den Tiefen ihrer Beuteltasche gezogen, und wegen dieser Unart hatte ich mir ihren Namen eigentlich merken wollen. Klara, Kathrin, Katja oder Karla, vielleicht war der Nachname Kaiser gewesen? Ich taufte sie, nur für mich, auf Schnapsdrossel. Es war auch egal, ich trank oder aß grundsätzlich nichts, was mir von Fremden angeboten wurde, wenn es nicht original verpackt war. »Schneewittchen-Syndrom« hatte meine Therapeutin mal gesagt. Wohlgemerkt, meine Physiotherapeutin, aber ihre Praxis besuchte ich auch schon nicht mehr.

Allerdings kam mir einer der Teilnehmer bekannt vor und ging mir seither nicht aus dem Kopf. Zuerst hatte ich gedacht, ich sei ganz nah dran, mich an ihn zu entsinnen. Aber ich kam einfach nicht drauf. Vielleicht sah er nur jemandem ähnlich, mit dem ich mal zu tun hatte. Ich zermarterte mir das Hirn, wo ich diesen mittelgroßen Mittvierziger mit Mittelscheitel im mitternachtsblauen Trenchcoat schon mal gesehen haben könnte. Unwillkürlich fröstelte mich, und ein mulmiges Gefühl ergriff Besitz von mir. Es musste in einem unangenehmen Zusammenhang gewesen sein. Vielleicht bei den gerichtlichen Auseinandersetzungen um das Erbe meiner alten Villa hier am Talring vor etwa 13 Jahren? Der verschollene Cousin zweiten Grades konnte es nicht sein. Der lag unter der Blutbuche am Ende meines fast 3.000 Quadratmeter großen Waldgrundstücks begraben.

Ich litt schon ein paar Jahrzehnte lang unter einem zunehmend schlechten Gedächtnis, was Namen und

Gesichter anging. Das war auch einer der Gründe, warum ich mich vorzeitig aus dem Schuldienst verabschiedet hatte. Könnte der Blaubemantelte einer meiner ehemaligen Schüler sein? Ich versuchte, im Vorbeigehen unauffällig sein Gesicht mit der markanten Nase zu studieren. Aber er ging zu sehr im Schatten und schien in ein Gespräch vertieft zu sein mit einem unscheinbaren Typen, den ich bestimmt noch nie gesehen hatte. Oder etwa doch?

»Was Sie da eben gesagt haben …«, störte ein hagerer Typ im grünen Lodenmantel und Jägerhutimitat auf dem Kopf meine Gedanken. »Sie haben da bestimmt einen Zahlendreher«, schnaufte er, als er mich an der Spitze der Truppe eingeholt hatte. Er baute sich neben mir auf, was ich als äußerst unangemessen empfand, denn er überragte mich um mindestens einen Kopf. Ich wich von seiner Seite, als ich eine kleine Erderhöhung erspäht hatte, auf die ich mich stellen konnte, um mit ihm auf Augenhöhe zu sein. »Ich habe gerade im Internet gelesen, dass der Hülser Berg 56 Meter hoch ist.« Wie zum Beweis hielt er sein Handy in die Luft.

Ich durchbohrte ihn förmlich mit meinem Blick. »Ich – habe – keinen – Zah – len – dre – her.« Jede einzelne Silbe betonte ich und zog das Wort »Zahlendreher« abfällig auseinander. »Wenn Sie gerne, mit Ihrem angelesenen Halbwissen aus zweifelhafter Quelle, die Führung übernehmen möchten, dann ergreifen Sie jetzt das Wort.« Oder schweigen Sie für immer, fügte ich im Geiste hinzu. Ich kniff meine Augen zusammen und verzog meine Mundwinkel zu einem künstlichen Lächeln.

Der Besserwisser errötete bis in die letzte Haarspitze, die ihm geblieben war, und zog die Schultern hoch.

Abwehrend erhob er beide Hände. »So war das nicht gemeint«, stammelte er und suchte sich wieder einen Platz neben seiner Frau.

Ich holte mehrmals tief Luft, bis mein Ärger verflogen war, und fuhr fort: »Kapuziner und Inrather Berg sind zwar beide höher, aber hierbei handelt es sich um ehemalige Schutt- beziehungsweise Müllkippen.« Ich machte eine Pause, um diese Widerwärtigkeit wirken zu lassen. Gleichzeitig bedachte ich die kleine Dicke mit der wuseligen Blondfrisur mit einem scharfen Blick, der sie veranlasste, das dezent fallen gelassene Papiertuch wieder aufzuheben und in der Tasche ihres anscheinend selbst gefilzten lila Umhangs verschwinden zu lassen. Sie wandte sich ihrem Ehemann zu, als ob sie Schutz suchen wollte, aber der war damit beschäftigt, seine Brillengläser mit dem Ärmel seines tarnfarbenen Jankers zu putzen.

Seit meiner Frühpensionierung als Chemie- und Biologielehrerin am Gymnasium machte ich Führungen im Hülser Bruch und rund um den Hülser Berg. Noch niemand aus meinen Gruppen hatte es in meinem Beisein jemals gewagt, Müll auf die Wege zu werfen oder der Natur auch nur einen Grashalm zu krümmen.

Ich achtete immer darauf, dass meine Gruppen nicht zu groß waren. Zum einen hatte ich keine Lust, ständig zu warten, bis auch der Letzte der Fraktion sich eingefunden hatte, zum anderen wollte ich nicht durch den Wald schreien und Tiere und Natur mit Lärm belästigen. Ein Dutzend Personen, meist sechs Paare, konnte ich gut im Blick und in Schach halten. Ich war dann die Nummer 13, und daran hatte ich einen Mordsspaß. Es hatte bisher kaum eine Führung gegeben, bei der nicht irgendein abergläubischer Hasenfuß besorgt darauf hingewiesen hätte. »Sie fürchten also, wir werden jetzt vom Pech verfolgt?«, scherzte ich dann gerne, »na wunderbar, dann sind wir ja 14.«

Ich machte eine entsprechende Handbewegung und meine 12-köpfige Truppe setzte sich wieder in Bewegung. Das Umweltzentrum auf dem Gelände der ehemaligen Zementwarenfabrik war eine unserer Stationen gewesen, und ich hatte auf deren organisierte Kräuterwanderungen aufmerksam gemacht.

Nun folgten wir weiter dem Wanderweg, der uns durch das Hülser Bruch und dann zum Hülser Berg führte, vorbei am Rotwild- und am Wildschweingehege. Schließlich würden wir am Johannisturm ankommen, und es wäre noch Zeit genug, in der Bergschänke einzukehren.

Ich warf einen Blick durch die dichten Baumkronen der Lärchen und Eichen, deren Blätter sich schon zaghaft verfärbten, hinauf in den kaum bewölkten hellblauen Himmel dieses herrlichen Herbsttages. Kurz schloss ich die Augen und sog die frische Luft ein. Doch, man konnte den Herbst schon riechen, ein bisschen modrig, leicht muffig, eine sanfte Note von Verwesung, ein Hauch von Tod.

Ich spürte einen kalten Luftzug und riss die Augen wieder auf. Der rätselhafte Mittvierziger stand direkt vor mir und starrte mich an. Diese Nase, die dunkelblauen Augen, das energische Kinn, warum zum Teufel konnte ich mich nicht erinnern? Er sah mir geradezu unverschämt direkt ins Gesicht, als versuche er zu ergründen, ob bei mir der Groschen schon gefallen war.

»Alles in Ordnung?«, fragte er von oben herab, denn er war ein ganzes Stück größer als ich. Diese Stimme kannte ich, da war ich mir sicher. Eine Antwort blieb ich ihm schuldig.

»Die Natur schenkt auch immer wieder Leben«, sinnierte eine der älteren Damen, die genau wie ihre drei etwa gleichaltrigen Begleiterinnen ein auffällig pinkfarbenes Schaltuch trug.

»Wir sind die letzten Überlebenden eines Kegelklubs aus Kempen«, hatten sie sich gut gelaunt vorgestellt. An keinen ihrer Namen konnte ich mich entsinnen. Andrea, Gabi, Gisela, Ulrike, wie heißt man für gewöhnlich, wenn man weiblich und zwischen 50 und 60 Jahre alt ist?

»Der Tod gehört zum Leben dazu«, nickte eine der vier, sah sich zu mir um, zwinkerte mir zu und hakte sich bei ihrer Kollegin unter. Kannte die mich auch? Eine ehemalige Schülerin, die ich hatte durchs Abitur rasseln lassen und die mir jetzt zeigen wollte, dass doch noch etwas aus ihr geworden war? Unsinn, die Kegelschwestern waren fast in meinem Alter. Also, dann vielleicht eine ehemalige Kollegin, der ich das Leben schwer gemacht hatte?

Ich versuchte, meine negativen Gedanken wegzuatmen und mich wieder auf die Natur zu konzentrieren. So machte ich meine Gruppe darauf aufmerksam, dass weder Moose noch Heidekraut ausgegraben und mitgenommen werden dürften und dass es hier Pflanzen gäbe, die unter Naturschutz stünden und vom Aussterben bedroht wären.

Die Eremitenquelle ließ ich heute unerwähnt. Seit Jahren war die Quelle trocken, und ich hatte jetzt einfach keinen Bock auf despektierliche Bemerkungen.

Eine Zeit lang hatte ich als Souvenir für Wanderfreunde Wasser in dekorativen grünlichen Glasfläschchen mit Bügelverschluss angeboten. Bis man mir das untersagt hatte. Das war natürlich lächerlich, denn auf den Etiketten, die ich aus Büttenpapier in Rautenform ausgeschnitten und mit kalligrafischen Buchstaben beschriftet hatte, stand lediglich: »Grüße vom Hülser Berg« oder »Ein Gruß vom Krefelder Sprudel«. Jeder Abendschüler wusste ja wohl, dass hier schon lange nichts mehr sprudelte. Also keine Spur von Etikettenschwindel, wessen mich meine neidische Nachbarin seinerzeit bezichtigte, weil ich eine sprudelnde Einnahmequelle gefunden hatte und sie sich schwarzärgerte, dass es nicht ihre Idee gewesen war. Streng genommen war es ihre Idee gewesen, aber ich war eben kreativer und schneller in der Umsetzung.

Der Besserwisser im grünen Lodenmantel mit seinem lächerlich wirkenden Jägerhütchen versuchte keuchend, mich einzuholen. Hatte der immer noch nicht verstanden, dass ich hier den Ton angab?

»Die Tonkuhlen«, japste er, »Sie müssen noch erwähnen, dass Hülser Töpfer hier Ton abgebaut haben.« Es gelang ihm kaum, mit mir Schritt zu halten, registrierte ich amüsiert, dabei war die leichte Anhöhe, die wir erklommen, wirklich nicht der Rede wert.

»Sonst glauben die anderen noch, das wären Bombenkrater aus dem Krieg«, insistierte er.

Ich blieb so abrupt stehen, dass der Schlaumeier mich fast gerempelt hätte, strauchelte und beinahe in eins der Erdlöcher abgerutscht wäre.

»Sie alle haben bestimmt schon gehört …«, ich konnte mir einen bösen Seitenblick auf den Besserwisser nicht verkneifen, »… oder bei Wikipedia gelesen, dass diese Erdvertiefungen von etwa 10 bis 20 Metern Durchmesser, die sich hier überall befinden, Tonkuhlen genannt werden. Vom 17. bis zum 19. Jahrhundert war Hüls eines der bedeutendsten Pottbäckerdörfer am Niederrhein. Aus dem lehmhaltigen Boden des Hülser Berges wurden Dachziegel für die ganze Region hergestellt.«

»Ja, genau, daran erinnert heute noch der Pottbäcker-Markt, der immer im Mai in Krefeld stattfindet«, ereiferte sich die blonde Schnapsdrossel. »Erwin, da waren wir doch auch mal. Da haben wir für deine Mutter so eine hübsche Keramikflasche erstanden, die man auch als Vase benutzen konnte. Weißt du nicht mehr?« Die Drossel zog ihren Erwin am Arm, aber auch das schien seinem Gedächtnis nicht auf die Sprünge zu helfen. »Da, wo Keramiker aus ganz Deutschland ausstellten oder von noch weiter her.«

Ihr Gatte ließ ein Grunzen hören, aber er schien offenbar nicht die geringste Erinnerung zu haben. Schön, noch einer, dem es erging wie mir mit Namen und Gesichtern.

»Hier sind doch auch mal Knochen gefunden worden«, meldete er sich unerwartet zu Wort. »Knochen von Toten, meine ich.« Er riss die Augen auf, hielt seine Hände in die Höhe und zog die Schultern nebst Janker hoch, bis er eine gewisse Ähnlichkeit mit dem Glöckner von Notre-Dame hatte.

»Sie lesen zu viel Krimis«, warf der Unscheinbare ein, der sich so lange und intensiv mit dem rätselhaften Mann im mitternachtsblauen Mantel unterhalten hatte. Letzterer machte eine auffordernde Handbewegung in meine Richtung als Zeichen, dass ich das Wort wieder übernehmen sollte. Ich schenkte ihm ein Lächeln, um auszuloten, ob er mir wohlgesonnen war. Leider konnte ich keine Reaktion erkennen, die ich irgendwie hätte deuten können.

»Am östlichen Hang wurden Pfeilspitzen und Feuersteinartefakte gefunden, das waren überwiegend Funde aus der Mittleren Steinzeit«, referierte ich. »Wer daran Interesse hat, kann diese mesolithischen Funde im Museum der Burg Linn besichtigen.«

Ich wandte mich um, zeigte auf den Waldweg und setzte mich wieder in Bewegung. Zu lange wollte ich mich hier nicht aufhalten, ich musste meinen Zeitplan einhalten.

»Die Reste eines Keltenlagers wurden hier doch auch gefunden«, rief die Schnapsdrossel hinter mir her.

»Das hat die Dame doch gerade schon erzählt«, sagte irgendeine männliche Stimme in meinem Rücken und ließ mich erschaudern. Von so viel Unbildung lief es mir kalt den Rücken hinunter. Unwillig blieb ich stehen, atmete tief durch und wandte mich meiner Gruppe zu. Die Kegelschwestern aus Kempen tuschelten. Die Wuselfrisur ließ etwas in ihrer Handtasche verschwinden, ihr Mann hielt seine Hände hinter dem Rücken, als würde er etwas verstecken. Das unscheinbare grauhaarige Paar, das bisher nicht weiter auffällig geworden war, stand etwas abseits und schien misstrauisch zu mir herüberzuschauen. Mein mittelgroßer, mir immer noch Unbekannter im mitternachtsblauen Trenchcoat sah mich aus zusammengekniffenen Augen an. Beobachtete er mich etwa? Was passierte da hinter mir, wenn ich mich von der Gruppe abwandte? Plötzlich fühlte ich mich wie damals, als ich vorne an der Tafel stand und die Schüler hinter meinem Rücken etwas ausheckten. Aber ich war ihnen immer überlegen gewesen. Mir hatten sie nichts anhaben können, schließlich hatte ich stets am längeren Hebel gesessen.

»Die Kelten sind eine Volksgruppe, die während der Eisenzeit lebten und eine ausgeprägte Kultur und hochentwickelte soziale Strukturen hatten.« Ich konnte es mir nicht verkneifen, die Teilnehmer meiner Gruppe zu belehren. »Es ist durchaus richtig, dass hier am Hülser Berg Brandstätten und Werkzeuge keltischen Ursprungs gefunden wurden. Es ist durchaus möglich, dass auch der ein oder andere Knochen gefunden wurde.« Ich bedachte den Besserwisser mit einem falschen Lächeln. »Den dann vermutlich irgendein Hund hier verscharrt hatte.« Ich drehte mich jäh um und folgte weiter meinem Weg. Eine Zeit lang genoss ich es einfach, zu schweigen und gedankenversunken vor mich hinzugehen. Nur vereinzelt kamen uns Spaziergänger entgegen. Hin und wieder hörte man Vogelgezwitscher und entferntes Hundegebell. Ab und zu schaute ich hoch in die Bäume, an deren Stämmen an einigen Stellen hölzerne Gnome befestigt waren, die ein Krefelder Künstler in Anlehnung an die Erdmännchen geschaffen hatte, die hier gehaust haben sollen. Wie üblich würde ich nicht auf diese Figuren hinweisen, denn ich konnte nicht glaubhaft erklären, warum Zwerge, die Erdmännchen genannt wurden, bei uns in den Bäumen herumzuturnen schienen.

Ich versuchte, unauffällig einen Blick über meine Schulter zu werfen, um zu sehen, ob meine Gruppe noch geschlossen hinter mir her trabte. Alsbald kamen wir an eine Lichtung. Ich blieb stehen und wartete bis alle aufgeschlossen hatten.

»Aha, wieder Zeit für einen Vortrag«, bemerkte der Brillenträger in Tarnfarbe. Ich strafte ihn mit Missachtung.

»Wo Sie gerade Erdmännchen sagen«, lächelte ich ironisch. »Früher wurde die grasbewachsene Kuppe des Hülser Berges von den umliegenden Bauern als Gemeinschaftsweide genutzt. Zu der Zeit entstand wohl auch die

Sage der Hülser Erdmännchen. Die lebten hier etwa an der Stelle, wo heute der Aussichtsturm steht, und sorgten dafür, dass die Felder der Bauern fruchtbar waren.«

»Genau, und als einmal der Rhein über die Ufer getreten war«, ergänzte eine der Kegelschwestern euphorisch, »haben die Erdmännchen in nur einer Nacht breite Gräben gezogen, durch die das Wasser abfließen konnte.«

»So sind die Niepkuhlen entstanden«, stimmte ihre Kollegin wohlwollend zu. »Und wenn die Bauern Roggen und Weizen gemäht hatten, haben die Erdmännchen nachts gedroschen, und am anderen Morgen lagen Stroh und Korn getrennt in den Scheunen. Dafür haben sich die Hülser Bauern bei den Erdmännchen mit Brot und anderen Backwaren bedankt.« Eine der rosabetuchten Kegelschwestern lächelte gerührt. »Bei solchen Geschichten steigt mir immer das Pipi in die Augen«, schniefte sie und tupfte sich mit einem Papiertaschentuch übers Gesicht. Das war ja vorbildlich, die Damen hatten sich offensichtlich auf meine Führung vorbereitet, stellte ich zufrieden fest.

Der Besserwisser schüttelte den Kopf und korrigierte den Sitz seines Jägerhütchens. »Das Einzige, das an der Geschichte stimmt, ist, dass die Niepkuhlen die Überreste eines alten Rheinarmes sind.«

Die dralle, gut erhaltene Dame um die 50 meldete sich zaghaft zu Wort: »Bei uns in Wachtendonk hießen die Herdmännchen. Man sagt, sie hätten unter dem Rathaus gelebt. Es gab damals einen großen Kupferkessel, den tagsüber die Bürger von Wachtendonk benutzten. Abends stellten sie ihn blank gewischt vor das Rathaus, sodass die Herdmännchen ihn ebenfalls benutzen konnten.«

»Nette Geschichte«, murmelte der Besserwisser und nickte vor sich hin wie ein Wackeldackel auf einer Heckablage.

Eine der Kegelschwestern räusperte sich energisch, wobei ihre dauergewellten Löckchen wippten. »Das muss ich korrigieren: Der Kupferkessel gehörte den Herdmännchen, und diese überließen den Kessel so lange den Bürgern von Wachtendonk, bis ihn eines Tages ein Bürger als Nachttopf benutzt hatte.« Sie hob das Kinn und sah das Paar aus Wachtendonk herausfordernd an.

Die Luft schien mit einem Mal zu knistern. Irgendwo krächzte ein Vogel, vielleicht eine Krähe? Schließlich fuhr eine ihrer Kegelschwestern fort: »Aus Rache haben die Herdmännchen fortan jede Nacht alles Getreide aus seinem Haus geholt. Der Mann wiederum hat dann Erbsen auf seine Treppe gestreut, sodass einige der Herdmännchen ausglitten und die Treppe hinunterfielen.«

»Ja, so kenne ich die Geschichte auch«, nickte eine weitere Kegelschwester, lockerte ihr Halstuch und ergänzte: »Die anderen Herdmännchen haben dem Mann nach und nach alles aus dem Haus getragen, was er hatte, sodass er verarmt starb.« Sie sah sich zufrieden zu ihren Freundinnen um. Ich sah den Besserwisser scharf an, als wäre er ein direkter Nachkomme des Unholdes aus Wachtendonk. Er schaute betreten zu Boden.

»Dann ist der Gerechtigkeit ja genüge getan, und wir können wieder im Hier und Jetzt weitermachen.« Ich wollte mit meiner Führung fortfahren, als mich eine der Kegelschwestern am Ärmel zupfte.

»Damit ist die Geschichte aber noch nicht zu Ende«, stellte sie fest. »Ich bin nämlich gebürtig aus Hüls und kenne die Sage.« Inzwischen waren die vier Freundinnen aus Kempen zusammengerückt. Das Ehepaar aus Wachtendonk sah gespannt zu ihnen hinüber. Die blonde Wuselfrisur und ihr Gatte hatten sich leicht abgewandt, beobachteten die Szene aber genau. Das Pärchen, das ganz in Grautöne gewandet war, hatte den Begleiter des rätselhaften Mittvierzigers angesprochen, als wollten sie demonstrieren, dass sie sich in den Heinzelmann-Streit der Wachtendonker und Kempener nicht einmischen, geschweige denn Partei ergreifen würden.

Der mir unbekannte Mann in Mitternachtsblau war aus meinem Gesichtskreis verschwunden.

»Eines Tages wurde nämlich in Wachtendonk das Morgen-, Mittag- und Abendläuten eingeführt«, ergriff die resolute Kegelschwester wieder das Wort. »Diesen Lärm konnten die Herdmännchen nicht ertragen. So wurden sie aus Wachtendonk vertrieben und flohen ins Kempener Land. Unter dem Hülser Berg fanden sie Asyl, und solange sie hier lebten, hatten die umliegenden Bauern gute Ernten.«

Die Kegelschwestern aus Kempen bestätigten sich gegenseitig ihre Geschichte. Der Besserwisser aus Wachtendonk sah hilfesuchend zu seiner Frau, die in ihrer Handtasche kramte, als könne sie dort Belege finden, dass alles ganz anders gewesen war.

»Wo sind eure Asylanten-Erdmännchen denn geblieben?«, wollte der Wachtendonker sich und seine Mitbürger in ein anderes Licht rücken. »Vermutlich ja wohl alle tot.«

Ein älteres Paar mit Hund passierte unsere Gruppe schnellen Schrittes, schaute aber neugierig zu uns herüber.

»Dann wollen wir uns jetzt mal wieder den Lebenden zuwenden«, versuchte ich überzuleiten und ärgerte mich sofort über meine denkbar unglückliche Formulierung. Auch der Namensgeber des Johannisturms war ja schon über 100 Jahre tot. Ich deutete auf den Aussichtsturm, der sich mit immerhin 25 Metern Höhe in den Himmel zu schrauben schien.

»Dieser Turm wurde 1973 erbaut, denn sein Vorgänger war nach dem Zweiten Weltkrieg demontiert worden«, begann ich im Bestreben, die Aufmerksamkeit meiner Gruppe wiederzugewinnen. Die Kempener Kegelschwestern scharten sich zögernd um mich, und auch der Rest der Truppe trat schließlich näher heran.

»Der erfolgreiche Seidenhändler Johannes Junker war ein echter Naturfreund. Er hat den Hülser Berg und ab 1884 nach und nach immer mehr Land dazugekauft und aufgeforstet und schließlich den Hülser Berg in seiner jetzigen Form der Stadt Krefeld für ihre Bürger geschenkt«, fuhr ich mit meinem Vortrag fort, zufrieden, dass ich die Situation wieder im Griff hatte. Ich hätte diesen Exkurs über die Wachtendonker Zwergen-Geschichte nicht durchgehen lassen dürfen. Das war mir nur passiert, weil mich der Typ im mitternachtsblauen Trenchcoat so irritierte, dass ich abgelenkt war und mich nicht konzentrieren konnte. Aber jetzt musste ich mich an den Zeitplan halten und mein Programm zügig abspulen, ermahnte ich mich.

»Vor etwas mehr als zwölf Jahren hat das Grünflächenamt in Zusammenarbeit mit der Krefelder Justiz unweit des Aussichtsturms wieder Heide anpflanzen lassen. Dem Hülser Berg sollte etwas von seiner Ursprünglichkeit wiedergegeben werden«, dozierte ich. »Straffällig gewordene Jugendliche wurden unter dem Motto ›Umweltschutz statt Knast‹ damit betraut, eine Fläche von etwa

7.000 Quadratmetern von Bäumen und wilden Brombeeren zu befreien.«

»Na, das Projekt ist ja wohl gründlich in die Hose gegangen«, konstatierte der Mittvierziger und wies auf den Baumbestand rundum. Ich blickte ihn scharf an, von dem wollte ich mich nicht mehr aus dem Konzept bringen lassen.

»Das ist natürlich unglaublich viel Arbeit, denn die Bäume setzen sich ja quasi von selbst wieder«, sinnierte eine der beiden Grauhaarigen, die ich nun etwas genauer in Augenschein nahm. Sie war bei Weitem nicht so alt, wie ich sie ursprünglich geschätzt hätte, denn ihre Stimme klang jung und ihre Haut war glatt, sodass ich zu dem Schluss kam, dass sie nicht älter als Mitte 30 sein könnte. Die grauen Haare waren anscheinend gefärbt, ein Modetrend, dem ich nichts abgewinnen konnte.

»Man muss die Fläche ständig im Auge behalten und sie pflegen, sonst gewinnt der Wald immer wieder die Oberhand«, setzte sie ihre Ausführungen fort. Diese Stimme kannte ich auch, und die Gestik kam mir bekannt vor. War sie vielleicht bei einem meiner zahlreichen Gerichtsprozesse dabei gewesen? Eine Zeugin oder Anwältin der Gegenseite? Ach, Unsinn, und wenn schon. Nun nahm ich ihre Begleitung näher in Augenschein, kurze graublonde Haare, herbe Gesichtszüge, aber trotz der männlich wirkenden Kleidung schien es sich bei genauerer Betrachtung um eine Frau zu handeln. Ich ließ meine Blicke von einer zur anderen schweifen und war mir plötzlich sicher, ihnen schon mal begegnet zu sein. Vom Alter her war es durchaus möglich, dass es sich um ehemalige Schülerinnen handelte. Warum nahmen sie an einer meiner Führungen teil? Was wollten die von mir? Ging es um Rache? Dann hätten sie auch einfach an meiner Tür klingeln können. Nach dem plötzlichen Tod meines Mannes wohnte ich alleine in meinem Waldhaus. Sie hätten mich leicht überwältigen können. Vielleicht hatten sie ja schon mal vor meiner Tür gestanden und ich war nicht zu Hause gewesen? Oder sie hatten sich von dem Schild am Tor abschrecken lassen, auf dem ein Dobermann abgebildet war. Darunter stand in Serifenschrift: »Gibt es ein Leben nach dem Tod? Betreten Sie dieses Grundstück und finden Sie es heraus!«

Ich kramte in meinem schlechten Gedächtnis und ärgerte mich, dass ich so gar keine Erinnerung hatte, woher ich die beiden kennen könnte.

Ein Hund bellte, und ich wurde unvermittelt aus meinen Gedanken gerissen. Die Gruppe stand im engen Kreis um mich herum. Was wollten die von mir? Oder warteten sie nur darauf, dass ich mit meinem Vortrag weitermachte? Ich räusperte mich und fuhr mit belegter Stimme fort. »Johannes Junkers baute auf eigene Kosten ein Waldhaus, das wir jetzt als Bergschänke kennen.« Ich hüstelte und war bemüht, meiner Stimme Festigkeit zu geben. »Auch den ersten Aussichtsturm aus Holz ließ der Naturfreund und Gründer des Krefelder Wanderbundes errichten. Der wurde allerdings schon nach kurzer Zeit von einem Sturm zerstört.«

Das Kreischen von Kindern drang vom nahe gelegenen Spielplatz zu uns herüber. Jetzt fiel mir auf, dass die vier Kegelschwestern sich schon von uns entfernt und die erste Plattform des Aussichtsturms erklommen hatten. Eine Frechheit, dass sie nicht gewartet hatten, bis ich mit meinen Ausführungen fertig war. Nun entfernten sich auch die beiden grauhaarigen Frauen, gefolgt von Besserwisser und Schnapsdrossel. Ich schüttelte fassungslos den Kopf, das war mir noch nie passiert.

»Dann schlage ich mal vor, dass alle, die den Ehrgeiz haben, die 300 Stufen …« Waren es 300 Stufen oder verwechselte ich da gerade etwas? Unsicher fuhr ich mit dünner werdender Stimme fort: »… einen faszinierenden Blick von dort oben auf Krefeld, die Vororte und die umgebende Landschaft zu werfen …«, weiter kam ich nicht.

Der mir immer noch fremde Mann im mitternachtsblauen Mantel und sein unscheinbarer Begleiter hakten mich rechts und links unter und zogen mich zum Sockel des Turmes.

Das wäre gar nicht nötig gewesen, denn ich ließ es mir niemals nehmen, den Turm bis zur obersten Plattform hochzusteigen.

Auf einmal fand ich mich auf der obersten Ebene wieder, umringt von den Teilnehmern meiner Exkursion. Ich fühlte mich unwohl, sie standen viel zu dicht. Sie bedrängten mich geradezu. Ein schauriges Gefühl ergriff von mir Besitz, ich hatte Angst. Sogar ein Schweißfilm bildete sich auf meiner Stirn. Als ich etwas sagen wollte, versagte meine Stimme. Ich räusperte mich, aber ich bekam keinen Ton heraus. Die vier Kegelschwestern sahen mich finster an, wie mir schien. Der Schlaumeier aus Wachtendonk hatte sein Gesicht zu einer unfreundlichen Fratze verzogen. Die beiden Grauhaarigen traten unvermittelt vor. Sie kamen mir viel zu nahe, aber ich konnte nicht zurückweichen. Im Rücken spürte ich das kalte Metall der Brüstung. Da erkannte ich, dass die eine etwas in der Hand hielt. Ein Messer, dessen Klinge in der Sonne blinkte. Ich blinzelte mit den Augen, weil ich glaubte, die Szene nur noch verschwommen wahrzunehmen. Was geschah hier gerade?

»Na, erinnerst du dich? Ist es dir wieder eingefallen, was du uns angetan hast?« Die Klinge blitzte, und ich riss einen Arm hoch, um das Messer abzuwehren. Da verspürte ich auch schon einen stechenden Schmerz.

»Das ist für all die ungerechten Noten, dafür, dass du uns bloßgestellt und durchs Abitur hast fallen lassen.« Schon spürte ich einen weiteren Stich. Ich schnappte nach Luft und taumelte vorwärts, die beiden ließen von mir ab. Plötzlich stand die Blonde dicht vor mir. Ihr Blick war hasserfüllt. Ich sah das Messer in ihrer erhobenen Hand und wusste nicht, was geschah.

»Das ist für meine Freundin Gabi, die du so lange gequält und gemobbt hast, bis sie so verzweifelt war, dass sie von der Rheinbrücke gesprungen ist.«

Die Messerspitze drang in meine Brust ein. Ich wollte schreien. Aber ich bekam keinen Ton heraus.

»Nimm das hier für meine Mutter, die du jahrelang drangsaliert hast, als du Mieterin in ihrem Haus warst. Bis sie dir ihr Elternhaus aus Verzweiflung viel zu billig verkauft hat, um endlich Ruhe vor dir zu haben.« Ein weiterer Stich traf mich in der Magengegend, ich krümmte mich vor Schmerz.

»Und das ist für meinen Bruder, den du auf dem Gewissen hast.«

Wer hatte das gesagt? War das der Mann im blauen Trenchcoat, war er doch der Bruder von … Weiter konnte ich nicht denken, schon wieder traf mich ein Messerstich. Und direkt danach noch einer. Das rosafarbene Schaltuch von einer der Kegelschwestern nahm mir die Sicht auf meine Peiniger.

»Und das ist für meine Schwester, die nicht in Frieden leben konnte, solange du Hexe ihre Nachbarin warst. Für all die Prozesse, die sie gegen dich führen musste, bis ihr Geld weg war.«

Ein Stich traf mich an der Schulter und warf mich zurück. Ich taumelte gegen das Geländer. Fremde Hände hielten mich fest. Und wieder stach jemand zu.

»Das ist für meinen Vater, den du ausgenutzt und dessen Geld du dir unter den Nagel gerissen hast. Du bist an seinem viel zu frühen Tod schuld.«

»Nimm das für unsere Kollegin, die du verleumdet und über die du Gerüchte verbreitet hast. Die wegen dir tablettensüchtig geworden ist und nur noch vor sich hinvegetiert.«

Wieder traf mich die scharfe Klinge und sofort danach ein weiteres Mal.

»Das ist für meinen Papa, den du in den Tod getrieben hast.«

»Und nimm das für meinen Hans. Du warst die Letzte, die ihn lebend gesehen hat. Ich bin sicher, dass du ihn auf dem Gewissen hast. Er war plötzlich verschwunden und ist nie wiederaufgetaucht. Und du hast das Haus geerbt, das ihm zugestanden hätte.« Ich versuchte, mich mit einer Hand am Geländer festzuhalten, aber plötzlich wurde ich ganz leicht. Und dann hatte ich das Gefühl zu fliegen. Nein, ich fiel. Ich fiel 25 Meter tief. Ich fiel und erinnerte mich. An zwei Schülerinnen, die lesbisch waren, aber gar nicht dumm, denen ich Fehler anstrich, die sie gar nicht gemacht hatten, und die bei mir auf keinen grünen Zweig kamen. Ich erinnerte mich an meine Kollegin Gabi, die ich niedermachte, bis sie heulte, die viel zu sensibel war für den Job und die ich gemobbt hatte, obwohl es diesen

Ausdruck damals noch gar nicht gab. An Frau Kramer, bei der ich mich ständig beschwerte, ihre Abrechnungen nicht akzeptierte und die Nebenkosten nicht zahlte. Bei der ich zu jeder Tages- und Nachtzeit klingelte, Räucherstäbchen im Hausflur ansteckte, Müll vor ihre Wohnungstür stellte, Dinge aus ihrer Wohnung verschwinden ließ. Ich fiel. Ich fiel und wunderte mich, dass 25 Meter so hoch sein konnten. Ich fiel und erinnerte mich an all die Menschen, die ich verachtet und drangsaliert hatte, einfach weil ich es konnte. Weil ich nicht zu den Schwachen gehören wollte, weil ich mir immer genommen hatte, was ich wollte. »Hilf dir selbst, sonst hilft dir keiner.« So hatte ich das gelernt. Das hatte mir mein Vater eingebläut. Ich hatte nie nett sein wollen. Zu mir war auch niemand nett gewesen. Ich hatte für alles kämpfen müssen, und ich hatte immer gewonnen. Ich erinnerte mich, dass meine Mutter stets gesagt hatte: »Schlechten Menschen geht es gut.«

Unvermittelt schlug ich hart auf. Ich war schweißgebadet. Ich hatte Schmerzen. Aber ich war nicht tot. Meine Arme taten mir weh und meine Schulter. Brust, Bauch und Arme juckten stark und intuitiv kratzte ich an den brennenden Stellen. Ich öffnete die Augen, um zu sehen, ob meine Gliedmaßen irgendwie unnatürlich verbogen waren. Ich betrachtete meine Hände und sah Blut. Nur sehr wenig Blut. Dann erkannte ich, dass mein Körper mit Mückenstichen übersäht war. Ich lachte, aufgekratzte Mückenstiche! Und dann erst nahm ich wahr, dass ich neben meinem Bett lag. Und schließlich erinnerte ich mich an meinen Traum. An meinen Albtraum, der immer wiederkam.

*

Der Hülser Berg ist nicht nur die höchste natürliche Erhebung im Umland der Stadt Krefeld, um ihn ranken sich Sagen und Legenden. Es wurden unter anderem Überreste eines Keltenlagers gefunden, und von 1600 bis 1800 gab es die Hinrichtungsstätte, den sogenannten Galgenberg, wo auch vermeintliche Hexen umgebracht wurden.

In dieser Geschichte steht der Hülser Berg als Sinnbild für die Protagonistin, die durchaus hexenartige Züge hat und sich auch über andere erhebt und sie richtet.

AUS DER TIEFE DES RAUMES ODER: ICH WILL DICH STERBEN SEHEN

VON VOLKER BLEECK

Am 3. Februar 2021 erscheint in der »Süddeutschen Zeitung« ein Artikel über einen Besuch der Journalistin Catrin Lorch beim Rheydter Künstler Gregor Schneider. Unter der Überschrift »Zum Sterben schön« schreibt sie über Schneiders Kunst, vor allem über sein »Haus u r« in der Unterheydener Straße 12 in Rheydt, das sie »eines der einflussreichsten und monumentalsten Werke der deutschen Nachkriegskunst« nennt. Lorchs Artikel beginnt damit, dass jemand, vermutlich ein Drogenabhängiger, in das Haus in der Unterheydener Straße eingebrochen sei, ohne zu wissen, in welch bedeutsamem Kunstwerk er sich befinde. 2001 hatte Gregor Schneider Räume seines Elternhauses im deutschen Pavillon auf der Biennale in Venedig als »Totes Haus u r« aufgebaut, mit allen in sich verschachtelten Zimmern, Gängen, falschen Türen, zugemauerten Fenstern. Dafür hatte er den »Goldenen Löwen« der Biennale bekommen.

*

Irgendwie hatte Kappes heute kein Glück. Und dann kam auch noch Pech dazu. Pech war Mitte/Ende 30, vielleicht älter, vielleicht jünger, so genau konnte das keiner sagen. Eher klein als groß, hatte pechschwarzes Haar, natürlich, und trug immer eine schwarze Windjacke mit einem grünen Streifen an Ärmeln und Bündchen. Das sei seine Borussia-Jacke, sagte er immer, dabei wusste nicht nur Kappes, dass Pech die Jacke »vom Kik« hatte, wie man hier sagte. Und die verkauften ganz bestimmt keine Borussia-Jacken für 5,99 Euro.

Alle nannten ihn Pech, inzwischen sogar er selbst. Das lag zum einen daran, dass niemand sich seinen richtigen Namen merken konnte. Und nach einigen Unglücksaktionen blieb der Name Pech an ihm kleben wie, nun ja, wie Pech eben.

Kappes hatte eine Rainer-Bonhof-Jacke gehabt, die gab es tatsächlich mal für die Fans von Borussia Mönchengladbach, in den 80ern musste das gewesen sein. Sie war aus plastikhaftem, seidig-schwarzem Kunststoff und hatte, so wie es richtig war, einen grünen und einen weißen Streifen an den Ärmeln und am Bündchen. Kappes hatte sie damals in den Rheinischen Wollwerken gefunden, wo er sich oft rumtrieb, bei Trödel-Günther, wie alle den Typ nur nannten, der auf dem Gelände der ehemaligen Textilfabrik an der Odenkirchener Straße in Rheydt eine Art ständigen Flohmarkt betrieb. Ehemalige Textilfabriken gab es im Großraum Mönchengladbach einige.

Im selben Gebäudekomplex befanden sich auch ein paar Proberäume, ab und zu standen die Musiker, fast ausschließlich Männer, zwischen Trödel-Günthers schiefen Regalen, blätterten in alten Comic-Heften, Taschenbüchern, Autogrammkarten und Schallplatten oder kauften dem immer missmutigen Betreiber einen überdimensionalen Kristallaschenbecher ab.

Kappes war vielleicht Mitte 50, vielleicht auch schon Ende 60, das konnte keiner so genau sagen, aber das fortgeschrittene Alter sah man ihm an. »Verlebt« nannten manche das.

»Ich brauche kein Geld, ich brauch keine Frau'n …« Warum fällt ihm das jetzt ein? Das war aus den Zeiten, als Marius noch nicht »Moarius!« war, sondern mit 18, mit Pfefferminz ein Prinz. Das hatte er immer gemocht. Vor allem, weil es in dem Song am Schluss hieß, dass es schon geiler sei, Rock 'n' Roll-Star zu sein, als in der Gosse zu liegen. Na ja, leicht gesagt für jemanden, der Ersteres ist und Letzteres nicht muss.

Er machte sich auf den Weg. Von Pech hatte er gehört, dass man im Haus Westland ganz gut unterkommen konnte, solange das noch nicht abgerissen war. Kappes latschte los.

Das Haus Westland lag direkt gegenüber vom Hauptbahnhof Mönchengladbach, dessen Vorplatz gefühlt ständig umgestaltet wurde und doch blieb, wie er war: hässlich, usselig. Früher war das so großspurig klingende »Haus Westland«, 1955 erbaut, ein Verwaltungsgebäude gewesen. Das Sozialamt saß hier, das Schulamt, einen neuen Pass konnten die Bürger hier beantragen. Jetzt stand fast alles leer – es gab hochtrabende Pläne für ein Projekt namens »19 Häuser«, aber das ließ alles noch auf sich warten.

Kappes überquerte den Rheydter Marktplatz Richtung Brucknerallee und Mönchengladbach, ein ganzes Stück hatte er noch vor sich. Dann kam er an dem Haus auf der linken Seite vorbei, das einmal so etwas wie seine zweite Heimat gewesen war: die Kneipe »Le Cochon«, von allen nur »Kusch« genannt. Hier hatten Generationen von Schülern des gegenüberliegenden Hugo-Junkers-Gymnasiums und anderer Schulen ihre Frei- und oft auch Abendstunden verbracht. Sogar Bands hatten hier gespielt. Das Schlagzeug war auf einem Podest vor die Toiletten gequetscht worden. Ging, irgendwie.

Marlene Frings sortierte Tassen und blickte noch einmal zum Fenster. Eben hatte ein seltsamer Typ zum Fenster hereingesehen, war dann aber weitergegangen. Irgendwie war er ihr sogar bekannt vorgekommen, aber sie konnte ihn nicht einordnen. Eigentlich hatte sie nur einen Schatten gesehen.

Ein bisschen unheimlich war es schon hier allein im Café, aber sie musste sehen, dass sie fertig wurde, bald war Eröffnung. Ihr »Kusch«. Das hätte sie als Schülerin nicht gedacht, dass sie mal die Kneipe führen würde, in der sie ihre Freistunden verbracht hatte. Oder schlicht die Schule geschwänzt.

Der Name hatte von Anfang an festgestanden, für sie jedenfalls, nur eine Zeit lang hatte sie mit Freunden diskutiert, ob ein Name wie »Le nouveau cochon« vielleicht besser passen würde zu einem Café, aber dann hatte sie irgendwann gedacht: Das hier ist nicht Paris, das ist Rheydt Innenstadt, was sollte da dieses internationale Gehabe? Einer ihrer ältesten Freunde, Franz-Josef, genannt Juppi, hatte auf solche Großspurigkeit immer mit dem Spruch »Paris, Peking, Pongs« reagiert. Pongs war der nicht wirklich mondäne Rheydter Ortsteil, in dem er aufgewachsen war.

Marlene schaltete das Radio ein und hing für einen Moment ihren Gedanken nach. Juppi war jetzt auch schon zwei Jahre tot, mit nicht mal 54 gestorben, eine Schande. Sie vermisste seine ruhige, gelassene Art. Er wäre mit ihrer Namenswahl zufrieden gewesen, das wusste sie. Das »Kusch« hätte ihm gefallen.

»Wir haben einen Toten!« Der junge Polizist klopfte vorsichtig an den Türrahmen. Die Tür zum Büro von KHK Hanns-Dieter Petzold und seinem Partner KHK Christian Hüsch stand sperrangelweit auf. Immer.

Petzold drehte sich auf seinem Bürostuhl langsam zu ihm um. »Wir. Haben. Einen. Toten.« Er betonte einzeln jedes der Wörter, als habe er es vorher noch nie gehört.

Hüsch grinste, ein bisschen mitleidig. Er wusste, was jetzt kommen würde.

Der junge Polizist nickte und hielt wie zum Beweis einen Zettel hoch. »Ja, steht hier.« Wie um sich selbst zu vergewissern, schaute er auf das Blatt Papier. »Schwarz auf weiß.«

Petzold sah ihn an. »Wir haben einen Toten. Also wir, im Sinne von wir drei?« Er beschrieb einen Kreis mit seiner rechten Hand. »Und wir haben den im Sinne von: Er gehört uns, wir besitzen ihn?«

Der junge Polizist blickte ihn verdattert an, jetzt wirkte er völlig verunsichert. »Ja, äh, also nein, der Tote ist gefunden worden.« Er überlegte einen kurzen Moment. »Von den Kollegen.«

»Na also, da kommen wir der Sache doch schon näher.« Petzold stand auf, trat einen Schritt auf den Polizisten zu und wollte ihm das Blatt aus der Hand nehmen, doch der junge Mann hielt es krampfhaft fest, was er aber gar nicht zu bemerken schien. Petzold zog stärker an dem Zettel. »Darf ich?«

»Äh, ja, natürlich.« Der Polizist ließ los.

Petzold reichte das Papier an Hüsch weiter, ohne einen Blick darauf zu werfen. Dann sah er den jungen Polizisten direkt an. »Wie heißen Sie?«

»Wiebusch, Herr Kriminalhauptkommissar.« Der Mann richtete sich kerzengerade auf.

»Wiebusch? Wie der Busch?«

Jetzt blickte er Petzold irritiert an. »Ja, äh, nein. Wiebusch, in einem Wort.«

Petzold nickte. »Wiebusch.« Er klopfte ihm auf die Schulter. »Guter Mann.« Dann setzte er sich wieder auf seinen Schreibtischstuhl.

Polizist Wiebusch sah ratlos von Petzold zu Hüsch. Der deutete mit einem freundlichen Nicken an, dass er gehen könne und alles in Ordnung sei. »Danke, Kollege Wiebusch!«

Der junge Polizist stolperte aus dem Zimmer.

Hüsch drehte sich zu Petzold um. »Muss das immer sein?«

Petzold tippte im Zweifingersuchsystem auf seiner Computertastatur herum. »Lass mir doch den Spaß. Wenn die sich immer so bescheuert ausdrücken: Wir. Haben. Einen. Toten. Das ist fast so dämlich wie: Wir. Sind. Papst.«

»Aber nur fast.« Hüsch schüttelte den Kopf. »Das sagt doch jeder, nicht nur die im Fernsehkrimi.«

»Ach, Schnickschnack.« Petzold sah von seiner Tastatur auf, anscheinend konnte er einen Buchstaben partout nicht finden. Er deutete auf den Zettel: »Und wo haben wir den Toten?«

Hüsch überflog das Schreiben. »Haus Westland.«

Petzold verzog das Gesicht. »Nicht schon wieder. Wann reißen die das Scheißding endlich ab?«

Hüsch nahm seine Jacke. »Dann lass uns mal.«

Petzold seufzte, schaltete seinen Bildschirm aus und folgte Hüsch. Im Hinausgehen meinte er: »Sag mal, Wiebusch, ist das nicht so ein Sänger?«

Hüsch zuckte die Schultern. »Keine Ahnung, ich kenn nur Kate Bush.«

Kappes ging weiter Richtung Abteiberg. Er konnte sich noch genau an die Eröffnung des Museumsbaus erinnern, eine große Sache, gebaut von Stararchitekt Hans Hollein, das hatte Mönchengladbach damals kulturell echt nach vorn gebracht. Später war Kappes in der Ausstellung von Joseph Beuys gewesen, eine noch größere Sache: Fettecke, Rosenklavier. Aber als er das letzte Mal in der Nähe des Museums gewesen war, hatten ihn wieder diese Krähen verfolgt. Unheimliche Vögel, schwarz und riesig. Kappes hatte den Eindruck, sie folgten ihm und nur ihm und das schon länger. Er schlich um eine Ecke und sah sich gehetzt um.

Plötzlich kam ihm etwas in den Sinn. Erst leise, dann immer lauter werdend brabbelte er: »Joseph Goebbels, Joseph Heynckes, Joseph Beuys!« Eine Frau mit Einkaufstasche wechselte schnell die Straßenseite. Sie schien durch ihn hindurchblicken zu wollen.

Er ging weiter. Er wusste auch nicht, wieso ihm immer solche Sachen einfielen. Es passierte einfach. Meistens, wenn er unterwegs war, und das war er eigentlich die meiste Zeit. Er ging zu Fuß, immer schon. Früher hatten sie ihn deswegen »den Läufer« genannt.

Die Nacht im Haus Westland war nicht gut gewesen. Wieder eine dieser schwarzen Nächte, wie schon häufiger in letzter Zeit. Frühmorgens war er aufgewacht und hatte da einen liegen gesehen, da hatte er sich lieber schnell aus dem Staub gemacht, damit wollte er nichts zu tun haben. Jetzt war er wieder auf dem Weg nach Rheydt. Erst einmal zum Hauptbahnhof, dann würde er weitersehen.

»Netzer, Vogts und Heynckes Jupp, die holen den UEFA-Cup!«

Petzold sah auf. Manchmal fürchtete er ein bisschen um die geistige Gesundheit seines Kollegen Hüsch. Der konnte ihn immer wieder in unerwarteten Momenten mit völlig kryptischen Aussagen überraschen. Wenn auch nicht die mit dem UEFA-Cup – Kupp, ausgesprochen wie Jupp, natürlich. Als Riesen-Fan von Borussia Mönchengladbach war Hüsch zugleich eine Art Hobby-Archivar, ständig auf der Suche nach historischen Nachweisen für die Überlegenheit seiner Borussia in der guten, alten Zeit. Im Borussia-Museum am Nordpark war er längst so etwas wie ein ehrenamtlicher freier Mitarbeiter.

Petzold war zumindest Fan, wenn auch nicht wie Hüsch »gebürtiger Gladbacher«, was dieser gern und oft betonte. Petzold war in Moers geboren, ebenfalls am Niederrhein, aber fußballerisch nicht so zur Legende tauglich wie das große M, Mönchengladbach eben.

Wenn Hüsch aber mal wieder zu sehr den »Jlabbacher« raushängen ließ, teilte Petzold ihm gern mit, dass der großartige Zeichner und Satiriker Walter Moers zwar aus Mönchengladbach stammte, sich aber früh von dieser seiner Heimatstadt abgewandt hatte. Und immerhin hatte der »Das kleine Arschloch« erfunden. »Ja, eben!«, war stets Hüschs Reaktion darauf.

Hüsch blätterte im Obduktionsbericht zu dem Toten aus dem Haus Westland, er studierte die Zusammenfassung des Leiters der Rechtsmedizin und informierte Petzold: »Professor Hagenbuch hat jetzt herausgefunden, dass der Tote ohne äußere Gewalteinwirkung zu Tode gekommen ist.«

Petzold stutzte. »Wie, der ist einfach so gestorben? So alt war der dem Anschein nach doch noch gar nicht, oder?«

Hüsch nickte. »Schwer zu schätzen, aber wahrscheinlich Mitte 40.« Er blätterte weiter. »Höchstens.«

»Wissen wir eigentlich inzwischen, wer der Tote ist?« Petzold schielte über den Schreibtisch auf das Schriftstück.

»Nein. Keine Papiere, keine besonderen Merkmale, die Fingerabdrücke haben auch nichts gebracht. Vermutlich ein Obdachloser, allem Anschein nach, wie Hagenbuch meint.« Er las lautlos, blätterte zurück und legte die Mappe dann wieder auf den Schreibtisch.

Petzold sah ihn an. »Was'n los?«

»Wenn ich das hier richtig verstehe«, Hüsch tippte auf die Mappe, »dann ist unser Mann vor Schreck gestorben.«

Er blätterte sie wieder auf, suchte eine bestimmte Seite. »Ich erspar dir mal das Fachchinesisch, aber hier steht ›aufgrund extrem hoher Stresseinwirkung‹ als vermutlicher Todesgrund.« Hüsch ließ die Mappe sinken. »Weißt du, was das heißt?«

Petzold nahm einen Schluck Wasser, sein Mund war plötzlich trocken. »Er hatte Todesangst.«

Gegenüber vom Rheydter Hauptbahnhof versammelten sich etliche Fußballfans vor dem nachmittäglichen Spiel ihrer Borussia. Mit Shuttlebussen wurden sie zum Stadion im »Borussia-Park« direkt an der A61 gebracht. Vorher traf man sich meist vor dem »Töff-Töff«, der Kneipe, die früher mal im Bahnhofsgebäude untergebracht war und auf eine lebhafte Geschichte zurückblickte. Große Auftritte hatte es dort gegeben, früher. Kappes erinnerte sich gut daran, an die alte Zeit. Zur Borussia war man damals ins »Bökelbergstadion« gegangen, das in Mönchengladbach hinter dem Bunten Garten gelegen hatte. »De Kull«, wie man das in einer Senke liegende kleine Stadion liebevoll genannt hatte. Im Mai 2004 war Schluss gewesen, genauer gesagt am 22. Mai 2004, wie Kappes genau wusste, mit dem Spiel gegen 1860 München. Borussia gewann 3: 1, das letzte Tor am Bökelberg war ein »Köpfer« von Borussenstürmer Arie van Lent.

Kappes blickte am Hauptbahnhofgebäude hoch. Da waren immer noch die Leuchtbuchstaben, die natürlich schon lange nicht mehr leuchteten, aber immer Verheißung gewesen waren: »Universum«. Das Universum-Kino war längst zu, niemand hatte mehr etwas daraus gemacht. Kappes kannte den Hintereingang zum Vorführraum, er hatte hier mal gejobbt, vor gefühlt hundert Jahren, und dadurch viele Filme gesehen, Komödien wie »Police Academy«, Science-Fiction wie »Blade Runner«, Baller- und Buddyfilme, Kung-Fu- und Karatestreifen.

Mit einem Schraubenzieher hebelte er die Tür auf und kletterte hinein. Sein Schlafplatz für die Nacht war gefunden. Morgen würde er weitersehen.

»Voilà!« Ein Kriminalkommissar knallte ihnen schlecht gelaunt einen Stapel Post auf den Schreibtisch und verschwand gleich wieder. Petzold wollte ihm noch etwas hinterherrufen, aber Hüsch stoppte ihn mit einer beruhigenden Handbewegung. »Das ist doch nett von dem lieben Kollegen, dass er uns die Post bringt.« Er blätterte den Stapel durch. »Ah, hier ist was zu unserem aktuellen Fall, der Tote aus dem Haus Westland.« Er wollte den Umschlag öffnen, doch Petzold riss ihn ihm gleich aus der Hand.

»Lass mal sehen, was sie schreiben.« Er zog ein Formular heraus und eine Art Postkarte in einer Asservatentüte.

Hüsch, der eigentlich auf beleidigt hatte machen wollen, sah neugierig herüber, als Petzold die Karte umdrehte. Das Foto auf der Vorderseite erkannte Hüsch sofort.

»Hier steht, dass sie in der Innentasche der Jacke des Toten diese Karte gefunden haben. Darauf fand sich das Fragment eines fremden Fingerabdrucks, den versuchen sie noch auszuwerten.« Petzold studierte die Rückseite des Fundstücks, offensichtlich eine alte Autogrammkarte. Er blickte seinen Kollegen ratlos an. »Hier steht ein Datum, der 3. April 1971. Sagt dir das was?«

Hüsch nickte heftig und sprang auf. »Pfostenbruch!«

Petzold sah ihn an, als habe sein Kollege ihm mitgeteilt, er habe soeben beschlossen, ihre Berichte ab sofort auf Sanskrit zu verfassen. »Wie, Pfostenbruch?«

Hüsch nahm ihm die Karte aus der Hand und deutete mit dem Zeigefinger auf das handschriftlich vermerkte Datum. »3. April 1971, Bundesliga, Borussia gegen Werder Bremen. Beim Stand von 1:1 stürzt der Gladbacher Stürmer Herbert Laumen ins Bremer Tor, der linke Torpfosten bricht. Borussia verliert 0:2.«

Petzold sah ihn irritiert an. »Wieso 0:2, wenn es 1:1 stand?«

»Das Spiel wurde nicht gewertet, und der DFB entschied am grünen Tisch, dass Borussia 0:2 verliert.« Hüsch blickte gedankenverloren an die Decke. »Wieso eigentlich 0:2? Das ist eine gute Frage ...«

Petzold holte ihn aus seinen Gedanken. »Und dieser Laumer war schuld?«

»Laumen. Herbert Laumen.« Hüsch sah ihn streng an, dann drehte er die Karte um, sodass Petzold die Vorderseite studieren konnte. »Das ist Herbert Laumen.« Er knallte die Karte auf den Tisch, als sei ihm damit gerade ein Full House gelungen.

»Und was sagt uns das?« Petzold blieb ruhig. »Außer natürlich, dass du dich eindeutig zu viel mit der Geschichte der Borussia beschäftigst ...« Er grinste.

Hüsch reagierte wie erwartet: »Zu viel? Was heißt denn zu viel? Ich bringe dem Verein, für den ich mich emotional engagiere, ein gesundes Interesse entgegen, auch archivarisch.« Er kramte aus seiner Schreibtischschublade eine Packung Zigaretten hervor. »Und ich bin längst nicht so fanatisch wie der jecke Bovelet aus dem Kabelwerk.«

Petzold hustete. »Nexans.«

Hüsch stutzte. »Wie, Nexans? Heißt der nicht mehr Bovelet?«

Petzold rollte mit den Augen. »Doch, schon immer. Aber das Kabelwerk heißt Nexans, schon länger. Haben Franzosen aufgekauft.«

»Ach so.« Hüsch stand auf. »Ich geh mal eine rauchen. Du kannst dir ja in der Zwischenzeit ein paar Gedanken zu der Schrift auf der Karte machen.«

Petzold griff nach dem Tütchen. »Schrift? Was für eine Schrift?«

Hüsch grinste. »Augen auf bei der Berufswahl, Herr Hauptkommissar! Unten links in der Ecke steht was geschrieben, und zwar in einer anderen Handschrift als das Datum, würde ich sagen.« Er ging.

Petzold sah sich die Karte an. Tatsächlich, unten links war etwas hingekritzelt, es war nicht ganz einfach zu entziffern. Da stand: »Ich will dich sterben sehen.«

Mit der ersten Woche nach der Neueröffnung des »Café Kusch« war Marlene Frings mehr als zufrieden. Es kamen viele Neugierige und nicht wenige, die ihr gleich anvertrauten, dass sie als Schüler hier sehr viel Zeit verbracht hätten, also wirklich sehr viel Zeit. Das konnte potenzielle Stammkundschaft werden. Sie räumte die leeren Getränkekisten in den Lagerraum neben den Toiletten und wollte gerade damit beginnen, die Kühlschubladen aufzufüllen, als ihr ein Schatten an der Tür auffiel. Durch die Milchglasscheibe konnte sie sehen, dass dort jemand stand. Sie ging auf die Tür zu und rief mit fester Stimme: »Es ist noch geschlossen, wir öffnen erst um 17 Uhr!«

Die Gestalt bewegte sich nicht. Marlene bekam ein mulmiges Gefühl und überlegte, ob sie das Telefon hinter dem Tresen hervorholen sollte, um schnell Hilfe rufen zu können. Der Schatten war immer noch da, also beugte Marlene sich über die Theke und nahm das Mobilgerät aus der Ladestation. Doch als sie sich wieder umdrehte, war die Gestalt weg.

Marlene nahm all ihren Mut zusammen, schloss auf, öffnete die Tür und trat auf den Bürgersteig. Doch da war niemand. Sie blickte nach links und rechts, aber nirgendwo war überhaupt irgendjemand zu sehen. So schnell konnte doch niemand verschwinden, nicht mal, wenn er – oder sie? – im Sprint Richtung Maria-Lenssen-Schule gelaufen war, das »Pudding-Gymnasium«, wie das Hauswirtschaftsinstitut auch genannt wurde. Sie sah sich noch einmal um und ging dann wieder rein. Diesmal schloss sie zweimal ab.

Kappes war vom Kino am Hauptbahnhof wieder in die Rheydter Innenstadt gegangen, durch die Bahnhofstraße, wo früher das Union-Kino gewesen war, da hatte es sonntags morgens um 11 Uhr Matineevorstellungen gegeben. Er marschierte durch die Harmoniestraße, auch da war einst ein Kino gewesen, das »Filmstudio«, zwar eher mit Bud-Spencer-Komödien, aber auch Anspruchsvollerem aus Frankreich oder England. Dann ging es vorbei am »Atlantis« auf der Limitenstraße, einst das Vorzeige-Premierenkino in Rheydt. Stand auch schon lange leer, eine Schande war das.

Wie von selbst führte ihn sein Weg wieder in die Brucknerallee, vorbei an dem Café, das jetzt anscheinend eröffnet war, denn über dem Fenster hing nun ein neuer Schriftzug: »Kusch«. Aber es war wohl noch geschlossen, wie er enttäuscht feststellte.

Und dann umgab ihn wieder dieses Dunkel, er hätte gar nicht sagen können, wie er überhaupt weitergekommen war. Und waren da nicht auch wieder die Vögel? Wie in Trance war er gelaufen, weiter, immer weiter. Bis er sich irgendwann an der Odenkirchener Straße wiederfand, ein Stück hinter der Stelle, wo früher die Rheinischen Wollwerke gewesen waren, damals, in besserer Zeit. Er ging weiter und bog irgendwann rechts ab.

»Wir haben …« Polizist Wiebusch verharrte kurz im Türrahmen zu Petzolds und Hüschs Büro und räusperte sich. »Äh, wir haben einen weiteren Todesfall gemeldet bekommen.«

»Na, geht doch!« Petzold strahlte ihn an, merkte dann aber, dass das der Nachricht nicht wirklich angemessen war, und schwieg. Hüsch übernahm nahtlos. »Danke, Kollege, wo denn diesmal?«

Wiebusch reichte ihm eine schmale Mappe. »Ein Toter im ehemaligen Kino am Rheydter Hauptbahnhof. Steht schon lange leer.« Er sah Hüsch an. »Also, das Kino, meine ich …«

Petzold nickte ihm aufmunternd zu. »Schon klar. Danke.«

Wiebusch verschwand rasch, er schien erleichtert.

Hüsch blätterte in der Akte. »Hmm, Identität unbekannt, wahrscheinlich ohne festen Wohnsitz. Todesursache ebenfalls noch unbekannt, wenn auch keine äußeren Gewalteinwirkungen.« Er ließ die Mappe sinken. »Ich tippe mal auf Tod durch Schrecken.«

»Um nicht zu sagen, Schreckensangst.« Petzold wiegte nachdenklich seinen Kopf hin und her. Dann sah er seinen Kollegen an. »Gibt es auch wieder eine Karte?«

Hüsch blätterte um und nickte. Dann drehte er die Mappe zu Petzold um, sodass der das Foto in der Klarsichthülle erkennen konnte. »Und ich sach ma: Mit dem Namen kannst selbst du etwas anfangen.«

»Was heißt denn: selbst du?« Petzold beugte sich in gespielter Empörung über den Tisch und sah auf das Foto eines weiteren Fußballers, der allerdings gar kein Borussia-Trikot trug, sondern schwarz-blaue Längsstreifen. Petzold grinste. »Mailand?«

»... oder Madrid«, ergänzte Hüsch und sah seinen Kollegen erwartungsvoll an.

»Hauptsache Italien!«, brach es unisono aus ihnen heraus.

Hüsch legte die Mappe auf den Tisch und tippte auf das Bild. »Roberto Boninsegna. Von Inter, also Mailand. Und ich muss diese Autogrammkarte gar nicht umdrehen, um zu wissen, welches Datum darauf geschrieben steht.«

Petzold zog die Mappe weg. »Na, dann sag mal an!«

Hüsch atmetete hörbar aus. »20. Oktober 1971.«

Petzold hob den Daumen. »Boninsegna, Boninsegna ... Das war doch der Büchsenwurf, nicht?«

Hüsch streckte beide Daumen nach oben. »100 Punkte. Europapokal der Landesmeister, also das, was sich heute Champions League nennt. Gladbach führt 7:1 – das hätte man sich so schön merken können: 7:1 im Jahr 1971.« Er seufzte. »Na ja, hat nicht sollen sein, weil Boninsegna die Getränkebüchse an den Dez bekam und gleich umfiel.«

»Das Ergebnis wurde annulliert, das weiß ich noch.« Petzold ahnte, dass er die genauen Details im nächsten Moment erfahren würde.

Hüsch enttäuschte ihn nicht. »Ja, wegen einer blöden Coladose. Die kannst du dir übrigens im Borussenmuseum angucken.« Er grinste. »Na ja, zumindest eine Coladose, die es angeblich gewesen sein soll ... In Mailand haben die Borussen dann jedenfalls 4:2 verloren und das Wiederholungsspiel ging 0:0 aus, damit waren sie raus aus dem Wettbewerb.« Hüsch wirkte ehrlich zerknirscht, und das 50 Jahre nach dem Geschehen.

»Hier steht auch wieder was.« Petzold studierte die Rückseite der Autogrammkarte. »Ja, wie gehabt: Ich will dich sterben sehen.« Er sah Hüsch an. »Was soll das?«

Hüsch griff nach seiner Jacke. »Was weiß denn ich? Komm, ich spendier ein Bier. Das Gespräch über Getränkedosen hat mich durstig gemacht.«

Petzold machte es ihm nach. »Und wohin?«

Hüsch lächelte geheimnisvoll. »Ich war am Wochenende in einer Kneipe gegenüber von meiner alten Schule. Da war ich zu Schulzeiten andauernd. Die ist jetzt wiedereröffnet worden.« Sein Lächeln wurde sanft. »Von einer ganz tollen Frau.«

»Ah.« Petzold formte ein Herz mit Daumen und Zeigefingern. »Cherchez la femme. Ich hoffe, sie ist fußballinteressiert.« Er schloss die Tür hinter ihnen und folgte Hüsch. Dann hielt er ihn plötzlich am Ellbogen. »Oh Gott, mir ist gerade was eingefallen!«

Hüsch sah ihn an. »Zu unserem Fall? Hast du einen Verdacht?«

Petzold grinste. »Nein. Aber was, wenn sie FC-Fan ist?«

Hüsch trat spielerisch nach ihm. »Arschloch.« Aber eine gewisse Besorgnis zeichnete sich auf seiner Miene ab.

Als er in dieses Haus eingestiegen war, hatte er sich keine Gedanken darüber gemacht, wie es wohl darinnen aussehen würde. Er hatte einfach die Gelegenheit genutzt, weil eine Kellertür ähnlich leicht aufzuhebeln gewesen war wie die Tür im Kino. Die kleine alte Daimon-Taschenlampe hatte er immer dabei, auch sie ein Fund bei Trödel-Günther. Dann war er im Halbdunkel auf etliche Gänge, Dielen und Nischen gestoßen. Türen öffneten sich nicht oder wenn, stand man vor einer Mauer. Ein Zimmer war so schmal, dass man nicht hineinkonnte, bei einem anderen Raum war er nach einiger Zeit fast sicher, dass die Wände sich bewegten, anderswo wäre er fast in ein Loch in den Keller gefallen.

In manche Räume kam man nur auf allen vieren. Kappes fühlte sich ein bisschen wie in Kindertagen, als er auf Baumhäuser geklettert und in dunkle Stollen gekrochen war. Das war immer auch eine Art Mutprobe gewesen. Jetzt auch, das fühlte er.

Dieses Haus machte ihm Angst, es lag etwas Seltsames, Bedrohliches in der Luft. Und doch hatte es gleichsam etwas Beruhigendes, hier zu sein. Als gäbe es einen Austausch der Schwingungen, nicht gut, nicht böse, irgendwie neutral. Trotzdem ging er weiter von Raum zu Raum, rastlos.

Irgendwann gelangte er in eine Art Mini-Küche im Schrank, mit Badewanne und Bett. Langsam wunderte er sich über nichts mehr und zugleich über alles. Er lächelte, schloss die Augen, legte sich hin und wartete darauf, dass die schwarzen Vögel kamen. Und sie kamen. Auf sie war Verlass. Sie kamen aus der Tiefe des Raumes.

Hüsch flirtete schon den ganzen Abend mit der netten Kneipenbesitzerin. Petzold war das nur recht. Er war glücklich verheiratet und freute sich für seinen Kollegen, denn die Marlene, wie sie sich gleich vorgestellt hatte, schien sehr nett und auch nicht uninteressiert zu sein. Petzold trank einen Schluck von seinem Alt-Bier – ein Zugeständnis an Hüsch, der mit den Worten »Ja, sind wir im Wald hier, wo bleibt unser Alt-Bier?« die Bestellung übernommen hatte. Das fand die Marlene allerdings nicht ganz so witzig wie Hüsch selbst, aber zum Glück hielt der sich den weiteren Abend über mit solch schlechten Sprüchen zurück.

Diesmal kam Polizist Wiebusch gleich zur Sache: »Man hat einen Verdächtigen gefunden, im Umfeld eines Hauses in der Unterheydener Straße, dem Haus u r.«

Hüsch hob eine Hand. »Haus Uh Err? Was soll das denn sein?«

Wiebusch knetete seine Dienstmütze. »Tja, also das Haus heißt halt so ...«

Hüschs Gesicht war ein einziges Fragezeichen. »Ist das eine Kneipe?«

Petzold winkte ab. »Quatsch, das ist Kunst, Mann, Gregor Schneider, berühmter Künstler aus Rheydt, aber davon hast du natürlich keine Ahnung, es sei denn, ein runder Ball aus Leder hätte damit zu tun.«

»Die Bälle sind schon lange nicht mehr aus Leder, sondern aus ...«, setzte Hüsch an.

Wiebusch unterbrach ihn. »Der Verdächtige, äh, könnte die Morde jedenfalls begangen haben.« Er stutzte und korrigierte sich. »Also, höchstwahrscheinlich könnte er mit all den Toten etwas zu tun haben, die ohne äußere Gewalteinwirkung starben, äh ...« Wiebusch schwitzte. »Und außerdem lag in einem dieser seltsamen Räume im Haus wieder eine Autogrammkarte, diesmal aber ohne Leiche. Und ohne Aufschrift.«

Petzold stand auf. »Na gut. Wiebusch, alte Hütte, wo finden wir diesen Typen? Wie heißt der überhaupt?«

Wiebusch konsultierte einen Schmierzettel. »Äh, Peczinski, glaube ich, wenn ich das richtig ausspreche. Er nennt sich selbst nur Pech.«

»Na, so ein Glück.« Hüsch griff nach dem Aufnahmegerät.

Vier Stunden später pfefferte er das Teil in die Schreibtischschublade, fluchte halblaut und suchte nach seinen Zigaretten.

Petzold nickte langsam und schnappte sich einen Stift. »Zumindest das Abhören können wir uns sparen. So wie der Typ schweigt, könnte er auch Abt in einem Schweigekloster werden.«

Hüsch schnaubte nur.

Petzold griff nach der Klarsichthülle, die auf Hüschs Schreibtisch lag. »Glaubst du, dass er die Karten bei den Toten hinterlassen hat? Aber warum?«

Hüsch wiegte den Kopf hin und her. »Schwer zu sagen.«

Polizist Wiebusch kam in den Raum gestürzt. »Wir haben den Fingerabdruck bestimmen können! Gerade kam das Ergebnis, sie haben angerufen, ich hab alles notiert.«

Petzold und Hüsch sahen ihn gespannt an. Wiebusch genoss den Moment der ungeteilten Aufmerksamkeit, das merkte man.

Petzold beugte sich vor und sagte in zuckersüßem Ton: »Kollege Wiebusch, wären Sie denn so freundlich, uns beiden …« Er hakte sich lächelnd bei Hüsch unter und fuhr im Alarmton fort: »… VERDAMMT NOCH MAL SOFORT ZU VERRATEN, WAS SIE IN ERFAHRUNG GEBRACHT HABEN?!«

Wiebusch stand wie vom Donner gerührt. Petzold nahm ihm die Polizeimütze aus der Hand, strich sanft Wiebuschs Haare glatt und setzte ihm die Mütze auf. Dann drehte er sich wieder um und sagte im ruhigsten Ton: »Bitte, wenn's keine Umstände macht.«

Wiebusch nickte eifrig, kramte sein Notizbuch heraus und blätterte zu einer bestimmten Seite. Dann las er seine

Notizen kurz tonlos durch, man sah nur, wie sich seine Lippen bewegten. Schließlich blickte er wieder hoch und sagte freudestrahlend: »Günter Netzer.«

Hüsch sah ihn an, als habe Wiebusch gerade in aller Form um seine, Hüschs Hand angehalten. Petzold starrte ihn nur an.

Hüsch fing sich wieder. »Netzer. Günter Netzer. *Der* Günter Netzer. Der Aus-der-Tiefe-des-Raumes-Netzer, der Lovers-Lane-Günter, der Schweizer-Sportrechte-Netzer, der Gerhard-Delling-Günter, der Sparkassenfilialleiterfrisur-Netzer – der hat seinen Fingerabdruck auf diesen Karten hinterlassen?«

Wiebusch wirkte verunsichert, dann hellte sich sein Gesicht auf, und er lachte kurz und etwas zu laut. »Äh, ja, nein, Günter Netzer ist der auf der Autogrammkarte, die man im Haus u r gefunden hat. Der Fingerabdruck gehört zu einem …«, er konsultierte wieder sein Notizbuch, »… einem gewissen Lienen. Karl-Peter Lienen, genannt Kappes. Ist bei uns bekannt wegen kleinerer Delikte.«

Hüsch atmete geräuschvoll aus und grinste Petzold an. »Na, zum Glück hat er nicht Ewald gesagt.«

Zwei Stunden später war Wiebusch wieder da. »Wir haben etwas gefunden, in der Kleidung von dem Herrn Pecz…, also Pech.«

Petzold sah ihn an. »Lassen Sie mich raten: noch eine Autogrammkarte?«

Wiebusch nickte. »Ja, und nicht nur eine, einen ganzen Packen! Allerdings unbeschriftet. Nur auf einer steht was.« Er streckte ihnen eine Klarsichthülle entgegen. »Hier, Jupp Heynckes. Und ein Datum: 31. Januar 2007.«

Wortlos drehte Petzold sich zu Hüsch um. Der ratterte runter: »Da ist Heynckes zurückgetreten, als Trainer, weil er Morddrohungen bekommen hat. Und Borussia ist abgestiegen. Das passt zu meiner Theorie. Wollt ihr sie hören?«

»Klar!«, kam es von Petzold und Wiebusch.

»Ich glaube, dass dieser Pech den Ich-will-dich-sterben-Spruch auf die Karten geschrieben hat als eine Art Warnung oder Drohung. Kappes hat jeweils das Datum hinzugefügt. Vielleicht wollte er, dass die Toten diese Unglücke mit ins Jenseits nehmen.« Er grinste schief. »Würde jedenfalls zu einem echten Borussia-Fan passen …«

Petzold wiegte den Kopf hin und her. »Ich weiß ja nicht – hätte er ihnen dann nicht eher etwas Positives mitgeben sollen? Das Datum der letzten Meisterschaft zum Beispiel? Auch wenn das schon ein bisschen her ist …«

»Kann sich bald wieder ändern!« Hüsch klatschte in die Hände. »Und apropos: Ich wüsste ein Datum, das auf die Günter-Netzer-Autogrammkarte passt, jetzt mal positiv gedacht.«

Petzold zuckte die Achseln. »Vielleicht der Tag, an dem er Franz Beckenbauer seinen undichten Jaguar E-Type verkauft hat, der ihn dann an Wolfgang Overath weiter verscherbelte?«

Hüsch nickte ihm beeindruckt zu. »Na, da hat einer aber seine Hausaufgaben gemacht.« Er lächelte. »Nein, der 23. Juni 1973 natürlich.«

Wiebusch sah aus, als sei er nicht in der Lage dazu, sich Ereignisse vorzustellen, die für ihn gefühlt irgendwo zwischen Mittelalter und Mauerbau lagen. »Und, was ist da passiert?«

Hüsch legte den Zeigefinger auf seine Lippen. »Googeln Sie mal, Wiebusch. Suchworte: Netzer, selbst einwechseln, 1. FC Köln, DFB-Pokal.« Er tastete nach seinen Zigaretten. »Oder einfacher: DFB-Pokalsieger 1973.«

*

Als Gregor Schneider erfuhr, dass das Geburtshaus der Nazigröße Joseph Goebbels in seiner Heimatstadt Rheydt tatsächlich noch existierte – entgegen der allgemeinen Behauptung, das Haus sei im Krieg zerstört worden – und das auch noch unweit seines »Haus u r«, kaufte er das Haus und wohnte sogar eine Zeit lang darin. Der Nazigeist sei immer noch im Haus gewesen, meinte er. Er entkernte es, ließ den Schutt zermahlen und stellte ihn an der Nationalgalerie in Warschau ab und vor der Volksbühne in Berlin, um neuen und alten Nazis keinen Wallfahrtsort zu bieten.

Im Jahr 2008 kündigte Schneider seine vielleicht kontroverseste Kunstaktion an: Er wolle einen Menschen, der eines natürlichen Todes stirbt oder gestorben ist, in einem »Sterberaum« ausstellen, um, wie er sagt, »die Schönheit des Todes zu zeigen«. Ein bereits geplanter Raum im Krefelder Museum »Haus Lange Haus Esters« blieb nach heftigen Protesten leer, ebenso im Staatstheater Darmstadt.

Aktuelle Anmerkung des Autors: Ende Oktober begann der Abriss des Rheydter Bahnhofsgebäudes, inklusive des seit Jahrzehnten leerstehenden Universum-Kinos. Für rund 15 Millionen Euro soll bis Ende 2023 ein neuer Hauptbahnhof Rheydt entstehen, sogar mit Landeplatz für Flugtaxis (!) auf dem Dach. Nicht mehr vorgesehen: ein Kino.

DIE AUTOREN

Volker Bleeck, geboren im Jahr des »Wembley-Tores« in Korschenbroich, aufgewachsen in Rheydt (heute Mönchengladbach). Lebt inzwischen länger in Hamburg als am schönen Niederrhein. Mit seiner Frau Kirsten Püttjer schrieb er mehrere Niederrhein-Krimis und andere Geschichten, darunter auch einen Beitrag für die 2020 erschienene Gmeiner-Anthologie »Die gruseligsten Orte in Hamburg«. In seiner Schauergeschichte »Aus der Tiefe des Raumes« hat er Ereignisse aus seiner Kindheit und Jugend am Niederrhein verarbeitet, wenn auch keine traumatischen.

www.zweischreiber.de

*

Ina Coelen, geboren am Niederrhein, lebt und arbeitet in Krefeld. Sie hat Grafik-Design studiert und bei verschiedenen Werbeagenturen gearbeitet. Seit 2000 veröffentlicht sie überwiegend humorvolle und kulinarische Kriminalgeschichten, die in mehreren Dutzend Anthologien und Sammelbänden erschienen sind. Neben Kriminalromanen hat sie zuletzt ein griechisches und ein italienisches Kochbuch herausgebracht. Sie ist Mitglied der Autorenorganisationen »Mörderische Schwestern« und SYNDIKAT und in der Jury für den Friedrich-Glauser-Krimipreis tätig. In diesem Jahr organisiert sie zum 20. Mal die Krefelder Krimi-Tage.

www.coelen-krimi.de

*

Angela Eßer wurde in Krefeld geboren und studierte Theaterwissenschaft in München. Sie ist Autorin, Herausgeberin von Krimi-Anthologien, veranstaltet Krimi-Kochkurse, betreut Krimi-Festivals, ist Initiatorin von »Bloody Cover« und war langjährige Sprecherin des SYNDIKATs, dem Verein deutschsprachiger Kriminalliteratur. Gemeinsam mit ihrer Kollegin Elke Pistor organisiert sie »SKRIVA – literatur werkstatt köln« sowie das »Barcamp Literatur München«.

Ihre Kurzgeschichte »6 Uhr 23 – Guten Morgen München« war für den Friedrich-Glauser-Preis in der Sparte Kurzkrimi nominiert, ihre »menüthek: Krimi« erhielt den österreichischen Kochbuchpreis »Prix Culinaire«, und 2021 wurde sie mit dem Friedrich-Glauser-Ehrenpreis ausgezeichnet.

www.angelaesser.de

*

Peter Godazgar – Jahrgang 1967, aufgewachsen in Hückelhoven – lebt in Halle (Saale), wo er hauptberuflich als stellvertretender Pressesprecher der Stadt arbeitet. Nebenher schreibt er Romane und Kurzkrimis; die sind immer eher lustig als blutig, und dreimal brachte ihm das eine Nominierung für den Friedrich-Glauser-Preis ein. Auf die Idee für seine hier veröffentlichte Story brachte ihn der echte Willi Spichartz, der mit der in der Geschichte dargestellten Figur nur das wahrhaft enzyklopädische Heimatwissen gemein hat. Danke, Willi!

www.godazgar.de

*

Erwin Kohl wurde 1961 in Alpen am Niederrhein geboren und hat diese herrliche Tiefebene seither nicht verlassen. Heute wohnt er mit seiner Frau Bettina in Alpen. Neben der Produktion diverser Hörfunkbeiträge schreibt Kohl als freier Journalist für die NRZ / WAZ und die »Rheinische Post«. Grundlage von bislang 14 Kriminalromanen und zahlreichen Kurzgeschichten sind zumeist reale Begebenheiten. Die Soziologie der Niederrheiner und ihre vielschichtigen Charaktere bilden häufig den Hintergrund der Geschichten. Im September 2021 erschien mit »Der war schon tot« der vierte Teil der Serie um den Privatermittler Lukas Born.

www.erwinkohl.de

*

Lutz Kreutzer, geboren in Stolberg/Rhld., ist promovierter Naturwissenschaftler. Seine beruflichen Reisen und Alpin-Abenteuer verwandelt er in spannende Literatur. Den Niederrhein kennt er gut, weil er als Geologe dort oft unterwegs war. Sein Thriller »Schröders Verdacht«, der in Italien und im Rheinland spielt, schaffte es auf Platz 1 im Kindle-Shop. Seine Arbeiten wurden mit mehreren Stipendien ausgezeichnet. Für Gmeiner gibt er die Reihe »Die gruseligsten Orte in … (München, Nürnberg, Köln, Hamburg)« und »Schaurige Orte … (in der Schweiz, in Südtirol, am Niederrhein)« heraus. Bisher hat er acht Thriller und Kriminalromane verfasst. Er lebt und arbeitet in München.

www.lutzkreutzer.de

*

Arnold Küsters, wurde in Breyell im Schatten des alten Kirchturms geboren. Er ist Mitglied im SYNDIKAT, wo er diverse Juryarbeit für den besten deutschsprachigen Kriminalroman leistete. Er ist Autor von mittlerweile neun Romanen und mehreren Dutzend Kurzgeschichten, vor allem Krimis. Küsters hat rund 25 Jahre als Journalist für den WDR und die ARD gearbeitet, für Hörfunk und Fernsehen. Er ist Bluesmusiker (Harp), vor allem bei »Hier geht was«.

www.arnold-kuesters.de

*

Kerstin Lange, geboren 1966 in Bergneustadt, wohnt und arbeitet – nach Aufenthalten im Sauerland, am Niederrhein und in der Pfalz – in Düsseldorf. Sie ist als Autorin, Sprecherin, Dozentin, Schreibgruppenleiterin und Herausgeberin tätig.

Neben ihren Romanen sind mittlerweile über 70 Kurzgeschichten, von denen einige ausgezeichnet wurden, in verschiedenen Anthologien erschienen. Ehrenamtlich engagiert sie sich für den »Blinden- und Sehbehindertenverein Düsseldorf e. V.« und gehört zum festen Sprecherteam, das die Hörzeitung »Düsseljournal« einspricht. Sie ist Mitglied im »Bundesverband junger Autoren e. V.« (BvjA), dem SYNDIKAT und den »Mörderischen Schwestern e. V.«

www.kerstinlange.com

*

Jutta Profijt war Exportmanagerin und Unternehmerin, bevor sie zum Schreiben kam. Pascha, die rotzfreche Leiche aus den Kühlfach-Krimis, brachte den internationalen Durchbruch. Ihr Kriminalroman »Unter Fremden« wurde mit dem Friedrich-Glauser-Preis 2018 als bester Kriminalroman des Jahres ausgezeichnet. Neben Krimis schreibt sie heitere Romane.

www.juttaprofijt.de

*

Kirsten Püttjer, gebürtige Hamburgerin, fand den Niederrhein zuerst gar nicht so attraktiv, lernte dann aber doch einige schöne Ecken und nette Menschen kennen. Zusammen mit ihrem Mann Volker Bleeck schrieb sie mehrere Niederrhein-Krimis und zum Ausgleich auch einen norddeutschen Landkrimi. In der 2020 erschienenen Gmeiner-Anthologie »Die gruseligsten Orte in Hamburg« verarbeiteten sie die Hamburger »Sülze-Aufstände« von 1919. Auf die Idee zu ihrer Niederrhein-Schauergeschichte kam sie bei einem Spaziergang rund um Schloss Liedberg.

www.zweischreiber.de

*

Michael Rossié wurde in Köln geboren und ist in Süchteln am Niederrhein aufgewachsen, als Süchteln noch kein Ortsteil von Viersen war. Nach einer Ausbildung als Schauspieler arbeitet er heute als Speaker und Sprechtrainer mit allen Menschen, die viel reden müssen. Er ist Spezialist für Präsentation und für schwierige Gespräche innerhalb und außerhalb der Firma.

Er ist Autor von zwölf Fachbüchern zu allem rund um Präsentation und Kommunikation. Michael Rossié ist seit 2011 im Vorstand des »Verbandes deutschsprachiger Redner« (GSA) und lebt heute in München. Zwischendurch zieht es ihn immer wieder an den Niederrhein, eine Gegend, die ihn nachhaltig geprägt hat und die ihn nie so ganz loslässt.

www.michael-rossie.com

*

Klaus Stickelbroeck, geboren 1963, wohnhaft in Kerken, arbeitet als Polizeibeamter in der Düsseldorfer Altstadtwache.

Im Oktober 2020 erschien sein achter turbulenter Privatdetektiv-Hartmann-Krimi »Fesseltrick«. Neben seinen Romanen schreibt er witzig-spannende Kurzkrimis, von denen inzwischen mehr als 60 in verschiedenen Anthologien und zwei Sammelbänden veröffentlicht wurden.

www.klausstickelbroeck.de

Alle Bücher von Lutz Kreutzer:

Die Akte Hürtgenwald
ISBN 978-3-8392-2812-8

Schaurige Orte in der Schweiz (Hrsg.)
ISBN 978-3-8392-2854-8

Schaurige Orte in Südtirol (Hrsg.)
ISBN 978-3-8392-0190-9

Schaurige Orte am Niederrhein (Hrsg.)
ISBN 978-3-8392-0300-2

mit Uwe Gardein (Hrsg.):

Die gruseligsten Orte in München
ISBN 978-3-8392-2433-5

Die gruseligsten Orte in Köln
ISBN 978-3-8392-2454-0

Düstere Orte in Nürnberg
ISBN 978-3-8392-2569-1

Die gruseligsten Orte in Hamburg
ISBN 978-3-8392-2703-9